KB119145

이것이
남자의
세상이다

이것이
남자의
세상이다

천명관 장편소설

예담

자 봐, 남자들은 우리가 타고 다닐 자동차를 만들고
무거운 짐을 운반할 기차를 만들지.
남자들은 어둠을 밝혀줄 전깃불을 만들고
노아가 방주를 만든 것처럼 배를 만들어.
여기는 남자들의 세상, 남자들의 세상이지.
하지만 여자가 없으면 아무것도 아니야. 아무 소용없어.
황무지에서 길을 잃고 쓰라림에 헤맬 뿐.

— 제임스 브라운의 노래 〈이것이 남자의 세상이다〉 중에서

.

차례

벤츠 ... 009

다이아몬드 ... 042

지독한 사랑 ... 090

말 ... 115

고양이 ... 138

여배우 ... 166

호랑이 ... 206

에필로그 ... 268

작가의 말 ... 286

벤츠

인천 주안역 뒷골목의 편의점 앞, 무지개색 파라솔 밑엔 건달들 몇 명이 둘러앉아 음료수를 마시고 있었다. 그들은 모두 물불 안 가리는 이십 대 초반의 젊은 나이로 반팔 티셔츠 아래 드러난 굵은 팔뚝엔 전갈, 용, 호랑이 등 땀에 젖은 문신이 위협적으로 번질거렸다.

— 오늘 단단히들 마음먹어라. 방심하면 큰 사고 나니까 긴장 늦추지 말고. 알았지?

종식이 좌중을 둘러보며 당부했다.

— 예, 알겠습니다. 형님!

건달들이 입을 모아 큰 소리로 대답했다. 그들의 혈기방장한 얼굴엔 긴장과 흥분이 감돌았다.

― 근데, 형님. 언제 사장님은 한번 만나보셨습니까?

캔 커피를 홀짝거리던 건달들 가운데 비교적 연장자인 해성이 조심스럽게 물었다. 종식은 커피를 마시며 우쭐한 표정으로 좌중을 둘러보았다. 오백 원짜리 캔 커피를 마시는 동생들과 달리 그는 플라스틱 컵에 든 아이스커피를 마시고 있었다.

종식은 다른 건달들보다 겨우 네댓 살 위였지만 인천 최대의 조직인 연안파에 끈을 대고 있는, 족보 있는 건달이었다. 그렇다고 그가 정식 조직원이란 뜻은 아니었다. 연안파는 더 이상 조직원을 늘리지 않았다. 집은 클수록 좋고 사무실은 작을수록 좋다는 게 보스인 양사장의 지론이었다. 미련하고 덩치만 큰 건달들이 검은 양복을 입고 떼 지어 몰려다니며 연장질을 하던 시대는 끝난 지 오래였다. 조직원이 많아지면 밥값만 많이 들고 경찰의 이목만 끌뿐, 별 실속이 없었다. 대신 조직은 종식처럼 쓸 만한 행동대원들을 적당한 거리에 두고 관리하며 필요할 때마다 이용해왔다. 돈만 주면 언제든 각목을 들고 달려올 비정규직 건달들이 뒷골목에 넘쳐났다. 바야흐로 건달들도 청년실업의 위기를 겪는 중이었다.

― 니들, 사장님이 어떤 분인지 내가 딱 한 가지만 얘기해줄까?

종식이 마지못해 인심을 쓰듯 입을 열자 건달들의 머리가 일제히 앞으로 쏠렸다. 그들이 궁금해하는 사장님이란 바로 연안파의 보스인 양석태를 가리키는 거였다.

— 만약에 사람이 손발이 다 묶인 채 흙구덩이에 파묻혔다, 이거야. 한 마디로 산 채로 매장을 당한 거지. 그것도 삼 일씩이나. 그러면 어떻게 될 것 같아.

— 그럼 당연히 죽겠죠.

울트라가 대답했다. 스타크래프트 게임에 등장하는 캐릭터, 울트라리스크처럼 덩치가 크고 싸울 때면 물불 안 가리고 대가리부터 들이미는 호전성 때문에 붙은 별명이었다.

— 그래, 보통 사람 같으면 죽겠지. 그런데 사장님은 죽지 않았어. 파묻힌 지 사흘 만에 구덩이를 뚫고 살아 나왔거든.

건달들은 다들 탄복한 얼굴로 서로 눈길을 교환했다. 그들 사이에선 언제나 양 사장에 대한 온갖 놀라운 무용담(예컨대, 스무 살 약관에 부둣가 깡패 백 명을 상대로 맞장을 떴는데 건달들이 인천 앞바다에 사이다처럼 둥둥 떠다녔다는 등)이 전설처럼 따라다녔지만, 흙구덩이에 파묻혔다가 사흘 만에 살아 나왔다는 얘기는 금시초문이었다.

— 어, 어떻게요?

해성이 묻자 종식이 다시 커피를 한 모금 마시고 대답했다.

— 그건 나도 몰라. 어떻게 살아 나왔는지는 모르지만 하여간 살아 나왔어. 그러고 나서 자기를 파묻은 놈들을 한 명씩 찾아다녔지. 사장님을 직접 파묻은 놈들은 물론, 파묻는데 옆에서 지켜본 놈들, 파묻었다는 걸 알고 박수치면서 좋아한 놈들, 파묻는 데 쓴 삽을 빌려준 놈들까지 몽땅! 한 놈도 빼놓지 않고 다 찾아내서 죄다 인천

앞바다에 던져버렸어. 허리에 큰 돌을 하나씩 매달아서. 그리고 이 바닥을 통일한 사람이야.

건달들은 잠시 숙연한 표정으로 고개를 주억거렸다. 어떻게 흙구 덩이에서 살아 나왔는지에 대한 의문 같은 건 없었다. 다만 그런 대 단한 분의 부탁으로 일을 맡은 게 뿌듯하고 자랑스러울 뿐이었다. 역사의 한 페이지를 장식하는 현장에 동참한 기분이라고나 할까? 종식이 그런 기분에 방점을 찍듯 마무리를 했다.

— 그러니까 우리는 그런 사장님을 위해 일하는 걸 자부심으로 알고 명성에 누가 되지 않도록 최선을 다해야 한다 이거야. 무슨 말 인지 알겠어?

— 네, 알겠습니다. 형님!

건달들의 목소리에 더욱 힘이 실리고 비장미가 감돌았다.

승합차 한 대가 편의점 앞에 멈춰 서고 빵, 클랙슨이 울리자 건달 들이 일제히 자리에서 일어섰다. 그들을 현장으로 실어다줄 차였다.

— 다들 연장 잘 챙겼지?

— 네, 형님!

건달들이 호기롭게 각목, 쇠파이프, 장도리 등을 들어 보였다.

— 자, 그럼 가자.

종식의 지시에 일제히 승합차를 향해 몰려갔다.

— 야, 인마. 넌 그게 뭐야?

종식은 긴 죽검을 들고 뛰어가는 깡구를 발견하고 물었다.

— 제가 어릴 때 검도를 좀 해서…….

깡구가 쭈뼛거리며 죽검을 들어 보였다.

— 아냐, 이 새끼. 지금 전국체전 나가냐? 이런 걸 들고 무슨 쌈을 한다고…….

종식이 주변을 둘러보다 대뜸 테이블에 꽂혀 있는 파라솔을 쑥 뽑아주었다.

— 차라리 이걸 들고 가.

— 이, 이걸요?

— 그래, 이 새끼야. 빨리 들고 타.

깡구가 엉거주춤 커다란 파라솔을 들고 뒤뚱거리며 승합차에 올라타려고 하자, 종식이 버럭 소리를 질렀다.

— 우산은 접어야지. 멍청한 새끼야! 쟤 누가 데려왔냐?

그리고 종식은 파라솔 테이블을 들어 울트라에게 건네주었다.

— 넌 이걸 들고 가.

— 이, 이걸로 어떻게 싸우라고요?

— 그건 나중에 생각하고 일단 싣기나 해, 이 새끼야!

울트라가 파라솔 테이블을 들고 후다닥 차에 올라타자 곧 승합차가 출발했다.

잠시 후, 뭔가 수상한 낌새에 늙은 편의점 주인이 안에서 뛰어나왔을 땐, 파라솔이 있던 자리에 플라스틱 의자만 덩그러니 남아 있었다.

— 아니, 저놈의 새끼들은 왜 남의 멀쩡한 파라솔을 훔쳐 가고 지랄이야, 지랄이!

편의점 주인이 소리를 질렀지만 승합차는 급히 골목을 빠져나가 눈앞에서 금세 사라져버렸다. 그는 발을 구르다 애꿎은 의자를 발로 차며 욕설을 퍼부었다.

— 에이, 망할 놈의 새끼들!

· · ·

— 사장님 생각은 어떠세요?

민 박사는 특유의 느물거리는 미소를 머금은 채 양 사장의 의중을 떠보았다.

— 응? 거 뭐, 재밌는 아이디어 같긴 한데…….

양 사장은 상대의 말을 제대로 듣고 있지 않았다. 민 박사가 오락기인지 뭔지, 새로운 사업계획을 장황하게 늘어놓는 동안 그의 머릿속에선 지난밤 중국 마사지 가게에서 만났던 마사지사의 해사한 얼굴이 자꾸만 떠올라 도무지 대화에 집중할 수 없었다. 그는 무심코 책상 서랍을 열어 담배를 찾았지만 서랍은 텅 비어 있었다.

젠장!

담배를 끊은 지 두 달이 지났는데도 하루에도 몇 번씩 빈 서랍에 손이 가는 건 어쩔 수 없었다.

— 그러니까 결국 오락기는 옛날 거하고 다를 게 없다는 거네요.

양 사장이 무르춤하게 빈 서랍을 여닫자, 형근은 재빨리 민 박사의 말을 받았다. 양 사장이 형근을 신뢰하는 이유는 그가 단지 우직하기만 한 게 아니라 적당히 센스도 있기 때문이었다.

— 최 부장. 원래 도박은 룰이 단순하면 단순할수록 좋아. 꾼들이 원하는 건 스릴도 있으면서 쇼부도 빨리 보는 거거든.

양 사장의 시큰둥한 반응에 민 박사는 할 수 없다는 듯 맞은편에 앉은 형근에게 시선을 돌렸다. 사무실 한가운데엔 접대용 소파가 놓여 있었지만 양 사장은 손님과 마주앉아 독대하는 법이 없었다. 누구든 볼 일이 있어 찾아온 손님은 그의 오른팔 격인 형근과 마주앉아 이야기했고 그는 제삼자처럼 〈대표이사 양석태〉라고 쓰인 명패 뒤에 숨어 있었다. 그것이 상대를 더 안달 나게 만들어 결국 똥구멍까지 다 까보일 수밖에 없는, 소위 양 사장의 대화법이었다.

민 박사가 장광설을 늘어놓는 동안, 양 사장은 의자 깊숙이 등을 기대며 다시 흑룡강성에서 왔다는 마사지사 생각에 빠져들었다. 이름이 연희라고 했지? 물론 그게 본명일 리는 없지만······.

인천의 노회한 건달은 바야흐로 노화와 투쟁하는 중이었다. 진정한 철학은 젊음이 모두 스러지고 난 뒤에야 시작되는 법, 평생 주먹질만 하고 살아온 그의 삶은 이제 철학적 해결만이 유일한 길이 되었다. 물론 종교적인 해결도 불가능한 것은 아니었지만, 그는 신의 존재를 믿기엔 너무 의심이 많은 사람이었다. 게다가 이젠 뭐든 너무 많이 아는 나이가 되어 굳이 신의 섭리가 아니더라도 앞으로 자신에게 뭐가 닥쳐올지 잘 알고 있었다. 축 처진 불알에 파이프가 고장 나 빤쓰는 늘 축축하고 지속적인 불면에 시달리며 놀랄 일도 감탄할 일도 없는 일상이 지루하게 펼쳐질 것이다. 쉰 살이 넘어가면서 그는 오래전에 날아간 머리카락처럼 자신의 인생에서 좋은 시절이 모두 떠나갔다는 사실을 명백하게 느끼고 있었다. 앞으로 무슨 일이 생기든 더 나아질 건 아무것도 없었다. 그 깨달음으로 인한 음울한 기분은 어딘가 앞으로 나아가려고 할 때마다 물귀신처럼 들러붙어 뒷덜미를 잡고 늘어졌다.

— 갱년기 우울증이에요. 원래, 사장님 나이가 되면 다 그런 거예요.

양 사장이 혈압 때문에 정기적으로 찾아가는 내과 의사가 단번에 진단을 내려주었다. 당신에게만 일어난 특별한 일이 아니니 불평하지 말고 받아들여야 한다는 뜻일 터였다. 해답을 가르쳐줘서 고맙다고 해야겠지만, 어쩐지 양 사장은 평생 신호위반 한 번 해본 적 없지만, 침대에선 온갖 변태 짓을 일삼을 것 같은 젊은 의사의 반질거리는 얼굴에 주먹을 한 방 안겨주고 싶었다. 하지만 이젠 그런 난폭한 혈기도 사라진 지 오래였다.

— 아, 글쎄. 설악산 대청봉 꼭대기에 도박장을 차려놔도 올 놈은 온다니까. 거 왜 영화에서 못 봤어? 손목이 하나 날아갔는데도 갈고리로 화투 치는 거.

민 박사의 언성이 높아졌다. 이제 슬슬 똥구멍을 까보일 차례가 됐다는 뜻이다.

사실 민 박사는 박사도 뭣도 아니었다. 청계천 구석의 한 마찌꼬바에서 일제 전자제품이나 수리하던 평범한 전파상이었는데 우연한 기회에 성인오락기에 손을 대며 자칭타칭 박사로 불리게 된 것이다.

바다 이야기, 황금성, 고래신, 양귀비, 신천지…….

돌아보면 모두가 행복한 호시절이었다. 도박에 미친 사내들이 해파리와 고래에 눈이 뒤집혀 패가망신하는 동안 게임기를 만들고 게임장을 운영하는 이들은 모두 큰 재미를 봤다. 시골 논바닥에까지 게임장이 들어서고 개들도 상품권을 물고 다닌다는 우스개가 나돌 정도로 대한민국이 도박에 미쳐 돌아가던 시절이었다. 민 박사는 '그년'만 아니었으면 삼 년 안에 송도 땅을 반은 사고도 남았을 거라고 늘 아쉬워했다. 여기서 '그년'이란 성인오락실이 큰 사회문제로 불거지자 급히 사행성 오락을 규제하는 법을 만들어 수많은 관계자를 감방으로 보냈던 당시의 여성 총리를 가리키는 말이었다. 덕분에 민 박사도 적잖은 벌금을 물고 한세월 빵에서 썩어야 했다.

— 아무리 그래도 유원지에서 도박을 한다는 게 좀 그렇지 않나요?

— 글쎄, 아무 문제 없다니까!

형근이 성실한 사냥개처럼 깐깐하게 물고 늘어지자 급기야 민 박사가 버럭 소리를 질렀다.

— 동생, 한번 생각해봐. 새로 도박장 차리려면 건물 계약해야지, 사람 써야지, 다이 들여야지, 거기다가 또 관 작업해야지, 세금 내야지. 보통 골치 아픈 게 아니잖아. 근데 유원지마다 오락장이 있어. 우린 그냥 거기다 다이만 깔자 이 얘기야.

— 그러니까 오리 배 타고 솜사탕 사 먹고, 뭐 그런 유원지 말이야?

양 사장이 드디어 의자에서 등을 뗐다. 얼굴엔 가벼운 미소를 띠고 있었지만 눈빛은 어느새 날카롭게 돌아와 있었다. 귀신은 속여도 양 사장은 속일 수 없다는, 그래서 모두가 두려워하는 바로 그 눈빛이었다.

— 사장님, 우리나라에 유원지가 전부 몇 개나 되는지 아십니까? 전국에 무려 오백 개가 넘습니다. 그러면 한 군데에 다이를 열 대씩만 깔아도 몇 댑니까? 전부 오천 대지만 그냥 뚝 잘라서 반만 깐다고 칩시다. 그래도 이천오백 대 아닙니까? 그럼 다이 하나에 하루

오만 원씩만 떨어진다 쳐도 하루에 얼맙니까? 우수리 떼고도 일억이 넘습니다. 하루에 일억! 업주한테 수수료 십 프로만 받는다고 쳐보세요. 깔끔하게 하루에 천만 원씩, 따박따박 떨어지는 장사 아닙니까?

민 박사는 미리 통계를 내본 듯 부지런히 자신이 묻고 자신이 대답하는 대화를 계속했다. 그러자 가만히 듣고 있던 양 사장이 픽 웃으며 내뱉었다.

— 지랄한다.

— 예?

— 내가 여기 앉아서 하루에 천만 원씩, 한 달이면 따박따박 삼억씩 혼자 처먹고 있는데 그걸 다들 그냥 보고만 있겠어? 대한민국 어딜 가든 다 나와바리라는 게 있는데 똥 떼달라는 놈은 또 어디 한둘이겠냐고?

— 그러니까 제가 사장님을 찾아온 거잖아요.

민 박사의 표정이 더욱 간절해졌다. 그럴수록 양 사장은 더 느긋하게 의자에 깊숙이 몸을 묻었다.

— 간단하게 말씀드릴게요. 다이는 제가 만듭니다. 천 대고 이천 대고 문제없습니다. 지금 안산에 공장부지도 봐뒀고 기술자들도 다 확보해놨어요. 그리고 문광부 허가도 거의 다 맡아놨고…….

— 문광부는 왜?

— 게임기는 문광부 소관이거든요. 사장님은 잘 모르시겠지만 우

린 뒤에서 온갖 더러운 일을 다 해결해야 해요. 문광부 허가 맡으려면 서류가 얼마나 많이 필요한지 아세요? 그리고 그 새끼들이 허가나 빨리 내주는 줄 아세요?

— 글쎄, 알았으니까 마저 얘기나 해보세요.

민 박사가 본격적으로 징징거리기 시작하자 형근이 말을 잘랐다.

— 유원지에 가면 인형 맞추는 사격장도 있고 전자오락 하는 게임장도 있잖아요. 그 게임장에 우리 다이를 깔아놓는다는 거예요. 게임기는 허가만 떨어지면 일단 합법적인 거니까 여기까지는 문제가 없어요. 그런데 그걸 도박에 이용하면 얘기가 복잡해진다는 거죠. 아까 말씀하신 대로 어딜 가나 나와바리가 있잖아요. 그쪽 애들하고 쇼부도 쳐야 하고 업주도 구워삶아야 하고, 짜바리들 입에도 뭘 쑤셔 넣어야 일이 제대로 돌아갈 거 아녜요.

— 그 똥을 나보고 다 치워달라고?

양 사장은 자신도 모르게 미간을 찌푸렸다. 얼마나 돈이 되는 일인지는 모르지만 상대할 인간들을 생각하니 벌써 골치가 아파졌다. 민 박사는 할 말을 다했다는 듯 의자에 등을 기대고 반응을 살폈다.

— 그때 그렇게들 호되게 당하고 또 몰려올까요?

형근이 고개를 갸우뚱하자, 민 박사가 자세를 고쳐 앉으며 담배를 비벼 껐다.

— 그러게, 생각해보면 참 이상하지? 성인오락실 드나들면 신세 망친다. 거기서 돈 따는 놈 못 봤다. 알고 보면 다 사기다……. 세상

사람들이 다 알아. 그런데도 꼭 거기 가서 돈을 쑤셔 박는 놈들이 있어요. 그럼 걔네들은 다 바보냐? 아냐, 멀쩡해. 교수도 있고, 대기업 임원도 있고, 심지어는 목사도 있어. 다 좆나게 똑똑한 놈들이야. 그런데 왜 하는지 알아?

― 왜요?

― 다른 놈은 다 잃어도 나는 딸 것 같거든. 어제는 재수가 없어서 잃었지만 오늘은 뭔가 감이 좋거든. 그냥 눈 딱 감고 일어서려는데 해파리가 살살 올라오거든. 환장하는 거지.

민 박사가 자신의 언변에 도취한 듯 목소리에 리듬이 실렸다.

― 내가 그런 현상에 대해 이름을 하나 붙였어.

― 그게 뭔데요?

― 바로 맨홀의 법칙이라는 거야.

― 맨홀의 법칙?

― 그래. 그게 뭐냐 하면, 사람들이 지나다니는 인도에서 맨홀 뚜껑을 열고 공사를 해. 그럼 당연히 그 앞에다 공사 중이라는 푯말을 세워놓지. 눈에 잘 띄게. 그런데도 꼭 거기에 빠지는 놈들이 있어. 왜 그런지는 아무도 몰라. 뭐, 지나가는 여자 엉덩이를 쳐다보느라고 한눈을 팔다 그랬는지, 하늘에 날아가는 비행접시를 쳐다보다 그랬는지 어쨌는지 하여간 빠지는 놈이 꼭 있단 말이야. 그러니까 맨홀 뚜껑을 열어놓으면 누군가는 반드시 빠지게 되어 있다, 이게 바로 맨홀의 법칙이야.

형근이 감탄한 듯 듣고 있다 고개를 갸우뚱했다.

— 근데 그게 도박장하고 무슨 상관이에요?

— 그러니까 내 말은 아무도 모르게 우리가 맨홀을 하나 파놓자, 이거야. 무슨 말인지 알겠어?

· · ·

민 박사가 돌아가고 나자 양 사장은 갑자기 피로가 몰려왔다.

개새끼, 주둥이만 살아가지고……

그는 이제 특별한 야심이 없었다. 아무리 돈도 좋지만 골치 아픈 인간들 상대하며 일을 벌이는 게 내키지 않았다. 바다 이야기 시절에도 그는 게임장을 직접 운영하진 않았다. 게임이니 오락이니 하는 단어가 어쩐지 건달이 할 짓이 못 된다는 뉘앙스를 주었기 때문이었다. 대신 나와바리 안에서 영업하는 업주들에게 정기적으로 상납을 받았다. 당시엔 목 좋은 자리를 놓고 자주 전쟁이 벌어져 반드시 누군가의 조종과 보호, 배분이 필요했다. 양 사장은 언제나 그랬듯이 그 대가를 충분히 받아 챙겼다.

— 민 박사, 저 새끼가 얘기한 거 말이야, 니 생각은 어때?

양 사장이 퍼터를 들고 골프공을 치며 형근에게 물었다.

— 글쎄요. 전 잘 모르겠네요.

형근은 과묵한 사내였다. 그가 잘 모르겠다는 건 부정적이라는 뜻이었다.

— 그렇지, 유원지에다 다이 깔고 도박장을 한다는 게 말이 돼? 미친 새끼!

골프공이 인조 잔디 위를 굴러가 통, 소리를 내며 구멍으로 떨어졌다.

— 내가 요즘 등소평 평전을 읽고 있는데 그 양반이 뭐라고 그랬는지 알아? 오줌도 나오지 않는데 늙은이가 화장실을 너무 오래 차지하고 있는 건 좋지 않대. 이 나이에 자꾸 일 벌여봐야 욕이나 먹지, 뭐.

— 사장님 연세가 어때서요, 아직 환갑도 안 됐는데…….

— 하여간 아무리 둘러봐도 내가 부탁할 놈은 하나도 없고 나한테 부탁하는 놈들밖에 없어. 이렇게 해달라, 저렇게 해달라, 근데 그게 다 나쁜 짓이야. 누굴 패주고, 협박하고, 뭘 뺏고. 그러니까 다 나를 나쁜 놈으로 만들려는 거잖아. 개새끼들.

그는 퍼터를 치우고 양복 상의를 집어 들었다.

— 어디 가시게요?

— 응, 몸이 찌뿌드드해서 안마 좀 받고 오려고.

— 어제도 안마 받지 않으셨어요?

양 사장은 뜨끔해서 짐짓 큰 소리로 대답했다.

— 너도 나이 들어봐라, 인마. 피가 잘 안 돌아서 근육이 금방 뭉쳐.

— 그럼 제가 모시고 갈까요?

— 아냐, 그럴 필요 없어.

양 사장은 도망치듯 서둘러 사무실을 나섰다.

. . .

건물 뒤편, 주차장 한구석엔 울트라와 깡구가 무지개색 파라솔 아래 앉아 하릴없이 담배를 피우고 있었다. 전날, 승합차를 타고 재개발 사업장에 투입됐던 그들은 큰 전쟁이라도 치른 듯 얼굴 여기저기에 반창고가 붙어 있었다.

— 어젯밤에 꿈을 꿨어.

허공으로 담배 연기를 뿜어내던 울트라가 문득 입을 열었다.

— 무슨 꿈?

깡구도 담배 연기로 원을 그리며 물었다.

— 내가 머슴이 된 꿈.

— 머슴?

— 응. 돌쇠 같은 거 있잖아.

— 그래, 너랑 딱 어울린다. 돌쇠.

깡구가 놀렸지만 울트라는 아랑곳하지 않고 말을 이었다.

— 근데 꿈속에서 내가 아주 크고 까만 말을 끌고 가고 있었어. 졸라 멋있는 말이야. 그리고 말 위에는 여자가 타고 있었고.

— 여자?

— 아마 주인집 아가씨 같은 거겠지. 내가 머슴이니까.

— 예뻤어?

— 응, 졸라 예뻤지.

— 대박! 그래서? 따 먹었어?

— 아니.

울트라가 시무룩하게 고개를 가로저었다.

— 왜?

— 몰라. 꿈이니까. 그래도 기분은 죽이더라. 아가씨를 말에 태우고 호젓한 산길을 넘는데 어디선가 봄바람이 살랑살랑 불어오고……

— 아 놔. 이 병신. 그럼 어디 산소 같은 데로 끌고 가서 팍 자빠뜨렸어야지.

깡구는 마치 자신의 일인 양 흥분해서 핏대를 세웠지만 울트라는 아가씨를 말에 태우고 고개를 넘어가던 그때의 기분을 떠올렸는지 멀리 문학산을 바라보며 흐뭇한 미소를 지었다.

형님들이 점심을 먹으러 간 사이, 막내 격인 울트라와 깡구는 양 사장의 사무실을 지키는 중이었다. 혹시 있을지 모를 상대파의 기습에 대비해 애들을 몇 명 배치해놓으라는 형근의 지시에 따른 거였다. 두 사람은 사무실에 들어가 본 적도 없었고 양 사장의 얼굴도 한 번 본 적이 없었다. 연안파 중간보스인 형근이 가끔 불러 일거리를 주면 그때 동원되는 얼치기 건달들일 뿐, 아직 사무실에 얼굴을 들이밀 만한 서열이 아니었다.

— 야, 솔직히 말해봐.

깡구가 다시 입을 열었다.

— 뭘?

— 너 아직 여자랑 안 자봤지?

울트라가 당황한 얼굴로 망설이다 순순히 고개를 끄덕였다. 깡구는 그럴 줄 알았다는 듯 길게 한숨을 내쉬었다.

— 아 놔, 이 한심한 새끼. 너 어디 가서 그런 얘기 하면 진짜 개쪽 팔린다.

깡구는 답답하다는 듯 담배를 꺼내 물었다.

— 안 되겠다. 이번에 종식이 형님한테 용돈 좀 받으면 내가 끽동 한 번 데리고 갈게.

— 난 그런 거 싫어, 새끼야.

— 왜? 꼴에 영업용은 싫다 이거야?

울트라는 말없이 주차장 쪽으로 눈길을 돌렸다.

— 그럼 내가 진숙이 친구 한 명 소개해줄까? 걔 친구 중에 효령이라고 있는데…….

— 됐어. 나도 봤잖아. 걔.

— 근데 왜? 마음에 안 들어?

울트라가 다시 입을 다물었다.

— 답답한 새끼, 누가 개하고 사귀래? 그냥 재미나 한번 보라는 거지.

— 그래도 난 싫어.

울트라가 고집스럽게 고개를 가로저었다.

— 꼴에 따지기는……. 근데, 형님들은 왜 이렇게 안 와?

· · ·

울트라는 깡구가 주차장을 가로질러 건너편 편의점으로 걸어가는 걸 지켜보며 마지막 남은 담배 한 개비를 피워 물었다. 주차장으로 은색 벤츠 한 대가 들어오는 것이 눈에 들어왔다. 언젠가 잘나가게 되면 꼭 갖고 싶은 슈퍼살롱 모델이었다.

울트라는 부러운 눈으로 벤츠를 따라가다 문을 열고 내리는 중년의 사내를 발견했다. 그리고 깜짝 놀라 자리에서 벌떡 일어섰다. 감색 슈트가 잘 어울리는 건장한 몸에 포마드를 발라 바짝 올려붙인 머리, 먼발치에서 봐도 오금이 저린 서늘한 눈빛과 사자처럼 당당한 걸음걸이, 비록 한 번도 본 적이 없지만 분명 양 사장이었다!

울트라는 재빨리 담배를 비벼 끄고 부동자세로 파라솔 옆에 서서 대기했다. 양 사장이 건물 쪽으로 다가올수록 두근두근 가슴이 방망이질 쳤다. 말로만 전해 듣던 전설적인 인물을 직접 보게 되다니! 그런데 깡구 새끼는 하필 이 시간에 담배를 사러 갈 게 뭐람.

— 안녕하십니까, 사장님!

벤츠의 주인이 다가오자 울트라는 칼같이 허리를 접어 정중하게 인사했다. 감색 양복을 입은 사내는 의아한 듯 멈춰 서서 울트라를 아래위로 훑어보았다.

— 넌 못 보던 앤데 누구냐?

— 네, 전 종식이 형님 밑에 있는 울트라, 아니 박세룡이라고 합니다.

울트라도 나름대로 대가 있는 건달이었지만 상대가 상대이니만큼 잔뜩 긴장해 말을 더듬었다.

— 종식이가 누군데?

사내가 의아한 듯 되물었다.

— 네, 문학동에서 당구장 하시는 종식이 형님이라고…….

— 누구, 문학동 작대기?

— 네, 그렇습니다!

상대가 족보를 알아봐줘 다행이라는 듯 울트라는 어색한 미소를 지어 보였다. 사내는 고개를 끄덕이며 건물 안으로 몇 발짝 걸어 들어가다 다시 돌아서서 울트라에게 다가왔다.

— 너 운전할 줄 알아?

— 네?

— 운전할 줄 아냐고, 인마.

— 하, 할 줄 압니다.

— 그럼, 내 심부름 좀 하나 해라.

— 네, 말씀만 하십시오!

사내는 주머니에서 자동차 열쇠를 꺼내 건넸다.

— 저 차 갖고 가서 세차 좀 해와.

— 세, 세차 말입니까?

— 그래, 인마. 아무 데나 가서 자동세차 하면 안 되고, 연수동 쪽으로 가다 사거리 지나면 오른쪽에 손 세차 하는 데 있거든. 꼭 거기 가서 해.

그는 오만 원짜리 한 장을 꺼내 울트라에게 건네며 시계를 쳐다봤다.

— 나 사무실 들렀다 금방 나가봐야 하니까 한 시간 내로 와야 된다.

— 네, 알겠습니다!

울트라는 자동차 열쇠와 오만 원짜리 한 장을 손에 쥔 채 잠시 얼떨떨한 표정으로 서 있었다. 그분이 나에게 심부름을 시키다니! 종식이 형님도 직접 독대를 못 하는 분인데 이게 말이 되는 상황인가! 나중에 문학동 형님들과 깡구 새끼에게 이 얘기를 들려주면 얼마나 부러워할까, 울트라는 가슴이 벅차올랐다.

그래! 어쩌면 이것이 절호의 기회일지도 모른다. 잘만 하면 사장님 밑에서 벤츠 운전을 하다 눈에 들어 정식 조직원이 될 수도 있고,

또 밑에서 몇 년 잘만 보이면 중간보스로 고속승진을 할 수도 있을 터, 종식이 형님은 몸만 쓰지 말고 머리도 좀 쓰라고 구박하지만 사람 팔자는 알 수 없는 법이다. 하지만 나중에 연안파 중간보스가 돼도 종식이 형님을 괄시하면 안 되겠지? 난 의리 있는 놈이니까!

울트라는 벤츠 운전석에 앉아 잠시 심호흡을 하다 시동을 걸었다. 과연 고급 세단답게 소리도 나지 않고 진동도 없어 시동이 걸린지 아닌지도 알 수 없었다. 울트라는 장차 차를 사면 비엠더블유보단 벤츠를 사야겠다고 마음먹으며 조심스럽게 차를 몰고 주차장을 빠져나왔다.

· · ·

연수동 뒷골목, 비보호 좌회전을 하던 검은색 승용차가 주차장에서 막 빠져나오던 은색 벤츠의 옆구리를 들이받은 것은 오후 두 시경이었다. 쿵! 하는 소리와 함께 뒷문짝을 들이받힌 울트라는 즉시 운전대에 머리를 박고 기절해버렸다.

얼마나 지났을까? 주변이 시끄러워 눈을 떠보니 지나가던 행인들이 놀란 얼굴로 차 안을 들여다보고 있었다. 퍼뜩, 정신이 들었다. 그리고 자신이 어떤 상황에 처해 있는지 즉시 깨달았다.

씨발, 좆됐다!

울트라는 후다닥, 문을 열고 급히 차에서 내렸다. 검은 승용차에 옆구리를 받힌 벤츠는 뒷문이 움푹 패어 있었다. 찌그러진 문짝을 보는 순간, 이제 꼼짝없이 죽었구나! 하는 공포가 쓰나미처럼 덮쳐왔다. 그러는 동안 상대편 운전자가 뒷목을 움켜쥐고 비틀거리며 차에서 내렸다. 하지만 울트라의 눈엔 아무것도 들어오지 않았다. 오로지 양 사장의 무서운 얼굴이 떠올랐을 뿐이었다. 그리고 자신의 몸이 검푸른 바다에 던져지는 장면이 떠올랐다. 허리엔 물론 커다란 돌이 매달려 있었다.

　— 야, 인마! 눈깔을 얻다 박고 운전을 하는 거야!
　상대편 운전자가 대뜸 울트라의 뒤통수를 딱! 소리 나게 때렸다. 돌아보니 머리가 반쯤 벗어진 땅딸막한 중년의 사내였다. 그는 잔뜩 화가 나 삿대질을 하며 고함을 질러댔다. 울트라의 눈에 서서히 불길이 일었다. 그의 좌절감은 곧 분노로 변해갔다.
　— 어? 이 자식 봐라. 나이도 어린 놈이 어딜 꼬나 봐?
　중년의 사내는 계속 뒤통수를 때렸다. 그러는 동안 울트라의 머릿속에선 온갖 위험한 화학물질들이 서로 뒤섞인 채 부글부글 끓어오르기 시작했다.
　— 근데 너 이 차, 보험이나 들어놨어? 보나 마나 대포차 같은데…….
　머릿속에서 마침내 펑! 하며 거대한 폭발이 일어났다. 울트라는 적을 발견한 울트라리스크처럼 상대를 향해 무섭게 돌진했다.

빡!

울트라의 이마가 상대의 코를 정통으로 들이받았다. 뭔가 바스러지는 소리와 함께 중년의 사내는 코를 움켜쥐고 뒤로 넘어졌다.

— 이 씨발 새끼!

울트라는 넘어진 사내를 향해 사정없이 발길질을 해댔다. 중년의 사내는 몸을 웅크린 채 어구구, 비명만 질러댔다.

— 저걸 어째! 저러다 사람 죽이는 거 아냐?

주변의 행인들은 울트라의 서슬에 감히 다가오지도 못하고 멀찌감치 떨어진 채 구경만 하고 있었다. 울트라가 겨우 정신을 차린 건 어디선가 멀리서 들려오는 사이렌 소리 때문이었다. 문득 밑을 내려다보니 상대 운전자는 피투성이가 된 채 아스팔트 위에 널브러져 있었다. 죽었는지 살았는지 꿈쩍도 하지 않았다.

부앙!

벤츠 한 대가 무서운 속도로 도로를 질주하고 있었다. 독일산 고급 세단은 술에 취한 듯 비틀거리며 차량 사이를 쏜살같이 빠져나갔다. 깜짝 놀라 급브레이크를 밟는 소리와 분노의 경적이 뒤를 따랐다. 하지만 울트라의 귀엔 아무 소리도 들어오지 않았다.

도대체 왜 나에게 이런 일이 일어난 걸까?

불과 십 분 전까지만 해도 그는 꿈 많은 청년이었다. 모두가 부러워하는 연안파 중간보스가 되어 벤츠에 모델급 여자들만 골라 태우고 다니며 폼 나게 살 거라는 야망이 있었다. 하지만 모든 꿈이 삽시간에 물거품처럼 사라졌다. 양 사장의 손에 죽던, 살인죄로 평생 빵에서 썩던 어차피 조진 인생이었다. 그렇게 인생을 망치는 데 걸린 시간은 채 십 분도 걸리지 않았다. 도로를 질주하는 동안 울트라는 정신을 모으기 위해 안간힘을 썼다. 시계를 보니 벌써 이십 분이 지나 있었다. 요행히 벤츠는 문짝 하나만 찌그러졌을 뿐, 다른 곳은 멀쩡했다. 아직 기회는 있었다. 그는 남동공단 쪽으로 곧장 차를 몰았다.

· · ·

공단 후미진 곳, 한적한 길가에 있는 카센터에 뒷문이 찌그러진 벤츠가 무서운 속도로 들이닥친 건 오후 두 시 삼십 분경이었다. 의자에 앉아 꾸벅꾸벅 졸던 공업용은 요란한 차 소리에 놀라 의자에서 굴러 떨어질 뻔했다. 그는 찌그러진 문짝을 보고 단번에 상황을 파악했다. 그래서 얼굴이 죽상이 된 울트라를 보자마자 히죽 웃으며 한마디 했다.

— 이야, 완전 좆 됐네.

— 그래, 씨발! 좆 됐다.

— 이거 누구 찬데?

— 누구 찬지는 알 거 없고, 이 문짝 여기서 고칠 수 있어?

— 벤츠를 여기서 어떻게 고쳐. 이건 공장 들어가야 돼.

— 그럼 얼마나 걸리는데?

— 벤츠는 오래 걸리지. 좆나게 비싸고······.

— 너 내 오토바이 알지? 혼다. 그거 너한테 넘길 테니까 이거 좀 어떻게 해줘. 삼십 분 내로.

— 미친 새끼, 그 썩은 혼다 열 대를 줘도······.

울트라가 멱살을 힘껏 움켜쥐는 바람에 공업용은 나머지 말을 잇지 못했다.

— 야, 나 좀 살려줘라. 응? 이거 못 고치면 난 죽어. 진짜라고!

울트라는 당장 울음이 터질 것 같은 목소리로 버럭 고함을 질렀다. 공업용이 한 번도 본 적 없는 절박한 표정이었다. 그제야 그는 사태의 심각성을 이해한 듯 핸드폰을 꺼내 들었다.

— 잠깐만 기다려 봐. 삼촌한테 전화 좀 해보고.

공업용은 자신 없는 표정으로 버튼을 눌렀다.

그의 별명이 공업용인 이유는 그가 단지 공고를 나왔기 때문이 아니었다. 뭐든 공업용을 선호했기 때문이었다. 학교에 다닐 때부터 그는 공업용 본드를 불고 공업용 알코올을 마셨으며(물론 그러다 죽을 뻔했지만), 싸울 땐 크고 치명적인 공업용 장비를 들고 싸웠다. 그렇게 한동안 사고를 치고 다니던 그는 폭행죄로 소년원에 한 번 다녀온 뒤 외삼촌이 운영하는 카센터에 취직해 자동차정비면허 시험을 준비하며 착실하게 일을 배우는 중이었다.

— 어디 사우나 가서 자나 본데……. 전화 안 받아.

공업용이 어쩔 수 없다는 듯 어깨를 으쓱하며 핸드폰을 내려놓았다.

— 야, 씨발. 그래도 어떻게 좀 해봐, 이 새끼야!

울트라가 발작하듯 소리를 지르다 곧 절망적인 얼굴로 털썩, 의자에 주저앉았다. 공업용도 옆에 앉아 담배를 피워 물었다. 두 사람은 나란히 앉아 담배를 피우며 문짝이 찌그러진 벤츠를 바라보았다. 오후의 뜨거운 태양 빛에 벤츠의 은색이 비현실적으로 반짝거렸다. 그래서 찌그러진 자리가 영원히 지울 수 없는 깊은 상처처럼 더욱 도드라져 보였다.

— 누구 찬데 그래? 종식이 형님 차야?

— 종식이 형님 같으면 내가 걱정을 안 한다.

— 그럼?

— 양 사장님.

— 양 사장? 그 여, 연안파 양 사장?

울트라가 무겁게 고개를 끄덕이자, 공업용의 눈이 휘둥그레졌다.

— 너 진짜 사고 한 번 제대로 쳤구나.

— 그러니까 말만 그러지 말고 씨발, 어떻게 좀 해보라고!

울트라가 답답하다는 듯 피우던 담배를 바닥에 내던졌다. 이때였다. 거짓말처럼 은색 벤츠 한 대가 카센터 안으로 소리도 없이 미끄러져 들어왔다. 벤츠는 광고의 한 장면처럼 부드럽게 두 사람 앞으로 굴러와 스르르 멈춰 섰다. 우연히도 양 사장의 벤츠와 똑같은 슈퍼살롱이었다.

울트라와 공업용은 턱을 뚝 떨어뜨린 채 놀란 눈으로 벤츠를 바라보았다. 곧 문이 열리고, 인상을 잔뜩 찌푸린 중년의 사내와 젊은 여자가 차에서 내렸다. 근처 골프연습장에라도 다녀오는 길인지 둘 다 화려한 원색의 골프복 차림이었다.

— 야, 이거 에어컨이 고장 난 것 같은데 여기서 손 좀 볼 수 있어?

흰색 골프 바지를 입은 사내가 대뜸 반말로 물었다.

— 어떻게 시원찮은데요?

공업용이 엉거주춤 자리에서 일어나며 물었다.

— 몰라, 찬바람이 안 나와. 미치겠다.

과연 남자의 이마에선 굵은 땀방울이 줄줄 흘러내렸다. 커다란 선글라스를 쓴 여자도 미간을 찌푸린 채 얼굴에 대고 연신 손부채질을 해댔다.

— 가스가 없는 모양이네요. 제가 한번 볼게요.

공업용이 벤츠의 운전석에 올라 차를 건물 안으로 이동시키는 동안, 차 주인은 어우 더워, 를 연발하다 새로 등장한 벤츠를 뚫어져라 노려보는 젊은 청년에게 물었다.

— 야, 이거 손보는 데 얼마나 걸려?

— 네? 아, 이거 시간 좀 걸릴 텐데…….

— 가스 보충하는 데 뭔 시간이 걸려?

— 벤츠잖아요, 사장님. 벤츠. 국산 차 같으면 우리도 뭐 대충 하지만 이런 고급 차는 그러면 안 되죠.

울트라는 함빡 웃으며 너스레를 떨었다. 공업용은 어느새 보닛을 열고 엔진을 들여다보고 있었다.

— 그럼, 얼마나 기다려야 해?

— 뭐, 그렇게 오래 걸리는 건 아닌데……. 저, 여기서 이러지 마시고 요 앞에 커피숍이 있거든요. 가서 시원하게 아이스커피라도 한 잔 하고 계세요. 다 고치면 제가 모시러 갈게요.

— 그럴까?

남자는 여자 쪽을 바라보았다.

— 오래 안 걸리죠?

— 그럼요, 사모님. 커피 한 잔 마시면 딱 될 겁니다.

두 사람은 더위에 지쳤는지 순순히 커피숍 쪽으로 고개를 돌렸다.

• • •

울트라가 양 사장의 벤츠를 몰고 사무실로 돌아온 것은 사고가 난 지 정확히 한 시간 뒤였다. 방금 세차를 마친 은색 벤츠는 우아한 자태를 뽐내며 주차장으로 들어섰다. 문짝도 찌그러진 데 하나 없이 말짱했다. 울트라는 당당하게 주차장 한복판에 차를 세우고 운전석에서 내렸다. 골프복을 입은 커플이 카센터로 돌아와 문짝이 하나 사라진 차를 보고 얼마나 놀랄지, 공업용이 뭐라고 변명을 하며 사건을 수습할지 알 수 없었다. 그건 모두 나중 일이었고 중요한 게 아니었다. 중요한 건 양 사장의 차를 가지고 무사히 돌아왔다는 거였다. 그래서 이젠 바다에 수장되지 않아도 된다는 거였다. 그는 죽음의 문턱에서 살아 돌아온 것 같은 안도감에 큰 한숨을 내쉬었다.

— 야, 너 어디 갔었어?

울트라가 차에서 내리자 사무실 입구에 서 있던 깡구가 달려와 다급하게 물었다.

— 응, 세차 좀 하고 왔지. 왜?

울트라가 한껏 거들먹거리며 대답했다. 그리고 뿌듯한 눈으로 다시 한 번 영롱하게 반짝이는 벤츠를 돌아보았다.

— 종식이 형님이 아까 너 찾았는데…….

— 누구, 작대기? 바빠 죽겠는데 왜 이렇게 찾는 사람이 많아.

울트라는 여전히 거들먹거리며 열쇠고리를 손가락에 걸어 홰홰 돌렸다.

— 하여간 빨리 올라가 봐. 너 보면 사무실로 올려 보내라고 그랬어.

— 알았어, 인마. 하여간 젊은 놈이 걱정이 너무 많아, 걱정이.

울트라는 귀엽다는 듯 깡구의 머리를 쿡, 쥐어박고 휘파람을 불며 건물 안으로 경쾌하게 걸어 들어갔다. 깡구는 울트라의 뒷모습을 불안하게 지켜보며 고개를 갸우뚱했다.

　사무실은 노래방, 커피숍, 키스방, 여대생 마사지 등 온갖 유흥업소가 밀집해 있는 근린상가 사 층에 자리하고 있었다. 울트라는 사무실 문 앞에 서서 잠시 호흡을 가다듬었다. 장차 연안파 중간보스가 될 몸이었다. 오늘은 그 첫발을 내딛는 날이다. 그러니 예의는 차리되 너무 굽신거리는 모습을 보이는 건 좋지 않다고 생각했다. 그는 언젠가 먼발치에서 본 형근을 떠올렸다. 그는 말이 없어도 상대를 압도하는 눈빛을 가지고 있었다. 울트라는 자신도 정확히 그런 분위기를 내고 싶었다. 그래서 당당하게 벌컥, 문을 열고 사무실로 들어섰다.

　넓은 사무실 한복판엔 커다란 가죽 소파가 놓여 있고, 고급 양복을 입은 연안파 중간보스들이 둘러앉아 커피를 마시며 여유 있게 농담을 나누고 있다. 물론 이름만 들어도 오금이 저리는 무서운 형님들이지만 모두 자신을 알아보고 환하게 웃으며 환영해준다.

　자네가 바로 그 유명한 문학산 울트라구먼.

　역시 듣던 대로 야무지게 생겼네. 크게 될 놈이야.

　울트라가 기대한 건 바로 그런 장면이었다. 그런데 뭔가 이상했다. 사무실의 분위기가 생각한 것과 사뭇 달랐기 때문이었다. 일단 사무실이 너무 좁고 어두웠다. 그리고 소파엔 아무도 없었다. 다들 어디 간 거지? 울트라가 쭈뼛대며 어두운 사무실을 둘러보는데 누군가 바닥에서 똥 마려운 강아지처럼 끙끙거리는 소리가 들렸다.

　어둠이 눈에 익자, 울트라는 상상도 못 했던 장면과 마주쳤다. 사내들 몇 명이 좁은 사무실 바닥에 나란히 머리를 박고 있었던 것이다. 대낮에 원산폭격이라니, 대체 무슨 일이지? 울트라는 바짝 긴장해서 둘러보다 아는 얼굴을 한 명 발견했다. 자신이 모시는 동네 형, 종식이었다. 그는 뒷짐을 진 채 대가리를 박고 있다 울트라를 발견하고 잔뜩 화난 얼굴로 눈을 부라렸다. 울트라는 빨리 꺼지라는 뜻인지, 아니면 너도 같이 머리를 박으라는 뜻인지 알 수 없어 엉거주춤 자동차 키를 들어 보였다. 종식은 그게 아니라는 듯 더 크게 눈을 부라렸다. 울트라는 당황해서 쳐다보다 또 한 명의 아는 얼굴을 발견했다. 바로 연안파 중간보스 형근이었다. 그도 종식 옆에서 머리를 박고 있었다. 건달들 사이에서 형근의 별명은 '오백 바늘'이었다. 그것도 '굵은 바늘로만'이라는 단서가 뒤따랐다. 그만큼 산전수전 다 겪은 전설적인 건달이었다. 그런데 그가 머리를 박고 있다니! 도저히 믿어지지 않았다.

　울트라는 점점 더 울상이 되었다. 하지만 그게 다가 아니었다. 아는 얼굴이 또 한 사람 있었다. 건물 입구에서 마주쳤던 감색 슈트를 입은 중년의 사내였다. 바로 울트라에게 자동차 키를 맡긴, 그러니까 그는 분명 양 사장이었는데…… 아아! 믿을 수 없게도 그 또한 사무실 바닥에 머리를 박고 있었다.

대체 이게 무슨 일이지? 단체로 요가라도 하는 중인가? 울트라는 단순하고 무식했지만 그래도 예감이라는 게 있었다. 그 예감은 뭔가 일이 대단히 잘못되었다고 말하고 있었다. 울트라는 답답하고 무서워 미칠 것 같았다. 차라리 아무것도 못 본 척 사무실에서 도망치고 싶었다. 하지만 오금이 저려 한 발짝도 뗄 수 없었다.

이때, 안에서 누군가 벌컥 문을 열고 나왔다. 키가 땅딸막하고 머리가 반쯤 벗어진 중년의 사내였다. 어딘가 낯이 익었는데 어찌 된 일인지 코가 주먹만 하게 부어올랐고 심하게 상한 얼굴엔 여기저기 반창고가 붙어 있었다. 그는 나오자마자 대뜸 가까이 있는 감색 슈트를 입은 사내의 옆구리를 발로 걷어찼다.

— 너 이 새끼들! 요즘 정신 얻다 두고 다니는 거야?

감색 슈트를 입은 사내와 함께 우르르 대열이 무너져 다들 바닥을 나뒹굴었다. 그들은 훈련병처럼 재빨리 제자리로 돌아와 다시 머리를 박았다.

— 죄, 죄송합니다, 사장님!

울트라는 반창고가 잔뜩 붙어 있는 사내의 얼굴을 보고 고개를 갸우뚱하다 퍼뜩, 그가 누군지 기억해냈다. 바로 자신의 차를 박은 상대 운전자였다. 울트라는 울상이 되어 주춤주춤 뒤로 물러서다 상대와 눈이 마주치자 자신도 모르게 주르르, 바지에 오줌을 싸고 말았다.

다이아몬드

— 민 박사는 왜요?

형근이 의아한 듯 쳐다보았다.

— 전에 말한 게임장 말이야. 만나서 그 얘기 좀 더 해보려고.

양 사장은 길게 하품을 하며 신문을 펼쳐 들었다. 신문지 사이에 끼워져 있던 온갖 지라시들이 낙엽처럼 우수수 떨어졌다.

— 할 생각 없으시다면서요?

— 그랬지. 근데 가만히 생각해보니까 그동안 내가 너무 편하게 산 것 같아.

양 사장은 바닥에 흩어진 지라시를 들어 보였다.

— 자, 이걸 좀 봐. 다들 얼마나 열심히 살려고 해. 응? 뭐라도 한 가지 더 팔아보겠다고 발버둥치는 거잖아. 근데 우린 뭐야? 공무원

042

도 아닌데 만날 사무실에 앉아서 펜대나 굴리고……

양 사장은 말을 하다 뭔가 답답한 듯 손을 내밀었다.

— 야, 담배 하나 줘봐.

— 끊으셨잖아요.

— 그냥 줘봐, 인마.

형근은 뭔가 한마디 하려다 말없이 담배를 내밀었다. 양 사장은 사막에서 물을 만난 듯 허겁지겁 급하게 담배를 빨아대다 갑자기 휘청하며 두 손으로 책상을 짚었다.

— 괜찮으세요?

형근이 놀라 다가가려고 하자 양 사장은 손을 내저으며 겨우 몸을 추슬렀다.

— 어우. 오랜만에 피니까 머리가 핑 도네.

양 사장은 결국 금연에 실패하고야 말았구나, 하는 자괴감과 오랜 연인을 만난 반가움이 뒤섞인 쓴웃음으로 자신이 피우던 담배를 바라보았다.

— 역시 맛있네. 아무리 봐도 세상에 이 담배만 한 게 없어. 이걸 끊겠다고 했으니 원.

— 민 박사는 언제 보자고 할까요?

— 당장 내일이라도 들어오라고 해.

양 사장은 눈을 감은 채 담배를 한 모금 더 맛있게 빨았다.

— 근데 주변에 쓸 만한 애 좀 없어?

양 사장은 담배를 비벼 끄며 물었다.

— 게임장을 우리가 직접 할 순 없잖아. 쳐다보는 눈이 수백 갠데, 바지를 세워야지.

형근은 잠시 생각하다 조심스럽게 말을 꺼냈다.

— 종식이는 어떻습니까, 사장님?

— 누구, 문학동 작대기? 야, 그 새끼 얘기는 꺼내지도 마.

양 사장은 얼마 전 주차장에서 당한 일이 떠올라 버럭 소리를 질렀다. 상대는 종식이 밑에서 일하는 새파란 건달이라고 했다. 아무리 똥오줌 못 가리는 변두리 양아치라도 그렇지……. 양 사장은 당시 생각에 혈압이 올라 뒷목을 어루만졌다.

양 사장이 누군가와 직접 주먹을 겨룬 건 쌍팔년도 이후, 한 번도 없던 일이었다. 게다가 그렇게 일방적으로 맞은 건 기억도 나지 않을 만큼 오래전의 일이었다. 그래도 그렇게 맥없이 당할 줄은 상상도 못 했다. 울트라라고 했던가, 별명도 괴상하고 생긴 것도 괴상한 놈이 대가리부터 밀고 들어올 땐, 솔직히 겁도 났다. 다른 한편으론 그 젊음과 패기, 아무 생각 없는 단순함이 부럽기도 했다. 젊은 건달들은 모두 자신을 우러러보며 그의 자리를 부러워했지만, 만일 가능하기만 하다면 양 사장은 당장 그들의 젊음과 자신의 자리를 맞바꿀 용의가 있었다.

— 참, 뜨끈이는 요즘 뭐해?

양 사장이 문득 생각난 듯 물었다.

— 걔, 지금 한국에 없어요.

— 왜?

— 박 감독한테 사기 치고 동남아로 날랐잖아요.

— 쌕쌕이 박 감독?

— 네. 뭔 사기를 쳤는지 모르겠는데 하여간 박 감독이 잡히면 눈알을 파버리겠다고 이를 갈더라고요.

— 역시 뜨끈이는 뜨끈이네. 그 여우 같은 박 감독 뒤통수를 쳤으니.

양 사장이 피식 웃으며 말했다.

— 근데 뜨끈이는 왜요?

— 걔한테 이 일을 맡기면 좋을 것 같아. 그놈이 구라가 좋잖아. 지방에 인맥도 많고.

— 그 사기꾼 놈을 어떻게 믿고 맡기시려고요?

— 맞아, 세상에 걔를 믿을 사람은 아무도 없지. 근데 난 믿어. 왜냐하면 이 바닥에서 내 뒤통수를 칠 놈은 아무도 없거든.

하긴, 맞는 말이긴 했다. 양 사장을 속일 사람은 아무도 없었다. 그의 뒤통수를 치면 어떤 일이 생길지 빤히 알기 때문이었다.

— 박 감독 만나서 간 좀 볼 테니까 넌 뜨끈이 수배 좀 해봐. 보나마나 태국이나 어디 가서 계집애 하나 끼고 늘어져 있을 테니까.

양 사장은 양복을 집어 들고 자리에서 일어섰다.

— 근데 동남아가 좁은 게 아닌데 어디서 찾죠?

— 너 뜨끈이한테 제일 어려운 일이 뭔지 알아?

— 뭔데요?

— 조용히 숨어 있는 거. 그놈은 어딜 가든 소리가 나거든. 보나
마나 여기저기 다 쑤시고 다녔을 테니까 동남아 쪽에 나가 있는 애
들한테 알아보면 아마 스물네 시간 내로 연락 올 거다.

· · ·

넓은 스튜디오 한복판이었다. 침대 위에선 한 쌍의 남녀가 실오라
기 하나 걸치지 않은 알몸으로 정사를 나누고 있었다. 두 사람은 서
로 다리를 교차한 채 옆으로 누워 격렬하게 허리를 움직였는데 여
자의 커다란 가슴이 물풍선처럼 크게 요동쳤고 요분질을 할 때마다
맨살 부딪치는 소리가 실내에 가득 차 세트장은 금방이라도 폭발할
것처럼 뜨거운 열기로 달아올랐다.

어휴, 실감 나네. 설마 저게 진짜 하는 건 아니겠지.

적나라한 정사 장면을 코앞에서 지켜보던 양 사장은 자신도 모르
게 침을 꿀꺽 삼켰다. 이때, 귀에 헤드폰을 끼고 있던 오디오 감독이
번쩍 손을 들었다.

— 잠깐만요.

오디오 감독의 신호에 조감독이 뒤를 돌아보았다.

— 왜요?

— 이상한 소리가 하나 들어갔는데…….

— 무슨 소리?

— 몰라요, 누가 침 삼키는 소리 같은데…….

그러자 스태프들이 일제히 서로를 둘러보며 짜증스럽게 투덜거렸다.

— 아이, 씨발. 또 누구야?

— 누가 자꾸 침을 삼키고 그래, 더럽게.

스태프들의 눈은 범인을 찾아 헤매다 카메라 뒤에 서 있는 낯선 인물을 향해 일제히 몰려들었다. 제작부장이 양 사장을 보고 의아한 듯 물었다.

— 근데 누구세요? 여긴 어떻게 들어왔어요?

— 아니, 난 박 감독 만나러 왔는데, 이 안에서 촬영 중이라고 그래서…….

양 사장이 자신에게 집중된 시선에 당황해 버벅거리자, 제작부장이 스튜디오 입구에 대고 버럭, 소리를 질렀다.

— 야! 용가리 너 이 새끼, 진행 똑바로 못해! 왜 자꾸 촬영장에 개나 소나 들여보내는 거야!

양 사장은 어느 모로 보나 개나 소나로 분류할 수 있는 사람은 아니었다. 그래서 울컥, 화가 치밀어 뭔가 한마디 하려는데 구석에서 모니터를 들여다보던 박 감독이 그를 발견하고 자리에서 일어섰다.

― 어? 사장님. 언제 오셨어요?

― 방금 왔어. 바쁜데 괜히 방해할 것 같아서 기다리고 있었는데…… 근데 뭐, 나 때문에 망친 거야?

― 괜찮아요. 어차피 이 카트 못 써요. 잠깐 시간 있으시죠?

― 나야 뭐 시간 많지.

― 그럼, 요거만 찍고 쉴 거니까 잠깐만 기다리세요.

― 그래, 천천히 해. 천천히.

양 사장은 손사래를 치다 스태프들의 시선을 피해 재빨리 제작부장의 뒤통수를 딱! 후려갈겼다.

― 아, 씨발! 누구야?

제작부장이 뒤를 돌아보았지만 양 사장은 모른 척 딴전을 피웠다. 제작부장은 뒤통수를 어루만지다 양 사장과 눈이 마주쳤는데 뭔가 심상찮은 분위기에 슬그머니 눈을 깔고 진행을 계속했다. 그동안 박 감독은 의자에서 일어나 배우들에게 다가갔다.

― 야, 니들 가위 치기 안 해봤어? 뭐가 그렇게 어설퍼. 내가 하는 걸 한번 봐.

박 감독은 남자배우 대신 침대 위에 올라가 여배우와 함께 연기를 실연해 보였다. 그는 컴컴한 스튜디오 안에서도 짙은 선글라스를 쓰고 있어 겉만 보면 국제영화제에서 그랑프리라도 몇 개 받은 거장의 풍모였지만, 기실 빨대라는 별명으로 널리 알려진 악명 높은 사채업자에 삼류 에로영화 감독일 뿐이었다. 그가 감독이 된 것은 밑도 끝도 없이 들어가는 제작비를 감당하지 못해 결국 그에게 사채를 얻어 쓴 어느 멍청한 영화제작자 덕분이었다. 그는 빨대에게 똥물까지 다 빨리고 난 뒤, 결국 영화사를 악덕 사채업자에게 넘겨주었고 이때부터 빨대는 가당치도 않게 영화사 사장이 되어 제작자 타이틀에 이름을 올리며 문화계 인사 행세를 하더니 얼마 전부턴 자신이 직접 메가폰까지 들어 사채놀이는 뒷전으로 물리고 감독놀이에 한창 빠져 있는 중이었다.

— 자, 봐. 다리를 이렇게 확실하게 끼우고 가위로 썰듯이……

박 감독은 여배우의 엉덩이를 툭 치며 말했다.

— 뭐해? 너도 같이 잘라줘야지.

배우들에게 연기 지도를 하는 박 감독을 지켜보며 양 사장은 속으로 코웃음을 쳤다.

홍, 개새끼, 빨대 주제에 개폼은!

하지만 내심으론 박 감독이 부럽기 그지없었다. 날마다 발가벗은 여배우들과 일을 하며 합법적으로 돈까지 버니 세상에 그보다 좋은 팔자가 어디 있을까, 싶었던 것이다.

— 그렇지, 그렇게 싹, 둑, 싹, 둑……. 그래, 이래야 뭐가 잘려도 잘릴 거 아냐.

박 감독은 흥겹게 리듬을 타며 여배우에게 사정없이 사타구니를 들이밀었다.

— 근데, 사장님이 여기까지 어쩐 일이세요? 설마 내가 보고 싶어서 오신 건 아닐 테고……

세트장 밖으로 나온 박 감독은 땀을 닦으며 아이스커피를 빨대로 한 모금 쪽, 빨아 마셨다. 논밭이 펼쳐진 변두리 야적장에 세워진 세트장은 말이 세트장이지 실은 방음장치도 안 된 컨테이너를 몇 개 늘어놓은 가건물에 불과했다. 그래도 여관방을 전전하면서 베드신을 찍던 시절에 비하면 많이 발전한 거였다.

— 왜? 보고 싶어서 오면 안 되는 거야?

— 에이, 왜 이러세요. 우리끼리 징그럽게……

박 감독은 양 사장의 어깨를 툭 치며 반죽 좋게 웃어 보였다.

— 저 친구는 누구야?

양 사장은 세트장 입구에 서 있는 기도를 턱으로 가리켰다. 키가 이 미터에 가까운 거구의 사내였다.

— 아, 용가리. 제가 데리고 있는 배우예요. 여자들이 키 큰 남자 좋아하잖아요. 그래서 좀 써보려고 했는데 워낙 연기가 안 돼서 그냥 데리고 심부름이나 시키는 거예요. 빵은 좋잖아요.

— 쟨 키가 얼마나 돼?

— 얼마 전까지 이 미터 찍었는데 지금도 계속 크고 있어서 얼만지 모르겠어요.

— 그럼 차라리 농구를 하지 왜……?

— 원래 어릴 때 농구를 하려고 했죠. 근데 공이 날아오면 눈을

감는 버릇이 있대요. 코치가 아무리 두들겨 패고 연습을 시켜도 안돼서 결국 포기했다고 그러더라고요.

— 거 참, 아깝네.

양 사장은 담배를 피워 물며 슬쩍 찾아온 용건을 꺼냈다.

— 그건 그렇고 뜨끈이하곤 무슨 일이 있었던 거야?

— 누구, 유득근이요?

— 그래.

— 아 놔, 그 개자식. 잡히기만 하면 눈깔을 확 파버려야 되는데…….

뜨끈이 얘기에 박 감독은 울컥, 화가 치밀어 언성이 높아졌다.

— 무슨 일인데 그래?

— 그 새끼가 캄보디아에 내 영화 수출해준다고 사기를 쳤잖아요. 그쪽에 케이블 판권 팔아주겠다고 그래서 깜박 속았죠. 나중에 알고 보니까 그쪽엔 케이블방송이 있지도 않고, 있어도 에로영화 같은 건 틀 수도 없더라고요. 씨발, 쪽팔려서…….

— 박 감독 같은 빠꿈이가 어쩌다가 그런 놈한테 당했어?

— 그러게 말이에요. 무슨 엔터니 어쩌고 하는 회사도 하나 있고, 업자도 데려오고 양해각서니 뭐니 황을 푸는데 그럴듯하더라고요. 씨발, 내가 무슨 귀신에 씌웠는지 원!

박 감독이 열을 받아 씩씩거리자 양 사장이 빙그레 웃으며 용건을 꺼냈다.

— 만약에 말이야, 내가 뜨끈이를 잡아오면 어떡할 건데?

— 눈깔을 파버려야죠. 혀도 뽑아 버리고. 다시는 사기를 못 치게.

박 감독이 이를 갈듯이 내뱉다 의아한 듯 물었다.

— 근데 사장님이 뜨끈이는 왜요?

— 내가 좀 필요해서 데려 오려는데 박 감독이 병신을 만들어 버리면 써먹을 수가 없잖아.

— 그 사기꾼 놈을 어디에 쓰시게요?

— 그건 내가 알아서 할 테니까 신경 쓸 거 없고 숫자만 불러 봐. 뜨끈이 나한테 넘겨주는 데 얼마면 돼?

박 감독은 빠르게 머리를 굴리다 숫자를 불렀다.

— 이억요. 원래 내가 물린 돈하고 정신적 피해보상까지 따지면 오억은 받아야 되는데…….

— 삼천만 받아.

양 사장이 빠르게 말을 잘랐다.

— 정신적 피해보상은 다음에 판사 앞에서나 하고 나하곤 삼천으로 얘기 끝내.

박 감독은 발끈해서 선글라스 너머로 양 사장을 노려보았다. 하지만 상대는 연안파 보스였다. 건달 몇 명 데리고 사채업이나 하는 그가 어찌해볼 수 있는 상대가 아니었다. 삼천이라도 받는 게 낫다는 건 이미 계산기에 나와 있었다. 그 사실을 아프게 주지시키듯 양 사장은 지그시 박 감독의 어깨를 누르며 말했다.

— 잘 생각해 봐. 삼천이라도 받고 나한테 넘기는 게 나은지, 아니면 내가 어디 있는지 당장 알아봐 줄 테니까 잡아다가 눈깔을 빼서 병신으로 만드는 게 나은지. 박 감독, 계산 빠르잖아.

양 사장은 결론이 났다는 듯 담배를 바닥에 비벼 껐다.

징그러운 영감탱이, 언제나 제멋대로군.

박 감독은 속으로 이를 갈았지만 마음을 정한 듯 순순히 고개를 끄덕였다.

— 좋습니다. 사장님이 말씀하시는데 뭐, 그렇게 해야죠. 근데 한 가지 부탁이 있습니다.

— 뭔데, 말해봐.

양 사장이 인심을 쓰듯 웃으며 쳐다보았다.

— 뜨끈이 그 새끼, 손가락 하나만 갖다 주십시오. 검지도 좋고 엄지도 좋고, 상관없습니다.

— 손가락은 뭐하게?

— 알코올에 담가서 내 사무실에 전시해 놓으려고요. 남들이 다 보게.

박 감독은 선글라스를 벗으며 결연한 눈빛으로 말을 이었다.

— 생각해보십시오. 내가 그런 양아치한테 뒤통수를 맞고 아무 일 없이 넘어가면 다들 나를 좆밥으로 알 거 아닙니까. 적어도 손가락 하나는 받아놔야 가오가 서죠. 안 그렇습니까, 사장님?

양 사장은 잠시 쳐다보다 빙그레 웃으며 자리에서 일어섰다.

— 좋아, 그럼 이번 주 안에 삼천하고 손가락 하나 보낼 테니까 뒤 끝 없이 깔끔하게 가는 거야. 오케이?

박 감독이 고개를 끄덕이자 양 사장은 차에 올라타 시동을 걸었다.

— 근데 뜨끈이는 어떻게 찾아오시게요? 동남아 어디 가서 짱박 혀 있는 모양이던데…….

— 벌써 찾아났어.

— 네?

양 사장은 차를 몰고 박 감독 앞을 지나다 문득 멈추고 물었다.

— 근데, 말이야. 그게 진짜 들어가는 건가?

— 뭐가요?

— 영화 말이야.

양 사장은 스튜디오 쪽을 턱으로 가리켰다. 그러자 박 감독이 히 죽 웃으며 말했다.

— 에이, 진짜 들어가면 포르노죠. 우린 어디까지나 에로티카, 예 술영화예요.

— 예술?

양 사장은 피식 웃으며 말했다.

— 야, 박 감독, 내가 보기엔 저게 예술이 아니라 니가 예술이다. 니가.

그리고 붕, 힘차게 액셀러레이터를 밟았다.

．．．

바다 한복판을 가로지른 방조제 위, 항재는 도로 옆에 서서 누군가를 기다리고 있었다. 회사원처럼 말끔한 와이셔츠 차림에 안경을 쓴 그는 초조한 듯 담배를 피우며 방조제 위를 쏜살같이 달려가는 자동차들을 바라보았다. 근처 공단에서 뿜어낸 매연과 미세먼지로 시정이 좋지 않아 바다는 안개에 휩싸인 것처럼 온통 뿌옜다.

잠시 후, 검은 승용차 한 대가 길가에 멈춰 서고 두 명의 사내가 내렸다. 항재는 급히 담배를 비벼 끄고 다가가 꾸벅 인사를 했다. 안산의 건달, 장다리와 그의 부하인 민짜였다. 록 가수처럼 긴 머리를 파마한 장다리는 별명대로 키가 크고 체격이 건장했다.

— 여기 오랜만에 오네. 그동안 물 좀 맑아졌나?

장다리는 고개를 쭉 빼고 시화호 쪽을 살펴보다 항재에게 다가갔다.

— 확실히 결정한 거 맞아?

— 네, 결정했습니다.

항재가 단호한 표정으로 고개를 끄덕였지만 얼굴엔 두려움이 가득했다.

— 좋아, 지금부터 내 얘기 잘 들어. 전부 두 명이 가는데 한 명은 운전을 할 거야. 그리고 나머지 한 명이 널 찌를 거야. 뭐, 이쯤 되겠지.

장다리가 옆구리를 손가락으로 쿡 찌르며 말하자, 항재는 겁을 먹은 듯 움찔했다.

— 아마 많이 아플 거야. 피도 날 테고……. 아아, 그렇다고 죽지
는 않으니까 겁먹을 거 없어. 믿을 만한 전문 칼잡이를 보낼 거거든.
그냥 편하게 주사 한 방 맞는다고 생각하면 돼. 아프면 소리를 질러
도 좋고. 아니, 가능하면 주변 사람들이 듣게 막 비명을 질러. 칼에
찔렸는데 조용한 게 오히려 이상한 거지.

— 저 근데…….

항재가 조심스럽게 물었다.

— 꼭 옆구리를 찔러야 되나요? 그러니까 제 말은 그냥 허벅지나
팔 같은 데를 찔러도…….

— 그건 안 돼.

장다리가 단호하게 말을 잘랐다. 항재가 잠시 울상이 되어 바라
보다 애써 용기를 내 항의를 해보았다.

— 아니, 뭐 강도라는 게 언제나 칼질을 하는 건 아니잖아요. 그
냥 칼로 위협해서 할 수 없이 가방을 내줬다고…….

— 그러면 짜바리들은 속아줄지 모르지. 근데 그 정도로는 양 사
장을 절대 못 속여.

장다리의 말에 항재는 잠시 의아한 듯 쳐다보다 물었다.

— 양 사장? 그 사람이 누군데요?

장다리는 담배 연기를 길게 뿜어내며 말을 꺼냈다.

— 그 인간이 어떤 인간인지 딱 한 가지만 얘기해줄까? 만약에

사람이 손발이 다 묶인 채 흙구덩이에 파묻혔다 이거야. 산 채로 매장을 당한 거지. 그것도 삼 일씩이나. 그러면 어떻게 될 것 같아.

— 그, 그럼 당연히 죽지 않을까요?

— 그래, 보통 사람 같으면 죽겠지. 그런데 그 인간은 사흘 만에 구덩이를 뚫고 살아 나왔어. 예수도 아닌데.

— 어떻게요?

— 어떻게 나왔는지는 모르는데 하여간 살아 나왔어. 그러고 나서 자기를 파묻은 놈들을 한 명씩 찾아다녔지. 직접 파묻은 놈들은 물론, 파묻는데 옆에서 지켜본 놈들, 파묻었다는 걸 알고 박수 치면서 좋아한 놈들, 파묻는 데 쓴 삽을 빌려준 놈들까지 몽땅, 한 놈도 빼놓지 않고 다 찾아내서 죄다 인천 앞바다에 던져버렸어. 허리에 큰 돌을 하나씩 매달아서. 그리고 이 바닥을 통일한 사람이야. 그러니까 그냥 허벅지나 팔 같은 데를 찌르면 안 된다는 거야. 무슨 말인지 알겠어?

항재는 잔뜩 겁먹은 얼굴로 고개를 갸우뚱하다 물었다.

— 근데 우리 사장님은 양 사장이 아니라 엄 사장인데요.

— 그래, 맞아. 그 물건은 당연히 엄 사장 거지. 근데 나중에 물건을 찾겠다고 나서는 건 결국 양 사장이다 이거야. 왜 그럴까?

장다리가 놀리듯 싱글거리는 얼굴로 항재를 쳐다보았다.

— 그, 그러니까 우리 엄 사장이 뭐 바지사장 같은 거예요?

— 빙고!

장다리가 손가락을 딱 튕기며 말했다.

— 보기보다 머리가 나쁘진 않네. 하여간 일이 터지면 결국 양 사장이 나설 수밖에 없어. 그러면 어떻게 되는지 알아?

— 어떻게 되는데요?

— 인천에 피바람이 부는 거지.

이때, 옆으로 지나는 트럭이 빵! 하고 크게 경적을 울렸다. 항재는 움찔하며 몸을 더욱 움츠렸다.

— 저, 아무래도 이번 일은 더 생각을 해봐야 할 것 같은데…….

항재가 엉거주춤 엉덩이를 빼자 장다리는 도망가지 못하게 하려는 듯 어깨를 꽉 움켜쥐었다.

— 그래서 만약에 양 사장이 물건을 찾겠다고 마음먹으면 누군가는 반드시 그 앞에 대령을 해야 돼. 그런데 그게 나는 아냐. 왠지 알아?

항재가 겁에 질린 얼굴로 쳐다보자 장다리는 항재의 옆구리를 쿡 찌르며 빙그레 웃었다.

— 네가 잘해낼 거니까.

그럴수록 항재는 울상이 되어 당장 도망가고 싶은 심정이었다.

— 병원 가서 몇 바늘 꿰매고 일주일만 누워 있으면 끝나는 일이니까 너무 쫄지 마. 그리고 혹시라도 딴 생각하다간 나랑 여기서 다시 만나게 될 거야. 물론 그땐 이렇게 살아서 만나지는 않겠지. 옛날에 여기 시화호 물 뺄 때 시체가 얼마나 나왔는지 모르지? 하긴, 물

이 너무 더러워서 다 세지도 못했지만.

장다리는 꽁초를 바다를 향해 튕겨버리고 차에 올라탔다.

— 내가 연락할 테니까 절대 나한테 먼저 전화하지 마. 알았지?

장다리가 승용차를 타고 사라지자, 혼자 남은 항재는 착잡한 표정으로 담배를 피워 물었다.

씨발, 물려도 제대로 물렸네.

• • •

후줄근한 중년의 사내 셋이 골목길을 달리고 있었다.

— 야, 거기 안 서!

뒤에선 건달 두 명이 눈을 부라리며 쫓아오고 있어 사내들은 죽어라, 내빼다 대로 한복판을 가로질러 뛰어갔다. 달리던 자동차가 급브레이크를 밟으며 요란하게 경적을 울렸다.

— 씨발, 니들 잡히면 뒈진다!

건달들은 사냥개처럼 사내들을 뒤쫓으며 욕설을 퍼부었다. 다들 숨이 턱까지 차올라 잔뜩 우그러진 인상이었다. 그렇게 추격전을 벌이며 거리를 질주하다 막다른 길에 다다르자 세 명의 사내는 일제히 주택가로 난 골목길로 뛰어들었다. 그러자 건달들은 어찌 된 일인지 걸음을 늦추고 눈빛을 교차하며 히죽 웃었다. 곧이어 골목 안에선 우당탕 퉁탕, 퍽, 하며 뭔가 깨지는 소리와 비명이 한꺼번에 들려왔다. 뒤쫓던 건달들이 모퉁이를 돌아가자 놀라운 장면이 눈앞에 펼쳐졌다. 골목 한복판엔 이 미터의 거구, 용가리가 골리앗처럼 우뚝 앞을 막고 서 있었고 그 아래엔 방금 골목으로 도망갔던 사내 셋이 떡이 된 채 널브러져 있었다. 한 명은 용가리에게 발로 밟힌 채 버둥거리고 있었고 다른 한 명은 옆구리에 매달린 채 축 늘어지고 나머지 한 명은 멱살이 잡혀 대롱대롱 허공에 매달려 있었다. 건달들은 그제야 걸음을 멈추고 가쁜 숨을 몰아쉬며 투덜거렸다.

— 쥐새끼 같은 놈들, 돈 갚을 땐 좆나 느리더니 도망칠 땐 발에 모타라도 달았나, 왜 이렇게 빨라.

스튜디오 한구석, 세트 뒤편에 사내 셋이 나란히 앉아 있었다. 일명 삼 대리로 불리는 대리기사들이었다. 얼굴엔 여기저기 멍이 들었고 그중 한 명은 코피가 터졌는지 화장지를 코에 쑤셔 박고 있었다. 세트 너머에선 발가벗은 남녀의 그림자가 어른거리며 여자의 숨넘어가는 교성이 들려왔다. 불쌍한 몰골의 사내들은 그 와중에도 세트 너머를 엿보려고 고개를 기웃거렸지만 앞을 지키고 있는 용가리 때문에 눈치를 보며 침만 꼴깍거릴 뿐이었다.

잠시 후, 촬영을 마쳤는지 컷! 소리가 들리고 박 감독이 세트 뒤에서 모습을 드러냈다. 그는 의자를 가져다 앞에 앉아 예의 아이스커피를 마시며 세 명의 사내를 뚫어지게 처다보았다. 선글라스를 쓰고 있어 어떤 표정인지 알 수 없었다.

— 쯧쯧쯔……. 이런 삼 대리들하고는.

박 감독은 고개를 절레절레 흔들며 혀를 찼다.

— 사람들이 그러지, 하우스에 드나들면 신세 망친다. 거기서 돈 따는 놈 못 봤다. 알고 보면 다 사기다. 그런데도 꼭 그런 데 가서 돈을 쑤셔 박는 놈들이 있어. 참 이상하지? 그런 부조리한 현상에 대해서 누가 이름을 붙였는데 그걸 맨홀의 법칙이라고 그러더라고. 맨홀의 법칙, 그게 뭐냐? 맨홀 뚜껑을 열어놓으면 누군가는 반드시 빠지게 되어 있다, 그런 거야. 그래서 애초에 맨홀 뚜껑을 열어놓으면 안 되는데, 뭐 어떻게 해? 벌써 빠진걸. 쏙!

삼 대리는 주눅이 들어 고개를 숙인 채 바닥만 바라보았다.

— 뭐라고 말들 좀 해봐. 응? 맨홀에 빠진 건 내가 아니라 니들이니까.

서로 눈치를 보다 근식이 먼저 나섰다.

— 저, 저한테 좋은 사업계획이 하나 있는데 말이죠. 그게 뭐냐 하면…….

— 개구라 풀 생각하지 말고 일단 내 얘기부터 들어.

박 감독이 단칼에 말을 자르자 근식은 움찔해서 입을 다물었다.

— 내가 니들을 보고 아이디어가 하나 떠올라서 시나리오를 구상했어. 들어봐. 아주 재밌을 거야. 자, 대리 기사 세 명이 있어. 근데 일하기가 싫어. 왜냐? 좆나게 게으르니까. 그래서 사채를 빌려. 대리 기사 사무실을 하나 내려고 하는데 말이죠, 어쩌고 하면서 구라를

쳐. 사채를 빌려준 사람은 마음씨가 아주 좋은 사람이야. 그래서 그 말을 철석같이 믿고 돈을 빌려줘. 근데 이 인간들이 그 돈을 들고 도박장을 드나드는 거야. 전형적인 한탕주의라고 할 수 있지. 하지만 한탕주의의 종말이 늘 그렇듯이 금세 돈을 다 날리고 쪽박을 차. 자, 여기까지는 많이 들어본 얘기지. 안 그래?

박 감독은 아이스커피를 한 모금 더 빨아 마시고 말을 이었다.

— 지금부터가 중요해. 아까도 얘기했지만 사채업자가 마음씨가 아주 좋은 사람이야. 그래서 이 대책 없는 인간들을 어떻게 구제해줄까 하다가 영화를 한 편 제작하기로 결심하는 거야. 말하자면 영화 속에 또 영화가 나오는 식이지. 근데 이게 또 재밌어. 이 영화에선 자유로운 영혼을 가진 세 명의 친구가 나와. 편의상 얘네들을 A, B, C라고 하자. 이 세 놈은 친구면서 같은 대리운전 사무실에서 일하는 대리기사들이야. 어때, 헷갈리지? 이게 영환지 현실인지. 어쨌든 여기서도 얘네들이 또 밤마다 몰래 도박장을 드나들어. 그러면 마누라가 가만히 있겠어? 여보, 내 구멍은 막아주고 가야지. 이러는 거야. 이건 금방 이해가 되지?

삼 대리들은 자신의 처지도 잊고 남자들끼리만 통하는 미소를 주고받으며 고개를 주억거렸다.

— 근데 어떡해. 때려죽여도 노름은 하러 가야겠고. 그래서 친한 친구한테 부탁을 하는 거야. 야, 나 대신 내 마누라 구멍 좀 막아줘라. 친구가 부탁하는데 거절할 수 없잖아. 이 세 놈이 의리는 또 좆

나게 좋거든. 그래서 B가 A 마누라의 구멍을 대신 메워주는 거야. 그렇게 A 마누라는 다행히 구멍을 메웠는데 이번엔 B의 마누라가 문제지. 여보, 내 구멍은? 그러면서 또 징징거리는 거야. 그럼 어떡해? 이번엔 B가 C한테 부탁하는 거야. 야, 내 대신 땜빵 좀 해주라. 그래서 이번엔 C가 B 마누라의 구멍을 메워주고, 그럼 또 C 마누라가, 씨발, 누군 뭐 구멍 아냐? 그러면 이번엔 아까 그 A가 와서 C 마누라의 구멍을 메워주고, 그렇게 친구 마누라랑 서로 돌아가면서 계속 떡을 치는 거야. 영화가 끝날 때까지 계속! 그러다 마지막엔 한꺼번에 모여서 떼씹도 하고, 뭐 그런 내용이야. 어때, 재밌겠지? 참, 이 작품은 제목까지 나왔어.

— 제목이 뭔데요?

용관이 입을 헤벌리고 듣고 있다 물었다.

— 구멍 돌려막기. 어때?

삼 대리가 히죽거리며 웃자, 박 감독이 다시 커피를 마시고 말을 이었다.

— 또 한 가지, 중요한 건 이 영화엔 전문배우가 안 나와. 진짜 부부들을 섭외해서 촬영할 거야. 리얼로 가는 거지. 요즘은 이런 게 대세거든.

그제야 삼 대리는 뭔가 눈치를 챈 듯 뜨악한 표정으로 쳐다보았다.

— 난 니들한테 한방에 빚을 갚을 기회를 주는 거야. 물론, 니들 마누라들이 어떨지는 안 봐도 빤해. 똥배도 나오고 가슴은 늘어지

고 에로틱한 거하고는 거리가 멀겠지. 근데 희한하게도 이쪽 계통엔 그런 걸 더 좋아하는 놈들이 있단 말이야. 그러니까 인간이란 게 참 복잡한 거지. 어때? 각자 마누라들 데리고 와서 화끈하게 한 번 찍고 끝내자고. 나도 이제 지긋지긋해.

삼 대리는 모욕감에 얼굴이 벌게진 채 고개를 숙이고 있었다. 이때, 세트 너머에서 제작부장의 목소리가 들렸다.

— 감독님, 준비 다 됐습니다!

박 감독은 자리에서 일어나 삼 대리들에게 얼굴을 가까이 들이밀며 낮게 속삭였다.

— 명심해. 천지는 사라져도 나한테 진 빚은 사라지지 않아. 앞으로 딱 삼 일 줄 테니까 안구를 떼서 팔든, 강도질을 하든 상관없어. 무조건 돈 가져와. 안 그러면 마누라들 잡아다가 진짜 씹창내버릴 테니까. 알아들었어?

···

주안역 뒤편, 나이트클럽 주차장 한구석엔 클럽 손님들을 상대로 영업하는 대리기사 사무실이 있었다. 그것은 성냥갑만 한 컨테이너로 삼 대리들이 은거하는 아지트였다. 이른 저녁이라 주차장은 텅 비어 있고 삼 대리는 컨테이너 입구에 모여 앉아 하릴없이 담배를 피우고 있었다. 네온이 번쩍이는 나이트클럽의 화려한 외관과 대비

되어 컨테이너 사무실은 더욱 초라해 보였다.

— 씨발, 누가 노름빚에 마누라까지 잡혀먹었다더니 우리가 그
짝 나는 거 아냐?

근식의 말에 용관이 담배 연기를 길게 내뿜으며 대꾸했다.

— 근데 만들어 놓으면 재미는 있겠네.

— 뭐가요?

— 아까 박 감독 얘기한 그 영화 말이에요. 구멍 돌려막기.

— 아니, 지금 그런 말이 나와요?

근식이 용관을 노려보자, 응천이 안경을 벗고 이마의 땀을 닦으
며 말했다.

— 우리 마누라는 영화 찍자고 하면 아마 좋아할걸. 지금도 만날
속옷만 입고 셀카를 찍거든. 지가 무슨 베이글녀라나 뭐라나 그러
면서.

그제야 용관은 두 사람을 번갈아 쳐다보며 본심을 털어놓았다.

— 난 솔직히 두 분만 괜찮으시다면 찍을 용의가 있는데……. 어
떠세요, 두 분은?

— 진짜요?

근식과 응천이 놀라 쳐다보았다.

— 못 찍을 게 뭐 있어요. 지금 이 판국에. 그리고 우리 같은 사람
이 평생 영화에 나올 일이 있겠어요? 이런 기회에 영화 출연도 한
번 해보는 거지…….

— 씨발, 그게 무슨 영화예요. 포르노지.

근식이 버럭, 핏대를 세웠다.

— 아니할 말로 나중에 우리 자식들이 그 영화를 본다고 한번 생각해보세요. 응? 엄마 아빠가 발가벗고, 응? 외간남자랑, 응? 그게 말이 돼요?

— 아, 누가 찍는대요. 그냥 한번 생각해본 거지. 그리고 그 하우스 처음 데려간 게 누군데…….

용관은 미심쩍다는 듯 근식을 훑어보다 뭔가 깨달았다는 듯 눈을 크게 떴다.

— 잠깐! 그리고 보니까 우리 작업 당한 거 아냐? 당신 그 하우스 사장이랑 무슨 관계야?

— 뭐야? 씨발, 거기 안 가르쳐주겠다는데 악착같이 따라온 게 누군데! 앙!

두 사람이 발끈해서 서로 멱살을 잡고 드잡이를 하자 응천이 끼어들어 말렸다.

— 아, 그만들 해요. 우리끼리 싸운다고 돈이 나오는 것도 아닌데…….

두 사람이 씩씩거리며 각자 다시 담배를 피워 물었다. 응천은 두 사람의 눈치를 살피다 조심스럽게 입을 열었다.

— 저, 나한테 정보가 하나 있는데…….

— 뭐, 또 어디서 도박하자는 거요?

— 그게 아니라…… 이 얘긴 진짜 아무한테도 하면 안 되는 거라…….

— 하기 싫으면 관둬요. 안 할 거면서 왜 뜸을 들이고 그래?

용관이 타박을 하자 웅천이 말을 꺼냈다.

— 다음 주에 송도에서 주얼리박람회가 열리는 거 알아요?

— 주얼리 뭐? 그게 뭔데요?

— 한 마디로 세계 각지에서 온 보석들을 전시하는 거예요. 하우스에서 만나서 알게 된 후배가 한 명 있는데 걔가 보석세공사거든요. 이건 걔한테 들은 얘긴데…… 아이, 진짜 이 얘긴 딴 데 가서 하면 안 되는데…….

— 아, 걱정 말고 본론만 얘기해봐요, 본론만.

근식이 발끈하자 웅천이 다시 말을 이었다.

— 간단하게 말하자면 이런 거예요. 박람회에 전시할 보석이 외국에서 들어왔다가 전시가 끝나면 다시 나갈 거 아녜요.

— 그렇겠죠.

두 명은 눈을 반짝거리며 웅천의 입을 바라보았다.

· · ·

— 한마디로 말하자면 일종의 밀수라고 할 수 있죠.

— 밀수?

엄 사장의 말에 양 사장의 귀가 살짝 열렸다.

— 전시회를 할 땐 샘플용이라고 해서 정식수입신고가 아니라 간이신고로 처리되거든요. 그래서 검사도 안 하고 한방에 통관이 돼요. 어차피 전시만 하고 도로 나가는 물건이니까. 우린 그걸 바꿔치기하는 거죠.

— 어떻게 바꿔쳐요?

예의, 엄 사장의 맞은편 소파에 앉아 있는 형근이 물었다.

— 물건이 나갈 때 가짜를 끼워넣는 거죠. 예를 들어 일억짜리 다이아를 만 원짜리 큐빅으로.

양 사장은 눈을 가늘게 뜨고 고개를 천천히 끄덕였다. 제대로 돈이 되는 일엔 언제나 좋은 냄새가 났다. 고급 오 데 코롱처럼 가볍고 상쾌한 냄새! 지금이 바로 그랬다.

— 그러니까 우리가 물건을 무사히 빼올 수 있게 뒷배를 봐주고 나중에 보석을 처분해주면 된다는 거지?

— 그리고 혹시 일이 잘못돼서 해외로 도피할 일이 있으면 그때도 도와주셔야 되고요.

엄 사장이 웃으며 커피 잔을 들었는데 손가락에 낀 굵은 다이아몬드 반지가 유난히 번쩍거렸다. 그는 송도에서 유명한 보석상으로 정식으로 유통되는 물건보단 주로 어둠의 경로를 통해 들어오는 물건들에 대해 관심이 많았다.

— 근데 콩고에서도 다이아몬드가 나요?

형근이 고개를 갸우뚱하자 엄 사장은 커피를 한 모금 마시고 잔을 내려놓으며 말했다.

　— 최 부장, 콩고에서 나오는 다이아몬드를 뭐라고 부르는지 알아요?

　— 뭐라고 부르는데요?

　— 다이아몬드.

　— 뭔 소리예요, 그게?

　— 그러니까 다이아는 콩고에서 나든 시에라리온에서 나든, 미얀마에서 나든 다 같은 다이아라는 얘기예요.

　양 사장은 몸을 뒤로 물리고 잠시 엄 사장을 바라보다 물었다.

　— 그래서 전체 와꾸를 얼마나 보고 있는 거야?

　— 뭐 적게 잡아도 스무 개는 떨어지지 않겠습니까?

　— 그럼 그중에 내 건 몇 갠데?

　양 사장이 기습적으로 찔렀다. 입매는 웃고 있었지만 눈빛은 먹이를 발견한 사자처럼 날카로웠다.

　— 뭐, 전 사장님 몫으로 다섯 개까진 생각하고 있는데…….

　— 그러니까 그쪽은 하나, 둘, 셋, 넷, 다, 여, 일곱, 여덟, 아홉, 열, 열하나, 열둘, 열셋, 열넷, 열다섯, 이렇게 좆나게 많은데…….

　양 사장은 손가락으로 꼽아가며 숫자를 일일이 세었다.

　— 나는 하나, 둘, 셋, 넷, 다섯 개 먹으라고? 이렇게?

　양 사장의 엄지손가락이 중지와 검지 사이에서 삐죽 튀어나와 있는 걸 보고 엄 사장은 표정이 잔뜩 굳어졌다.

...

— 물건이 나갈 땐 당연히 보석감정사가 따라붙죠. 세관은 봐야
어차피 알 수도 없으니까 감정사가 사인만 하면 끝입니다.

항재의 얘기를 듣고 있던 장다리의 눈이 가늘게 찢어졌다. 그 역
시 좋은 냄새를 맡았는지 코를 벌름거렸다.

— 물론 감정사한테도 똥 좀 떼줘야겠지만…….

— 그쪽하곤 얘기가 된 거야?

— 당연하죠. 눈 한 번 감아주고 한 몫 떨어지는데 마다할 이유가
없죠.

— 그러니까 물건을 빼돌릴 때 우리가 강도로 위장해서 낚아챈다
이거지? 그래야 너도 의심을 안 받을 테고.

— 더 좋은 건 물건을 잃어버려도 경찰에 신고도 못 한다는 거죠.
어차피 불법으로 빼돌린 물건이니까.

항재가 히죽 웃으며 말을 받았지만 장다리는 웃지 않았다. 그는
잠시 몸을 뒤로 물리고 찜찜한 듯 검지를 관자놀이에 대고 뭔가 골
똘히 생각했다.

처음 일을 계획한 건 보석상인 엄 사장 밑에서 일하던 항재였다.

그는 다이아몬드를 손에 넣을 좋은 계획을 가지고 있었지만 배짱이 없었다. 그래서 끌어들인 인물이 안산에서 인력사무소를 운영하는 장다리였다.

장다리는 어린 시절, 유흥업소에서 삐끼로 일하며 일찌감치 사람 장사에 눈을 떴다. 그가 아웃소싱이라고 주장하는 그 일은 유흥업소에 여자들을 공급하는 보도방 사업이었다. 구십 년대 내내 승합차에 여자들을 싣고 다니며 업소에 부려주던 그는 새천년이 되자 사업영역을 확장해 노래방 도우미는 물론, 파출부, 공사판 잡부, 공장 일용직 등 공단을 배후로 형성된 거대한 인력시장에 뛰어들었다. 언제부턴가 회사는 더는 정식직원을 채용하지 않았다. 사대보험 들어주고 보너스까지 줘가며 노조문제로 골머리를 앓고 싶지 않았기 때문이었다. 정부는 그것을 노동시장의 유연성이라고 불렀다. 노동시장이 유연해질수록 인력시장으로 내몰리는 노동자의 숫자는 늘어났고 승합차는 점점 더 많이 필요해졌다. 대신 경쟁업체도 우후죽순으로 늘어나 아웃소싱은 더 이상 재밌는 일이 아니었다. 그즈음, 그의 인력사무실에서 잠시 일했던 항재가 찾아왔다.

— 그러니까 넌 강도가 칼을 들이대서 다이아를 그냥 내줬다, 이렇게 핑계를 대면 다들 속아 넘어갈 거라고 생각하는 거지?

잠시 생각에 잠겨 있던 장다리가 입을 열었다.

— 안 그러면요?

— 사람들은 네가 생각하는 것처럼 단순하지 않아.

장다리가 눈을 가늘게 뜨고 항재의 눈을 들여다보았다.

— 그러니까 이 일이 무사히 마무리되려면 반드시 누군가의 희생이 필요해.

불길했다. 항재는 그 희생자가 누가 될지 짐작할 수 있었다. 그래서 장다리를 끌어들인 걸 후회했지만 그 또한 이미 늦었다는 걸 깨달았다.

— 자, 이제부터 내 얘기를 잘 들어봐.

장다리는 의자에서 등을 떼고 항재에게 얼굴을 바싹 들이댔다. 담배에 찌든 눈동자가 노랗게 빛났다.

* * *

병원 주차장 옆, 작은 공원에선 울트라와 깡구가 담배를 피우고 있었다. 환자복을 입고 목에 깁스를 한 울트라는 휠체어에 앉아 구름이 떠가는 하늘을 향해 담배 연기를 동그랗게 말아 올렸다.

— 씨발, 날씨는 좋네.

주변 벤치엔 환자복을 입은 흡연자나 병원 직원들이 삼삼오오 모여 앉아 잡담을 나누고 있었다.

— 며칠 전에 종식이 형님이 왔다갔는데 나보고 건달생활 집어치우고 빨리 군대나 갔다 오란다.

— 그렇게 큰 사고를 쳤으니 이 바닥에서 발붙이긴 글렀다고 봐

야지.

— 야, 씨발. 너까지 그런 식으로 말하지 마.

깡구의 말에 울트라는 버럭 화를 내다 인상을 찡그리며 목을 움켜잡았다.

— 아, 아파.

울트라는 잠시 목을 부여잡았다 다시 담배를 피우며 자조적으로 내뱉었다.

— 하긴 양 사장을 두들겨 패고 이렇게 살아 있는 것만 해도 다행이라고 봐야지, 뭐.

— 근데, 넌 왜 사 층에서 뛰어내린 거야?

— 네가 그때 사장님 눈을 봤어야 하는 건데……. 만약에 내 발로 뛰어내리지 않았으면 형님들한테 그 자리에서 맞아 죽었을 거야. 차라리 이렇게 깁스하고 몇 주 병원에 누워 있는 걸로 끝났으니까 다행이지.

두 사람은 그 사실에 동의하듯 나란히 고개를 끄덕였다. 이때, 간호복을 입은 여자 한 명이 공원을 가로질러 지나가는 게 눈에 들어왔다. 울트라는 눈을 가늘게 뜨고 여자의 동선을 따라 고개를 돌리다 깁스 때문에 더는 고개를 돌릴 수 없자 휠체어를 슬그머니 돌려 여자의 움직임을 따라갔다.

— 와, 몸매 죽이네.

깡구도 눈길을 돌려 여자 쪽을 물끄러미 바라보다 물었다.

— 근데 너 저 여자 팬티가 무슨 색깔인지 아냐?

— 그걸 어떻게 알아, 인마?

— 아무 무늬가 없는 핑크색이야. 근데 뒤쪽은 망사로 되어 있어서 엉덩이가 다 비치네.

깡구는 마치 눈앞에서 들여다보듯 태연하게 말했다.

— 그게 여기서 보여?

— 그것만 보이는 게 아냐. 젖꼭지도 다 보이는데 왼쪽 젖꼭지가 오른쪽 젖꼭지보다 조금 더 커.

깡구가 눈을 게슴츠레 뜨고 말하자 울트라는 어이가 없다는 듯 고개를 가로저었다.

— 야, 너야말로 여기 입원 좀 해야 되는 거 아냐?

— 난 멀쩡해. 저 여자의 몸이 보이는 건 내가 투시법을 배웠기 때문이야.

— 투시법?

— 그래, 궁예처럼 마음은 못 읽지만 옷 속에 뭐가 들어 있는지는 알 수 있지.

— 미친 새끼. 여자만 좆나게 밝히더니 이젠 대가리까지 이상해졌구나.

울트라가 비웃자 깡구는 나뭇가지를 집어 들어 바닥에 그림을 그렸다.

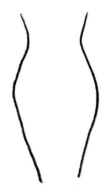

— 너 이게 뭐 같아?

— 이건 여자 몸매 아냐?

— 맞아, 이걸 지렁이 두 마리가 기어가는 거라고 생각하는 사람은 아무도 없어. 그냥 줄 두 개를 그었을 뿐인데. 왜냐하면 사람들은 자기가 보고 싶은 걸 보는 거거든. 투시법의 요지는 바로 이런 식의 연상과 착시를 이용하는 거야. 저기 오는 여자를 한번 봐봐.

깡구가 고갯짓으로 반대편에서 걸어오는 짧은 원피스 차림의 여자를 가리켰다.

— 어때? 옷을 입어서 몸이 안 보이지?

— 당연히 안 보이지.

— 그럼 일단, 여자의 몸 중에서 노출된 곳만 집중해서 봐봐.

울트라는 원피스 아래 노출된 다리와 민소매 아래 드러난 팔뚝을 바라보았다.

— 그다음엔 맨살이 드러난 곳과 서로 연결을 해봐.

— 어떻게 연결해?

— 몸의 굴곡을 따라가면서 일부러 착시 현상을 만드는 거야. 초보자 땐 눈의 초점을 약간 흐리는 것도 한 방법이야. 저런 경우는 팔뚝에서 다리까지 내려오는 선을 그리면서 옷이 있다는 걸 무시하고 일단 모양을 잡아. 말하자면 몸에 착 달라붙는 레깅스를 입었다고 생각해. 어때, 상상이 돼?

울트라는 눈을 가늘게 뜨고 여자를 쳐다보았지만 아무런 변화가 없었다.

— 잘 안 되는데…….

— 이때 중요한 게 있어. 투시를 하는 동안 절대 눈을 깜박거리면 안 된다는 거야. 그리고 여자의 몸을 보고 싶다는 마음이 간절해야 돼. 난 보고 싶다. 난 보고 싶다. 난 진짜 보고 싶다. 진심을 다해서 생각하는 거야.

깡구의 말에 울트라는 눈에 잔뜩 힘을 주며 주문을 외듯 속으로 난 보고 싶다, 난 보고 싶다, 중얼거렸지만 아무것도 안 보이기는 마찬가지였다.

— 처음엔 쉽지 않아. 하지만 열심히 연습하면 어려운 건 아냐. 자, 그렇게 모양을 잡았으면 다음엔 전체적으로 색깔을 바꿔. 밖에 노출된 살과 똑같은 색으로. 그럼 마치 옷을 안 입은 것 같지? 그래도 한 가지 문제가 있어. 옷을 안 입은 것 같지만 디테일이 없잖아.

마네킹처럼.

울트라는 인상을 잔뜩 찌푸린 채 깡구의 얘기를 들으며 여자를 계속 노려보았다.

난 보고 싶다. 난 보고 싶다. 씨발, 좆나게 보고 싶다…….

— 그렇게 모양을 잡았으면 여기부턴 진짜 상상력이 필요한 거야. 일단 여자 가슴을 주목해서 봐. 그리고 봉긋 튀어나온 가슴 위에 젖꼭지를 붙여보는 거야. 크기는 네 취향에 따라 조정하면 돼. 작은 게 좋으면 작게, 큰 게 좋으면 크게. 그리고 배꼽을 하나 대충 붙여주고, 바로 아랫도리로 내려가. 단순한 놈들은 Y자 가운데를 그냥 시커멓게 칠하는데 그것도 역시 취향에 따라 마음대로 바꿔도 돼. 털이 많은 게 좋으면 많게, 적은 게 좋으면 적게. 어때, 뭐가 좀 보여?

울트라는 여자가 사라질 때까지 노려보다 손으로 황급히 눈을 비볐다.

— 아, 씨발. 투시는 개뿔! 눈물만 나네.

과연 울트라의 빨갛게 충혈된 눈엔 눈물이 그렁그렁했다.

— 하긴, 투시를 한다는 게 어디 쉬운 거냐? 그러니까 좆나게 연습을 해야 하는 거야. 눈에서 피눈물이 날 때까지!

울트라는 흘러내린 눈물을 찍어내다 의아한 듯 물었다.

— 근데 넌 이걸 어디서 배운 거야?

— 학원.

— 학원? 이런 걸 가르쳐주는 학원이 있다고?

— 그렇다니까. 좀 비싸긴 하지만 확실히 효과가 있어. 너도 한번 다녀봐.

울트라는 믿어야 할지 말아야 할지 모르겠다는 표정으로 눈을 껌벅였다.

. . .

양 사장은 알코올이 담긴 작은 유리병을 만지작거렸다. 유리병 안엔 예리하게 절단된 손가락이 하나 들어 있었다. 생명을 잃은 손가락은 마치 죽은 동물의 표본처럼 섬뜩한 느낌을 주었다.

— 그러니까 언제 도망갔는지도 모른단 말이야?

— 네, 공항에서 짐을 찾느라고 잠시 한눈을 팔았는데 나중에 정신을 차려보니까 없어졌더라고요.

형근이 난처한 듯 머리를 긁적이며 대답했다.

— 병신 같은 새끼! 딴 놈은 몰라도 너는 믿었는데…….

양 사장은 씹어뱉듯 욕을 하며 형근을 노려보았다.

— 죄송합니다.

형근은 묵묵히 머리를 조아렸다. 그는 방금 베트남에서 입국한 길이었다. 뜨끈이가 숨어 있던 호치민은 덥고 습하고 모기가 많았다. 가뜩이나 몸에 열이 많은 형근은 그를 찾아내느라 열흘 넘게 모기와 폭염을 견뎌야 했다. 그래서 마침내 호치민 변두리에서 현지 여자와 동거하며 당구장을 운영하고 있는 뜨끈이를 찾아냈을 땐 뚜껑이 열리기 일보 직전이었다. 뜨끈이는 당구장으로 들어선 형근을 발견하자, 마치 어제 만난 동네 형을 본 듯 놀라지도 않고 웃으며 말했다. 형님, 여기까지 어쩐 일이십니까? 그러지 않아도 이쪽에 좋은 사업거리가 하나 있어서 형님한테 막 연락을 드리려던 참이었는데……, 까지 말을 했을 때 형근은 그의 왼쪽 팔을 붙잡아 까뀌로 손가락 두 개를 잘랐다. 하나는 박 감독의 몫이었고 하나는 열흘 넘게 무더운 남국에서 뜨끈이를 찾아 헤매느라 지칠 대로 지친 자신을 달래기 위한 것이었다.

이후 호치민에서 인천까지 비행기를 타고 오는 동안, 뜨끈이는 끊임없이 수다를 떠들어댔다. 자신의 손가락을 무자비하게 자른 데에 대한 원망과 억울함, 박 감독에게 사기를 친 것에 대한 변명, 난생처음 듣는 새로운 사업구상에 대한 것이었다. 형님, 제가 이쪽에 골프장을 하나 건설하고 있는데 말이죠. 이건 잔디밭에서 치는 게 아니라 배를 타고 다니며 호수 위에서 치는 골프입니다. 일명 물 골프라고 요즘 핀란드에서 유행하는 거거든요. 핀란드엔 호수가 십구만 개가 있어서……. 기압 차로 귀가 먹먹한 가운데에도 그의 말들은 형근의 신경을 계속 자극했다. 그러니까 물 위에서 골프를 치려면 당연히 물에 뜨는 골프공이 필요하겠죠. 이것도 개발을 다 끝냈는데 한 가지 문제는……. 뜨끈이는 짧은 비행시간에도 사람을 질리게 하는 묘한 재주가 있었다. 형근은 일단 비행기에서 내리면 코에 주먹을 몇 방 안겨줘야겠다고 마음먹었다. 그런데 공항에서 그만 뜨끈이를 놓쳐버리고 만 거였다. 이번 호치민행은 형근에게 그야말로 끔찍한 여행이었다. 그래서 만일 뜨끈이를 다시 잡는다면 이번엔 손가락이 문제가 아니라고 생각하며 속으로 이를 갈았다.

— 저……. 지방에 있는 애들한테 수배를 때려볼까요?
형근이 조심스럽게 입을 열었다.
— 지금 뜨끈이가 중요한 게 아냐.
알코올 안에서 푸르딩딩해진 손가락을 바라보던 양 사장은 유리병을 테이블 위에 내려놓으며 말했다.
— 어떤 놈들이 내 다이아를 훔쳐갔어.
— 네? 대체 어떤 놈들이 감히 사장님 물건을……!
— 그게 다가 아냐. 물건을 배달하던 애가 칼에 맞아 죽었어.
— 저, 정말입니까?
형근은 놀라 눈이 휘둥그레졌다.

• • •

제물포역 근처 작은 여관방, 삼 대리는 배달해온 중국 음식을 먹으며 텔레비전을 보고 있었다. 화면에선 뉴스가 흘러나오고 있었다.

— 사건 소식입니다. 오늘 오후, 인천 송도에서 귀금속을 노린 살인강도 사건이 발생했는데요. 범인들은 대담하게도 주얼리박람회에 전시했던 보석을 노리고 범죄를 저질러 전시회에 참여했던 직원이 칼에 찔려 숨지는 사건이 발생했습니다. 김영미 기자, 전해주시죠.

뉴스를 보던 삼 대리는 먹는 것도 잊은 채 울상이 되어 서로 눈길을 교환했다.

— 예, 여기는 살인강도 사건이 벌어졌던 송도 컨벤시아 지하 주차장입니다.

화면에선 폴리스라인이 설치된 현장에서 분주하게 오가는 경찰들과 기자들이 보였다.

— 씨발, 어떻게 된 거야?

근식이 자장면 그릇을 바닥에 내려놓으며 답답하다는 듯 소주를 단숨에 들이켰다.

— 그 또라이 새끼는 왜 지 배를 찌르고 지랄이야?

— 우리 이러지 말고 당장 경찰에 자수합시다. 이러다 진짜 살인강도로 몰리게 생겼어요.

울상이 된 용관이 안절부절못하며 말했다.

— 경찰에 가서 뭐라고 그러시려고? 우리는 원래 죽일 생각은 없었다. 그냥 다이아만 뺏으려고 했는데 그놈이 지 배를 찌르고 뒈져버린 거다, 이렇게요?

응천이 자장면을 후루룩 들이켜며 대꾸했다.

— 미치겠네, 진짜!

근식과 용관이 합창을 했다. 웅천은 한쪽 구석에 놓여 있는 가방을 가리켰다.

— 그나저나 이건 어떻게 할 거요?

— 어떻게 하다니? 그럼 이걸 어떻게 처분할지 미리 생각도 안 해놓은 거요?

— 아, 생각은 나만 해요? 두 사람은 머리를 왜 달고 다녀요? 그냥 허전해서 장식으로 달고 다니나?

근식은 입에 소주를 한 잔 더 털어 넣었다.

— 환장하겠네, 진짜!

그는 단무지를 집어 먹는 웅천을 노려보다 갑자기 자장면 그릇을 얼굴에 집어 던졌다.

— 너 때문에 우리 인생 종쳤어, 이 개새끼야!

— 에이, 씨발! 내가 뭘 잘못했어! 그 새끼가 뒈질 줄 누가 알았냐고!

두 사람은 서로 드잡이를 하며 싸우고 옆에서 훌쩍거리며 한탄을 하던 용관도 내가 씨발, 이 병신들을 잘못 만나서, 어쩌고 하더니 한데 뒤엉켜 바닥을 나뒹굴었다. 자장면 그릇이 날아다니고 일그러진 얼굴로 서로 욕설을 퍼붓고, 주먹질이 오가고……. 좁은 여관방은 그렇게 삽시간에 난장판이 되었다.

· · ·

사건이 발생한 그날 오후, 삼 대리는 지하 주차장에서 누군가를 기다리고 있었다. 근식과 용관, 두 사람은 잔뜩 긴장한 얼굴로 차 안에 앉아 밖을 살피고 있었다.

— 이번에 한 건 하면 난 무인도나 하나 사려고요. 미리 봐둔 게 있거든요.

응천이 입을 열었다.

— 무인도는 사서 뭐하시게?

근식이 연신 밖을 살피며 물었다.

— 대마를 좀 키워볼까 하고요.

— 대마? 그거 불법 아녜요?

— 당연히 불법이죠. 근데 앞으론 법이 바뀔 거예요. 지금 세계적으로 대마가 합법화되는 추세거든요. 남미 쪽의 우루과이 같은 몇몇 나라도 그렇고 유럽도 그렇고 합법인 데가 많아요. 네덜란드는 카페에서 커피 팔듯이 마리화나를 아예 대놓고 팔고, 미국도 이젠 절반 정도의 주에서 합법화가 됐거든. 그럼 결국 우리도 대마초를 용인할 수밖에 없어요. 원래 우린 미국 하는 대로 따라하는 나라니까 시간문제라고 봐야죠.

— 근데 대마를 키울 줄은 알아요?

용관이 물었다.

— 당연하죠. 내가 고향이 강화거든요. 어릴 땐 산에 들에 대마가 지천이었어요. 그땐 삼베 만든다고 심기도 많이 심었거든.

— 삼베?

— 몰라요? 삼베를 만드는 게 삼실이잖아요. 그게 바로 대마에서 뽑아낸 거예요.

— 그런가?

근식은 고개를 갸우뚱하면서도 연신 창밖에서 눈을 떼지 않았다.

— 진짜 아는 게 별로 없으시네들. 하여간 그땐 다들 길거리에서도 대마초 한 대씩 물고 다녔지. 대마가 원체 흔하다 보니까 어린 순은 뜯어다가 나물도 무쳐 먹고, 낫으로 베다가 쇠죽도 쒀주고 그랬으니 말 다했죠. 그리고 여름에 모깃불 놓잖아요. 그것도 그때는 대마초를 태웠어요. 그럼, 뭐 따로 피울 것도 없어요. 그냥 모깃불 옆에만 있어도 기분이 알딸딸하지.

두 사람은 믿어야 할지 말아야 할지 모르겠다는 얼굴로 서로 마주 보았다.

— 그럼 대마 장사는 해보셨어요?

— 그럼요. 내가 군대를 공군 나왔거든요. 공군기지에 활주로가 있잖아요. 그 활주로 옆의 잔디밭이 대마 키우기엔 아주 딱이에요. 그래서 밖에서 씨 좀 얻어다가 쫙 뿌려놨더니 햇볕 잘 들지, 배수 좋지, 누구 올 사람도 없거든요. 혹시 와도 멀리서 보면 그냥 풀이지. 그래서 근무 나갈 때마다 조금씩 뜯어다가 매트리스 밑에 깔아서

말리는 거예요.

— 공군은 매트리스도 줬어요?

근식이 물었다.

— 군대 어디 나오셨는데요?

— 육군요.

근식과 용관이 합창을 하듯 대답했다.

— 그럼 육군은 어디서 자요?

— 우린 그냥 담요 깔고 잤는데…….

— 고스톱 칠 때 쓰는 그 얇은 거?

— 네.

— 아무리 땅개지만 좀 그러네. 등 배겨서 어떻게 자.

이미 이십 년이 다된 군대 얘기지만 웅천은 매트리스에서 잤다는 게 뿌듯한 듯 턱을 내밀었다.

— 아무튼, 대마 말린 걸 근무장에 짱박아놨다가 나중에 휴가 나올 때마다 따블백에 담아서 들고 나오는 거예요. 그때 야간업소에서 오부리 뛰는 형님 중에 유명한 마달이가 한 명 있었거든요. 그 형님한테 따블백 넘겨주고 돈 받아서 술도 사 먹고 오입질도 하고. 난 군 생활하는 동안 집에서 용돈 한 푼 안 받아 썼어요. 나중에 제대할 땐 대마 팔아서 번 돈으로 중고차까지 한 대 뽑았으니까 진짜 시절 좋았죠.

웅천이 구라를 풀며 한껏 으쓱거리자, 근식이 아니꼽다는 듯 쳐다보다 한마디 했다.

— 근데 진짜 궁금한 게 있는데…….

— 뭐가요?

— 그렇게 아는 게 많고 똑똑한 양반이 왜 이러고 사시나 궁금해
서…….

— 뭐요?

웅천이 눈을 부라리자 밖을 내다보던 용관이 쉿! 소리를 냈다.

— 혹시 저 사람 아녜요? 양복 입고 나오는 저 사람.

용관이 가리키는 사람을 발견하자 웅천은 고개를 끄덕이며 주머
니에서 발라클라바로 불리는 복면 모자를 꺼내 들었다. 눈만 뚫린
시커먼 방한용 모자였다. 두 사람도 각자 조용히 발라클라바를 뒤
집어썼다.

항재가 가방을 들고 차에 올라 운전석에 앉았을 때, 누군가 문을
벌컥 열고 차 안으로 들이닥쳤다. 조수석으로 한 명, 뒷문으로 두 명,
모두 세 명이었다. 그들은 얼굴에 복면을 뒤집어써 눈밖에 보이지 않
았다. 조수석에 탄 사내는 칼을 꺼내 항재의 옆구리에 들이댔다.

— 꼬, 꼼짝마!

용관은 자신도 모르게 목소리가 떨려 나왔다. 항재가 뒤를 돌아
보니 각자 손에 야구방망이와 드라이버를 하나씩 들고 있었는데 잔
뜩 긴장했는지 무기를 든 손이 덜덜 떨렸다. 항재는 세 사람을 번갈

아가며 쳐다보다 빙그레 웃었다.

— 두 분이 오신다더니 셋이 오셨네. 뭐, 계획이 바뀐 거예요?

항재의 엉뚱한 반응에 강도들은 서로 당황한 눈길을 교환했다. 항재는 옆에 두었던 가방을 가리켰다.

— 하여간 물건은 이 안에 있고요. 비밀번호는 3768예요. 뭐, 어차피 가방은 버릴 테니까 칼로 찢어도 상관없지만……. 근데 찌르는 건 어떤 분이 하실 거예요?

— 뭔 개소리야, 빨리 가방이나 내놔!

용관이 옆구리에 칼을 들이대자, 항재는 재빨리 가방을 내밀었다.

— 알았어요. 거 참, 꽤 까칠하시네. 동업자끼리.

세 사람은 도무지 이해할 수 없는 항재의 반응에 어리둥절하다 차에서 내리려고 몸을 돌렸다. 이때, 항재가 용관의 팔을 덥석, 붙잡았다.

— 아니, 안 찌르고 그냥 가시는 거예요?

— 뭐야, 이거 미친 새끼 아냐?

용관은 팔을 뿌리치려는데 항재는 팔을 붙잡고 놓지 않았다.

— 나도 칼 맞고 싶지는 않지만 양 사장 때문에 이러는 거 아닙니까.

— 이거 놔, 이 씹새끼야!

용관이 버럭 고함을 질렀지만 항재는 아랑곳하지 않고 계속 매달렸다.

— 씨발, 얘기가 틀리잖아. 잘못하면 나만 좆 되는데.

그리고 칼을 든 팔을 잡고 채근했다.

— 뭐해요, 빨리 찔러요!

— 이거 완전 또라이네. 야, 이거 안 놔!

서로 승강이를 벌이다 용관이 엉겁결에 칼을 놓치자 항재가 재빨리 떨어진 칼을 주워들었다. 전세가 역전된 상황이었다. 용관이 겁을 먹고 놀라 뒤로 주춤하는데 뜻밖에도 항재가 다시 칼을 내밀었다.

— 시간 없으니까 빨리 찔러줘요!

항재는 칼을 내밀며 찌르라는 듯 옆구리를 열어 보였다.

무, 무서운 놈!

세 명의 강도는 패닉에 빠져 내리지도 못하고 멍하게 항재만 바라보았다. 이때, 먼저 정신을 차린 웅천이 소리쳤다.

— 거 신경 쓰지 말고 빨리 내려요!

웅천이 문을 열고 내리자 나머지 두 사람도 재빨리 차에서 뛰어내렸다. 그리고 자신들이 타고 온 차로 뛰어가 시동을 걸었다. 하지만 막 출발하려는 순간, 항재가 차에까지 따라와 칼을 들고 앞을 막아섰다.

— 뭐야, 저 새끼, 미친 새끼 아냐?

— 저리 비켜, 씹새끼야!

웅천이 창문을 열고 소리를 질렀지만 항재는 차 앞을 가로막고 버티고 있었다.

— 씨발, 그냥 두고 가면 난 어쩌라고!

마치 죽여도 죽지 않는 좀비를 만난 듯 세 사람은 공포에 질린 얼굴이었다. 응천은 눈을 질끈 감고 액셀레이터를 밟았다.

— 비켜, 이 새끼야!

승용차가 그대로 돌진하자 항재는 차에 치이다시피 옆으로 밀려났다. 그 틈에 승용차는 부앙, 소리를 내며 순식간에 달아났다. 항재는 울상이 되어 칼을 들고 쫓아가다 망연자실 멈춰 섰다.

— 이게 뭐야! 좆같이!

항재는 손에 든 칼을 내려다보며 울먹거렸다.

— 씨발놈들, 전문가라면서 일을 이따위로 하면 어떡해.

그리고 이를 악문 채, 자신의 옆구리를 푹, 찔렀다. 아팠다. 그래서 있는 힘껏 소리를 지르려고 했다.

— 가, 강도…….

하지만 소리를 지르려고 해도 온몸에 힘이 풀려 입술도 달싹할 수 없었다. 배에서 피가 배어나왔다. 항재는 바닥에 풀썩 쓰러졌다. 이때, 누군가 달려왔다. 여자의 놀란 비명도 희미하게 들렸다. 의식이 점점 멀어지는 가운데 항재는 생각했다.

젠장, 뭔 피가 이렇게 많이 나오지? 너무 깊이 찌른 게 아닐까? 그러게 진즉에 찔러주고 가라니까. 개새끼들…….

지독한 사랑

— 자, 한 잔 받아라. 그동안 고생 많았다.

형근이 술을 따르자 루돌프가 두 손으로 잔을 받았다. 호리호리한 몸에 곱상한 외모의 루돌프는 뭔가 불안한 듯 자꾸 주위를 두리번거렸는데 별명에 걸맞게 오뚝 솟은 콧날이 유난히 반짝거렸다.

— 고맙습니다, 형님. 그래도 출소했다고 이렇게 술도 사주시고……

— 그래, 마셔라.

형근은 소주를 단숨에 털어 넣고 숯불에 익은 고기를 한 점 집어 들었다.

— 근데 넌 빵에서 나온 지 한 달이 넘었다면서 왜 그동안 연락도 없었어.

— 뭐, 그냥 별 용건도 없는데 연락드리기도 뭐하고 그래서…….

— 이 새끼, 말하는 거 봐라. 우리가 무슨 용건이 있어야 만나는 사이냐?

형근이 발끈하자 루돌프는 머리를 조아렸다.

— 죄송합니다, 형님.

형근은 말없이 소주잔을 채우고 잠시 두 사람 사이에 어색한 침묵이 흘렀다. 먼저 입을 연 것은 루돌프였다.

— 형님, 요즘 바쁘시죠?

— 나야 늘 바쁘지. 이번에 베트남까지 갔다가 더위만 먹고 진짜 좆뺑이쳤다. 뜨끈이, 씨발 새끼. 잡히기만 하면…….

— 그래서 면회도 한 번 못 오신 거예요?

루돌프가 잔을 들며 새침하게 입을 삐죽거렸다.

— 너, 내가 면회 안 갔다고 삐진 거냐?

— 삐지긴요. 그냥 바쁘신가 보다 했죠. 뭐, 양 사장님 오른팔인데 좀 바쁘시겠어요?

— 나 참, 이 새끼, 진짜 속이 밴댕이네. 야, 내가 안 가려고 그런 게 아니라 네 생각해서 안 간 거야.

— 제 생각을 해서 안 왔다고요? 무슨 뜻이에요, 그게?

루돌프가 대들듯이 눈을 동그랗게 뜨고 물었다.

— 그러니까 네가 거기서 잘 지내는데 자꾸 내가 드나들면…….

형근은 뭔가 말을 하려다 답답하다는 듯 술잔을 들어 단숨에 들이겼다.

— 야, 너 당장 밖에 나가서 길을 막고 이 최형근이 어떤 사람이냐고 한번 물어봐. 내가 가진 건 없어도 지금까지 그렇게 살진 않았어.

— 그러니까 그런 분이 왜 면회도 한 번…….

— 그만해, 이 새끼야! 무슨 계집애도 아니고…….

루돌프가 계속 징징대자 참다못한 형근이 젓가락을 딱 내려놓았다. 루돌프는 잔뜩 실망한 눈으로 쳐다보다 혼자 술을 따라 마셨다.

— 형님, 나 진짜 그렇게 이해심 없는 놈 아니거든요. 우리가 그냥 오다가다 빵에서 알게 된 사이지만 그래도 한 번은 찾아오실 줄 알았어요. 그런데 나보고 무슨 계집애라고…….

루돌프는 말을 못 잇고 입을 실룩이더니 급기야 울음을 터뜨렸다. 주변 손님들이 다들 쳐다보자 형근은 당황해 어쩔 줄 몰랐다.

— 야, 이 새끼야. 너 지금 뭐하는 거야? 그만두지 못해!

형근이 윽박지르자 루돌프는 휴지를 집어 들어 팽, 코를 풀었다.

— 죄송해요, 형님. 그냥 옛날엔 안 그랬는데 오늘은 형님이 나를 좀 이상하게 대하는 것 같아서요.

— 야, 내가 뭘 이상하게 대해? 너 오랜만에 만나서 자꾸 술맛 떨어지는 소리 하려면 그냥 가라.

형근의 말에 루돌프는 충격을 받은 듯 눈물을 닦던 손을 멈추고 쳐다보다 식식대며 코를 벌름거리더니 자리에서 벌떡 일어섰다.

— 알았어요, 형님. 이제 형님 마음 알았으니까 다신 안 찾아올

게요.

그리고 루돌프는 손으로 입을 가리고 밖으로 뛰어나갔다.

— 너 거기 안 서. 야, 루돌프!

씨발!

형근은 양복을 집어 들고 급히 술값을 계산한 뒤, 루돌프의 뒤를 쫓아갔다.

· · ·

장다리는 흥분했다. 누군가 자신의 물건을 가로채고 물건을 나르던 항재마저 칼에 찔려 죽었다. 상대가 미쳐 날뛰었으니 이젠 그가 날뛸 차례였다. 대개의 건달들은 돈에만 관심이 있었지만 장다리는 돈보다 사람에게 관심이 많았다. 특히 그의 비위를 거스르고 심기를 건드리는 인간들에 대해선 더욱 그랬다. 잔혹한 복수와 앙갚음은 그가 가장 좋아하는 일이었다. 누군가 다가와 어깨를 부딪쳤으면 그 어깨에 칼을 박아 넣어야 직성이 풀렸다. 그래서 비록 다이아몬드를 손에 넣는 데는 실패했지만 장다리는 어쩐지 신나는 일이 생겼을 때처럼 흥분되었다. 먹잇감을 찾아 손에 피를 묻히고 고통에 찬 비명을 들을 생각을 하니 저절로 피가 끓어올랐다. 첫 번째 희생자는 항재였다. 운 나쁘게도 그는 칼을 맞고 어이없이 죽어버렸다. 좋은 먹잇감이었는데 유감이었다. 하지만 두 번째 희생자가 대기하고 있었다. 바로 장다리가 고용한 칼잡이들이었다. 그들은 의자에 몸이 묶인 채 이미 피투성이가 되어 있었다. 야구방망이가 떨어질 때마다 끔찍한 비명이 넓은 창고 안에 울려 퍼졌다. 장다리는 의자에 앉아 담배를 피우며 음악을 감상하듯 조용히 비명을 음미하고 있었다. 고통은 타인의 것이었고 즐거움은 자신의 것이었다. 한동안 눈을 게슴츠레 뜨고 지켜보던 장다리가 마침내 담배를 비벼 끄고 자리에서 일어서자 한창 몽둥이질을 하던 민짜가 씩씩대며 뒤로 물러섰다.

— 그러니까 니들 얘기는 현장에 갔을 땐 벌써 물건이 털리고 항재 놈은 칼에 맞아서 나자빠져 있었다, 이거지?

— 네, 형님.

피투성이가 된 칼잡이 한 명이 겨우 고개를 끄덕였다.

— 근데 그게 누구 짓인지는 모른다?

— 네, 저희가 갔을 땐 벌써…….

— 왜 몰라? 니들이 한 짓을?

— 그, 그건 절대 아닙니다. 형님.

— 그럼 항재는 왜 죽은 거지?

— 저희도 그건 모르죠.

— 난 알지.

— 네?

칼잡이들은 서로의 얼굴을 쳐다보았다.

— 걔가 살아 있으면 니들이 무슨 짓을 했는지 다 떠벌일 테니까 죽여버린 거잖아. 안 그래?

— 절대 아닙니다, 형님! 제발 믿어주십시오.

칼잡이 두 명이 악을 쓰며 빌었지만 장다리는 부하에게 지시했다.

— 안 되겠다. 아직도 생각이 잘 안 나는 모양인데 좀 더 두드려봐.

민짜는 야구방망이를 집어 들고 장다리에게 다가와 귓속말로 속삭였다.

— 애네들, 더 짜봐야 똥밖에 안 나올 것 같은데요.

장다리는 차갑게 웃으며 말했다.

— 그럼 최소한 점심때 뭘 먹었는지는 알 수 있잖아.

장다리가 의자에 앉자 비명이 다시 창고 안을 가득 채웠다.

• • •

텅 빈 포장마차엔 형근과 루돌프만 남아 있었다. 이미 술을 많이 마신 듯 둘 다 혀 꼬부라진 소리였다.

— 내가 이 나이 먹도록 아파트 한 채 없지만 그래도 응? 나름 이 바닥에서 이름 석 자에 먹칠은 안 하고 살았어, 인마. 근데, 니가 나한테 자꾸 뭐라고 그러면 넌 진짜 나쁜 새끼야.

— 근데, 형님. 진짜 연안파 중간보스 맞아요?

— 너 빵에서 애들이 나한테 어떻게 대하는지 못 봤어?

형근이 뻐기듯 으쓱거리자 루돌프가 짐짓 과장되게 놀란 척을 했다.

　— 우와, 그럼 형님, 싸움 잘하시겠네요.

　— 새끼, 애들도 아니고 이 나이에 쌈질은 무슨……!

　— 그럼, 어떻게 중간보스가 된 거예요? 쌈도 못 하면서?

　형근은 담배를 비벼 끄고 얼굴을 바짝 들이대며 물었다.

　— 너, 이 바닥에서 제일 중요한 게 뭔지 아냐?

　— 뭔데요?

　루돌프가 순진한 눈망울을 굴리며 쳐다보았다.

　— 그건 말을 안 하는 거야. 말을 하면 실수를 하게 돼 있거든.

　— 말을 안 하면 어떻게 대화를 해요?

　— 그건 간단해. 내가 말을 안 해도 누군가 말을 하게 돼 있거든. 이러쿵저러쿵, 미주알고주알, 주둥이를 놀려대지. 다들 하고 싶은 말이 많으니까. 그럴 땐 그냥 듣고만 있는 거야. 말 안 한다고 누가 뭐라는 놈은 없거든. 그러다 보면 결국 나한테 똥구멍을 다 까보이게 돼 있어. 왜냐하면 내가 입이 무겁다는 걸 아니까. 그러면 일단 그놈을 손아귀에 넣게 되는 거야. 아무 말도 안 하고 듣기만 했는데 말이야. 어때, 무슨 말인지 이해가 돼?

　— 그렇긴 하겠네요. 그런데 형님, 그거 알아요?

　— 뭐?

　— 오늘 참 말 많으시네요.

— 뭐라고? 이 자식이 진짜!

형근이 장난스럽게 주먹으로 어깨를 툭 치자 루돌프도 형근의 가슴을 주먹으로 툭 쳤다.

— 어? 이 새끼 봐라. 이게 어디서 겁대가리 없이······!

두 사람이 티격태격 장난을 치는 모습이 다정해 보였다.

• • •

형근은 술에 만취한 루돌프를 등에 업은 채 방문을 열고 들어섰다. 그가 사는 다세대주택은 언제나 찌든 홀아비 냄새가 났지만 그보다 더 지독한 건 루돌프의 몸에서 나는 토사물 냄새였다. 고깃집을 뛰쳐나간 그를 붙잡아 달랜 후 이차로 포장마차에 갔을 때 루돌프는 그제야 마음이 풀어졌는지 주는 대로 술을 받아마셨다. 그리고 포장마차에서 나오자마자 담벼락에 시원하게 토악질을 한 번 하더니 그대로 뻗어버렸다. 형근은 그를 집으로 데려오는 게 찜찜했지만 인사불성이 된 감방 동료를 모른 척 길에 버려둘 수는 없었다. 게다가 루돌프에겐 늘 어딘가 안쓰러운 구석이 있어 형근은 그를 모질게 대하기가 어려웠다.

토사물이 튄 루돌프의 옷을 벗기던 형근은 여자처럼 희고 선이 고운 루돌프의 맨 어깨가 드러나자 손을 멈칫했다. 젠장, 여길 데려오는 게 아니었는데, 라고 생각했지만 후회하기엔 이미 늦었다. 그는 애써 시선을 돌리며 옷을 마저 벗겨들고 목욕탕으로 들어갔다.

절도죄로 빵에 들어온 루돌프는 곱상한 외모에 심성이 여려 짐승 같은 사내들의 먹잇감이 되기 좋은 수감자였다. 그런 루돌프를 보호해준 게 바로 형근이었다. 형근이 있는 한 아무도 루돌프에게 손을 댈 수 없었다. 루돌프는 형근에게 진심으로 마음을 기대며 따랐고 형제가 없는 형근도 친동생처럼 그를 아껴 교도소 안에선 한때 두 사람에 대한 요상한 소문이 나돌기도 했다.

형근이 루돌프의 옷을 빨아 넌 뒤, 샤워를 하고 있을 때 갑자기 문이 벌컥 열리고 루돌프가 화장실로 뛰어들었다. 그리고 변기를 향해 돌진해 머리를 박고 또 한 차례 노란 물을 게워냈다. 형근은 자신이 알몸인 것도 잊은 채 구역질을 하는 루돌프에게 다가가 등을 두드려주었는데 그의 하얀 등짝을 보고 있자니 이상하게 자꾸만 늪으로 빠져드는 기분이었다.

잠시 후, 두 사람은 대강 속옷을 걸친 채 방에 널브러져 있었다.

— 빵에 있을 땐 내가 형님 수발을 들었는데 밖에 나오니까 형님이 내 옷도 빨아주고……. 고맙네요, 형님.

속을 모두 게워내 겨우 정신이 들었는지 루돌프가 힘없는 목소리로 중얼거렸다.

— 그러게 인마, 왜 마시지도 못하는 술을 그렇게 넙죽넙죽 받아 처먹어?

― 기분이 좋아서 그랬어요. 모처럼 형님을 만나니까 옛날 생각
도 나고 그래서…….

옛날 생각? 애써 기억하고 싶지 않았던, 그래서 그동안 머릿속에
서 완전히 지워버렸던 불경스런 기억이 불현듯 떠올랐다. 형근은 세
차게 머리를 흔들어 불을 끄려고 했다. 하지만 기억은 방금 전의 일
인 듯 너무나 생생하고 강렬해 진저리가 쳐졌다. 역시 루돌프를 다
시 만나는 게 아니었다.

― 형님, 생각나세요? 옛날에 형님이 오징어볶음 양념 몰래 모아
서 고추장 만든 적 있잖아요. 그거 짱구 새끼한테 줬더니 좋다고 밥
비벼 먹다가 토하고 며칠 동안 밥도 못 먹었잖아요.

― 그래, 그랬지.

형근도 옛날 생각이 나는지 허허, 웃었다.

― 근데 그거 진짜 똥으로 만든 거였어요?

― 맞아. 내 똥으로 만든 거야.

― 우와, 씨발. 형님 진짜 대단하네요. 근데 짱구한테 왜 그랬어
요? 개가 뭐 잘못한 게 있는 것도 아닌데…….

― 그때 인마, 너 짱구 새끼한테 두들겨 맞았잖아. 뻥끼통 더럽다
고.

형근의 말에 루돌프가 문득 웃음을 멈추었다.

― 그럼, 그게 다 나 때문에 그러신 거예요?

형근이 웃으며 고개를 끄덕였다. 루돌프는 뒤늦게 알게 된 진실에

감동한 듯 잠시 뚫어지게 형근을 바라보다 문득 허벅지에 손을 얹었다.

— 고마워요, 형님. 난 형님이 저를 예뻐하는 건 알았지만 그 정도인 줄은 몰랐어요.

형근은 루돌프의 손길에 흠칫 놀라 자리에서 벌떡 일어났다.

— 난 소파에서 잘 테니까 그만 자라. 피곤할 텐데…….

이때, 루돌프가 뒤에서 형근의 허리를 와락 끌어안았다.

— 형님, 그냥 여기서 같이 자요.

형근은 혼란스런 기분에 미칠 것 같았다. 그래서 버럭 화를 냈다.

— 너 이 새끼, 뭐하는 짓이야? 이거 안 놔!

— 형님, 왜 화를 내세요? 그냥 같이 있자는데…….

루돌프가 형근의 허리를 더욱 세게 껴안았다.

— 그게 아니라 이 새끼야. 남자끼리 벌거벗고 이게 뭐하는 짓이냐고.

— 뭐하는 짓이라뇨? 형님, 옛날에 우리 서로 좋았잖아요.

— 뭔 개소리를 하는 거야, 너?

형근이 돌아보며 눈을 부라렸지만 루돌프는 애절한 눈으로 바라보며 말했다.

— 사랑해요, 형님.

순간, 형근의 주먹이 날아갔다.

— 근데 이 씨발 새끼가 보자보자 하니까!

루돌프의 가냘픈 몸이 주먹 한 방에 날아가 우당탕, 벽에 부딪혀 쓰러졌다.

— 너 이 개새끼, 자꾸 이상한 소리 하면 진짜 죽여버린다, 알았어!

형근은 악을 썼다. 루돌프는 바닥에 쓰러진 채 흐느껴 울기 시작했다.

왕성한 성욕을 가진 젊은 수감자들에게 제일 큰 형벌은 감옥에 갇히는 것이 아니라 여자가 없는 세상에 던져지는 거였다. 형벌 제도 가운데 가장 현대적이며 인도적이라고 주장하는 감금형은 기실 거세형이나 다름없으며 그 자체로 신체형이나 매한가지였다. 하지만 아무리 높은 담장에 둘러싸인 감옥이라 하더라도 돌파구는 있는 법, 비역질은 기나긴 수감의 역사에서 선택이 아닌 필수였고 교도소 내에서 광범위하고 공공연하게 이루어지는 비밀스러운 관행이었다. 그것은 생식을 위해 물고기들이 수컷에서 암컷으로 성전환을 하는 것처럼 자연스러운 일이었다. 그들은 동성애자가 아니었다. 생식을 위한 것도 아니었다. 그것은 그 어떤 높은 담장으로도 막을 수 없는 쾌락을 위한 것이었다. 하지만 그 즐거움이 아무리 특별하다 하더라도 비역질은 출구가 없는 성욕을 해결하기 위한 임시방편일 뿐, 동성애에 빠지는 이는 아무도 없었다. 그래서 재소자들은 교도소 문을 나서는 순간, 불편한 기억을 모두 지워버리고 즉시 여자를 찾아 달려가곤 했다.

건달이 호모라니! 형근은 상상만으로도 역겹고 몸서리가 쳐졌다. 그가 아는 한 건달과 호모는 서로 가장 멀리 떨어진 존재이며 평생 건달로 살아온 그의 머릿속에선 도저히 합치시킬 수 없는 모순이었다. 그래서 어둠 속에서 루돌프를 처음 품에 안았을 때 그는 엄청난 두려움과 수치심에 휩싸인 채 일을 치렀다. 행위를 주도한 건 오히려 루돌프였다. 그날 이후, 루돌프는 형근에게 특별한 존재가 되었다. 그는 다른 재소자들이 루돌프를 건드리지 못하도록 보호막을 쳤다.

그것을 사랑이라고 부를 수 있을까? 바닥에 엎어져 우는 가녀린 몸의 루돌프를 보니 마음이 아팠다. 형근은 조심스럽게 다가가 손으로 턱을 받쳐 들었다. 입술이 찢어져 피가 흐르고 있었다.

불쌍한 놈…….

— 난 네가 남자를 좋아하든 말든 상관없는데 난 절대 그쪽이 아냐. 그러니까 빵에서 있었던 일은 그냥 빵에서 끝내는 거로 하자. 응? 씨발, 우리만 그랬던 게 아니잖아. 너도 알다시피 거기서 다들 그 짓 하다가 나가면 멀쩡하게 여자 만나서 잘 사는데 너만 왜 이러는 거야?

형근이 한껏 누그러진 목소리로 루돌프를 달랬다. 그러자 루돌프는 눈물과 원망이 가득한 눈으로 형근을 바라보았다.

— 난 남자를 좋아하는 게 아녜요.

— 그럼 뭐야?

— 난 그냥 형님을 사랑하는 거예요. 솔직히 딴 놈들은 관심도 없어요.

사랑? 형근은 미친 짓이라고 생각했다. 아니, 스스로 미칠 것 같았다. 그래서 벌떡 일어나 나가려고 했다. 그런데 루돌프의 반짝이는 코가 눈에 들어왔다. 그는 눈물이 그렁그렁한 커다란 눈망울로 형근을 올려다보고 있었다. 순간, 오랫동안 애써 잊고 있던 은밀한 감정이 불길처럼 타올랐다. 형근은 자석에 이끌리듯 와락, 루돌프를 끌어안았다.

— 야 인마. 루돌프!

— 형님!

루돌프도 형근을 힘껏 껴안았다. 그리고 두 사람은 서로의 눈을 바라보다 마침내 격렬하게 입을 맞췄다.

. . .

박 감독은 스튜디오 뒷문 앞, 의자에 앉아 커피를 마시며 그의 누나인 박 여사와 얘기를 나누고 있었다. 그 옆엔 조카딸인 수진이 새초롬한 얼굴로 손거울을 들여다보며 화장을 고치고 있었다. 전형적인 성형미인으로 어딘가 맹한 느낌이었다. 대화는 심각했지만 셋 다 화려한 선글라스를 쓰고 있어 마치 한 가족이 휴양지에라도 놀러

온 분위기였다.

— 임금은 마음속으로 숙빈보다 경빈을 더 좋아해. 그런데 숙빈이 질투가 장난 아냐. 그래서 경빈을 모함하는 거야. 그년이 오빠들하고 짜고 왕을 폐위시키려고 한다 뭐 그런 거지. 임금은 경빈을 워낙 사랑하니까 처음엔 들은 척도 안 하지만 워낙 간신배들이 옆에서 쑤셔대니까 결국 할 수 없이 사약을 내려. 이때 왕이 내의원을 조용히 불러서 사약을 만들 때 비상을 잔뜩 넣어 독하게 만들라고 부탁하는 거야.

— 사랑한다면서 왜 독하게 해?

박 여사의 장황한 수다를 듣고 있던 박 감독이 물었다.

— 사랑하니까. 어차피 죽을 거 고통 받지 말고 빨리 죽으라는 거지.

— 거 참 감동적인 얘기네.

박 감독이 건성으로 고개를 끄덕이자 박 여사가 짜증을 냈다.

— 야, 넌 이게 감동적이야?

— 그렇잖아, 사랑하는 여자에게 사약을 내리는 임금의 마음이 어떻겠어?

— 임금이 문제가 아니라 지금 얘가 문제라고, 얘가.

박 여사는 거울을 보며 화장을 만지고 있는 수진을 가리켰다.

— 얘가 왜?

— 넌 하나밖에 없는 조카딸이 전 국민이 보는 앞에서 사약을 먹고 피를 토하면서 뒈졌으면 좋겠니?

— 무슨 소리야, 누나? 그럼 얘가 숙빈이야?

— 답답해 죽겠네. 넌 지금까지 뭘 얘길 들은 거야. 숙빈은 모함을 꾸미는 년이 숙빈이고 얘는 사약을 받고 죽는 경빈이라니까, 몇 번을 얘기해야 알아들어. 지금 시청자들 반응 좋거든. 얼마 전에 때 장갑 광고도 찍었고, 몇 주만 더 나와줘도 확실히 뜰 수 있는데 여기서 죽어버리면 말짱 도루묵이야.

— 근데 그걸 어떻게 다시 살려?

— 그러니까 애초에 경빈을 못 죽이게 해야지.

— 아니, 내가 드라마 감독도 아니고 무슨 재주로 못 죽이게 해?

이때, 수진이 묘한 표정으로 배시시 웃었다.

— 감독님은 문제없어요, 삼촌.

박 감독이 의아한 듯 돌아보자 박 여사가 딸을 노려보았다.

— 너 그 감독 놈하고도 잤냐?

— 엄마는 내가 무슨 바본지 알아?

수진이 펄쩍 뛰었지만 박 여사는 여전히 날카롭게 추궁했다.

— 근데 감독 얘기하는데 왜 웃어?

— 누가 웃었다고 그래?

수진은 시치미를 뗐지만 무슨 생각이 떠올랐는지 다시 한 번 저도 모르게 피식 웃었다. 그러자 박 여사는 딸의 등짝을 힘껏 후려쳤다.

— 으이구, 이 속없는 년! 넌 달라는 놈마다 다 주냐?

— 아, 아파! 내가 뭘 잘못했다고 그래. 엄마가 눈치껏 하라고 그

랬잖아.

수진이 입이 댓 발로 나와 투덜거렸다.

— 그래도 영양가를 따져봐야지, 이년아. 그 신참 피디가 무슨 힘이 있어. 이 작가가 다 알아서 하는 건데.

— 아, 몰라, 자꾸 달라는데 그럼 어떻게 해?

모녀 간의 대화치고는 참으로 가관이었다. 박 감독은 민망한 듯, 큼큼 헛기침을 하며 끼어들었다.

— 그 이 작가란 놈은 누구야?

— 몰라, 그냥 이 작가야. 근데 그 인간이 얘를 죽였다 살렸다 하는 거야.

박 여사는 박 감독의 하나밖에 없는 동기였다. 그리고 수진 역시 하나밖에 없는 조카딸이었다. 박 여사는 수진을 배우로 만들어 딸 덕을 보겠다고 어릴 때부터 차에 실어 촬영장을 부지런히 돌아다녔는데 얼마 전엔 박 감독이 어느 매니지먼트 회사에 압력을 넣어 수진이 케이블방송 드라마에 출연 중이었다.

— 근데 나도 영화를 찍는 사람이지만 그렇게 대본을 마음대로 바꿀 수가 없는 거거든.

— 그럼 네가 얘 데리고 여기서 포르노나 찍든가.

박 여사가 담배를 꺼내 물며 신경질적으로 내뱉자, 박 감독은 한숨을 내쉬었다. 아무리 냉혹한 사채업자라 하더라도 핏줄은 어쩔 수 없는 법, 박 감독은 일이 생길 때마다 달려와 진상을 부리는 누나의 부탁을 거절하기 힘들었다.

— 하여간 무슨 말인지 알았으니까 내가 한번 알아볼게.

— 그리고 애 로드 보는 애 좀 바꿔줘.

박 여사가 신경질적으로 담배를 빨며 말했다.

— 왜? 내가 보기에 야무져 보이던데…….

— 야무지긴 뭐가 야무져. 그 새끼, 괜히 회식자리에서 에이디나 두들겨 패고. 응? 세트장에서 자빠져 자다가 문 잠겨서 못 나오고. 밤새도록 걔 찾느라고 얼마나 속 썩었는지 알아? 그리고 로드 본다는 놈이 어떻게 길도 몰라? 삼성동 가라는데 삼선교를 가질 않나, 얼마 전엔 신사동에서 화보 촬영이 있는데 애를 은평구 신사동에다 데려다줬어.

— 그거야 동네 이름이 똑같으니까 그럴 수도 있지, 뭐.

박 여사가 속사포처럼 불만을 쏟아내자 박 감독이 달래듯 말했다.

— 야, 애 직업이 뭐야? 배우 아냐, 배우. 그러면 배우가 은평구 신사동에 갈 일이 일 년에 몇 번이나 있을 것 같아.

— 그거야 뭐…….

— 한 번도 없어. 한 번도. 일 년이 아니라 십 년이 가도 한 번 있을까 말까야.

이때, 조감독이 다가와 박 감독에게 뭐라고 귓속말을 했다. 박 감독은 잘됐다는 듯 급히 의자에서 일어서며 자리를 정리했다.

— 알았어. 그것도 내가 알아볼 테니까 누나 그만 가봐. 됐지?

박 감독은 고개를 절레절레 흔들며 스튜디오 안으로 들어갔다.

・・・

삼 대리는 박 감독 앞으로 얌전히 가방을 밀어놓았다. 박 감독이 의아한 듯 쳐다보자 응천이 입을 열었다.

— 일단 한번 열어보세요. 비밀번호는 3768예요.

박 감독은 세 명을 번갈아가며 쳐다보다 자물쇠를 돌려 마침내 가방을 덜컥 열었다. 그리고 선글라스 뒤의 동공이 크게 열렸다. 박 감독이 앉아 있는 뒤편의 세트 너머에선 예의 여배우의 교성이 크게 들려왔다. 하지만 삼 대리는 더 이상 뒤쪽으로 시선을 돌리지 않았다. 다들 진지하고 무거운 표정으로 박 감독의 얼굴만 바라볼 뿐이었다. 한동안 가방 안을 들여다보던 박 감독은 마침내 선글라스를 벗으며 세트 쪽을 향해 소리쳤다.

— 야, 리허설 이따 하고 조용히 좀 해봐!

순식간에 신음이 그치고 스튜디오가 조용해졌다. 박 감독은 가방과 삼 대리의 얼굴을 번갈아가며 쳐다보다 가방을 덮고 담배를 피워 물었다.

— 내가 도둑질을 해오든 장기를 팔아오든 돈을 갚으랬더니 진짜 도둑질을 해왔네. 근데 난 사람을 죽이라는 얘기는 한 적이 없는데……

— 아, 알고 계셨어요?

— 그럼 난 뉴스도 안 보는 줄 알아?

— 그, 그건 말이죠. 절대 저희가 죽인 게 아닙니다. 우린 그냥 다이아만 달라고 했는데 그 새끼가 칼을 빼앗아서 지 배를 찔러버린 겁니다. 네, 그렇게 된 거예요.

근식이 변명을 했지만 자신이 들어도 그 말이 가당치도 않다는 생각에 스스로 말끝을 흐리며 꼬리를 내렸다.

— 그래서 나한테 이 폭탄을 돌리려고 찾아온 거야? 누구 망하는 꼴 보려고?

— 그게 아니고, 아무래도 감독님은 이쪽 계통을 잘 아실 것 같아서…….

응천이 나섰다.

— 누굴 씨발, 장물아비 취급하는 거야? 난 어디까지나 감독이야. 영화감독. 내가 그쪽에 대해서 뭘 알아?

— 물론 그렇긴 한데 우린 이걸 어디 가서 처분할 데도 없고 그래서 좀 도와달라고 부탁드리는 겁니다. 어차피 저희한테 빚을 받으시려면…….

— 어라? 이젠 협박까지 해? 그러니까 물건을 처분해주지 않으면 빚을 못 갚겠다?

— 아뇨, 그 얘기가 아니라 감독님이 인맥도 넓고 또 수단도 좋으시니까 뭔가 방법이 있을 것 같아서요.

박 감독은 선글라스 너머로 세 사람을 노려보다 할 수 없다는 듯 가방 위에 손을 턱 올려놓았다.

— 씨발, 이런 거 손대면 안 되는데……. 아무튼 무슨 얘긴지 알았으니까 일단 맡겨놓고 가. 어차피 지금 언론에서 난리라 당장 처분할 수도 없어. 그러니까 이 물건은 없는 거다, 생각하고 조용히 짱박혀 있어. 어디 가서 술 처먹고 나불대지 말고. 그리고 이 과정에서 절대 내 이름이 나와선 안 돼? 무슨 말인지 알겠어?

— 그럼 물건을 처분하면 배분은 어떻게……?

용관이 조심스럽게 입을 열었다.

— 나랑 딜을 하자는 거야? 살인강도로 쫓기는 마당에?

— 아니, 그래도…….

— 나하고 쇼부 칠 생각하지 마. 내가 다 알아서 할 거야.

— 그럼 언제쯤 연락을 드려야…….

— 아니, 연락도 하지 마. 때가 되면 내가 먼저 연락할 테니까. 싫으면 당장 이 물건 갖고 꺼지든가.

삼 대리는 찜찜한 표정으로 서로 눈길을 교환하더니 엉거주춤 자리에서 일어섰다. 박 감독이 눈짓을 하자 옆에 서 있던 용가리가 가방을 집어 들었다. 박 감독은 자리에 앉은 채 스튜디오를 빠져나가는 삼 대리의 뒷모습을 보며 보일 듯 말 듯 미소를 지었다.

．．．

    형근이 사무실로 들어섰을 때, 소파엔 엄 사장이 앉아 있었다. 그는 울상이 되어 양 사장에게 한창 하소연을 하는 중이었다.

    — 전 그쪽에 돈 다 쏴서 넣었는데 이젠 개털 됐습니다. 거기다 항재 놈까지 죽어버렸으니 어디 가서 말도 못 하고……

    형근은 양 사장을 향해 꾸벅 인사를 했다.

    — 늦었습니다.

    엄 사장은 형근을 보고 눈인사를 한 뒤, 다시 징징거리기 시작했다.

    — 지금 검찰에서 조사 들어가면 다이아 바꿔친 걸 알게 될 텐데 그러면 전 꼼짝없이 구속이거든요. 제가 전과도 있어서 이번에 걸리면 죽어야 빵에서 나오게 됩니다. 예? 제가 어떡하면 좋겠습니까?

    양 사장이 신중하게 입을 열었다.

    — 우선 조용해질 때까지 어디 해외에 좀 나가 있어. 있을 데 알아봐 줄 테니까.

    — 아니, 그럼 내 돈은 어떡하고요?

    — 지금 이 마당에 돈이 문제야? 그리고 분명히 얘기하지만 난 그 물건을 본 적도 없고 만져본 적도 없어. 그러니까 그 일은 나와 아무 상관없는 거야. 무슨 말인지 알았어?

    양 사장이 엄 사장을 노려보며 싸늘하게 말했다. 그리고 의자에 몸을 묻은 채 눈을 감았다. 엄 사장은 망연자실 한숨을 내쉬다 답답하다는 듯 물었다.

— 근데 해외라면 어디……?

이때, 형근이 끼어들었다.

— 베트남 어때요?

— 베트남?

— 예, 거기 좋아요. 날씨도 좋고 음식도 입에 맞으실 거예요.

형근은 호치민의 지옥 같은 날씨와 밤마다 피를 빨아대는 모기를 떠올리며 말했다. 엄 사장은 울상이 되어 쳐다보다 할 수 없다는 듯 자리에서 일어섰다. 형근은 나가는 엄 사장의 어깨를 두드려주었다.

— 우리도 물건을 찾고 있으니까 조금만 기다려보세요. 그리고 빨리 여권 준비해두시고요.

형근이 엄 사장을 배웅하고 돌아섰을 때도 양 사장은 여전히 눈을 감고 있었다.

— 저 인간, 빨리 어디로 보내버려야지 여기저기 징징거리고 다니면 좋을 게 없을 것 같은데요.

그제야 양 사장은 눈을 가늘게 뜨고 물었다.

— 이 바닥에서 일이 터지면 범인이 누구지?

— 그거야 뭐 뜨끈이죠.

형근은 소파에 앉으며 일 초도 망설임 없이 대답했다.

— 그렇지. 범인은 항상 뜨끈이지. 근데 뜨끈이는 베트남에 너랑 같이 있었어. 그리고 사람을 죽일 만한 배짱은 없어. 그러니까 걔는

아냐. 그러면 다음은 누굴까?

— 글쎄요…….

형근은 고개를 갸우뚱하다 자신 없는 투로 말했다.

— 장다리 아닌가요? 안산의 장다리.

그러자 양 사장이 손바닥으로 책상을 쳤다.

— 그렇지! 네 생각도 다음은 장다리가 맞지?

양 사장은 자리에서 벌떡 일어나 구두를 신었다.

— 어디 가시게요?

— 용의자가 나왔으니까 일단 만나서 한번 간을 봐야지.

형근이 따라 일어서자 양 사장이 손으로 그를 제지했다.

— 아냐, 오늘은 원봉이 데리고 갔다 올 테니까 넌 뜨끈이나 수배
해 봐.

양 사장이 나가자 형근은 소파에 털썩 주저앉아 담배를 피워 물
었다. 루돌프와 보냈던 간밤의 짜릿한 여운이 온몸에 남아 있었다.
하지만 머릿속은 더없이 혼란스러워 자꾸 한숨만 나왔다.

나는 이제 어떻게 되는 거지? 결국 호모의 인생을 살아가야 하는
걸까? 건달이 호모라니! 다른 이들이 이 사실을 알면 어떻게 될까?
생각만 해도 끔찍했다. 이때, 핸드폰 벨이 울렸다. 주머니에서 핸드
폰을 꺼내보니 루돌프의 이름이 떠 있었다. 형근은 잠시 망설이다
수신거부를 누르고 담배 연기를 길게 내뿜었다. 그의 머릿속에선 일
찌감치 커밍아웃한 어느 남자 연예인의 얼굴이 떠올랐다. 반짝거리

는 민머리의 그는 주먹을 쥐고 앙증맞게 때리는 시늉을 하며 특유의 여성스러운 어투로 말했다.

　루돌프 너, 미워 죽겠어!

말

장다리의 인력사무소는 정신이 없었다. 끊임없이 걸려오는 전화 벨 소리와 전화를 받는 소리, 하스리 다섯 명이요! 누군가 외치고 우르르 몰려나가는 소리 등으로 좁은 사무실은 전쟁이라도 난 듯 분주했다. 붙박이로 일하는 직원만 해도 십여 명이 넘고 입구에 몰려 있는 용역들은 대부분 외국인이어서 양 사장은 딴 세상에 온 듯 어리둥절했다. 이때, 입구에서 장다리가 전화를 받으며 등장했다.

— 알았어. 나중에 전화할게. 끊어.

그는 긴 허리를 굽혀 양 사장에게 꾸벅 인사를 했다.

— 사장님. 오신다고 미리 연락이라도 해주셨으면 사무실에서 대기하고 있었을 텐데…….

— 신수 좋네, 장 사장.

장다리는 양 사장과 악수를 하고 옆에 서 있던 원봉과도 악수를 하며 아는 체를 했다.

— 김 배우도 잘 지내지?

머리에 포마드를 바르고 검은 양복을 입은 원봉은 양 사장의 부하로 울트라가 양 사장이라고 착각했던 바로 그 벤츠의 주인이었다. 그는 과거 누아르 영화에 등장하는 홍콩 배우처럼 틀이 좋아 건달들 사이에서 김 배우란 별명으로 통하고 있었다.

잠시 후, 세 사람이 장다리의 사무실 소파에 앉자, 여직원이 차를 가져와 앞에 내려놓았다.

— 전화 오면 나 바꿔주지 마. 귀한 손님 오셨으니까. 알았지?

장다리의 허풍에 양 사장은 차를 마시며 속으로 코웃음을 쳤다. 오래전 장다리는 연안부두를 통해 공장 부품을 밀수하며 양 사장의 도움을 받은 적이 몇 번 있었다. 하지만 몇 년 새 안산에서 용역사업으로 자리를 잡아 이젠 아무도 무시하지 못하는 거물이 되어 있었다.

— 근데 여기까지 어쩐 일이세요?

장다리도 차를 마시며 눈치를 살폈다.

— 응, 물건 찾으러 왔어.

— 무, 물건이라뇨?

양 사장이 기습적으로 직구를 던지자 당황한 장다리가 말을 더듬었다. 애써 모른 척 어리둥절한 미소를 짓고 있었지만 당황한 눈빛을 양 사장은 놓치지 않았다.

— 왜 이래, 다 알면서? 내 입으로 얘기해줄까, 몇 캐럿짜리 다이아몬드인지?

— 다이아요? 그, 그게 무슨 말씀이신지······.

양 사장은 장다리의 안색을 가만히 살피다 픽 웃었다.

— 농담이야, 농담. 다이아는 무슨······.

그제야 장다리도 어색하게 너털웃음을 터뜨렸다.

— 사장님도 참 사람 놀라게 하시는 재주가 있네요.

— 근데 이 바닥에서 돈 버는 건 장 사장밖에 없나 보네. 난 어디 딴 세상 온지 알았어.

— 여긴 뭐 그냥 시끄럽기나 하지 돈은 안 돼요.

장다리가 손사래를 쳤다.

— 장 사장이 돈도 안 되는데 일 벌일 사람이 아니잖아. 어디 똥구멍 좀 까봐. 내가 남의 밥그릇에 숟가락 얹는 사람은 아니잖아.

그제야 장다리는 몸을 앞으로 숙이며 입을 열었다.

— 요즘 용역 알선비만 받아서는 사무실 유지밖에 못 해요. 보시면 아시겠지만 여긴 두 집 건너 한 집이 인력업체거든요.

— 그럼 돈은 어디서 남기는 거야?

— 세금요.

— 세금?

— 네, 우리가 승합차로 실어 나르는 인력이 얼마나 되는지 아세요? 일 년에 십만 명이 넘습니다. 그럼 부가가치세만 해도 얼마겠어요?

— 그걸 떼먹는다고?

— 그렇죠. 일 년 장사하고 세금 낼 때가 되면 폐업신고를 하는 거예요.

— 폐업을 해도 세금은 자손 대대로 따라가는 건데 어떻게 안 내고 배겨?

— 그래서 바지가 필요한 거예요. 다른 사람 명의로 회사를 일 년 굴리고 문을 닫는 거죠. 그래도 돈 몇 푼 집어주면 바지 서겠다는 애들이 나래비로 서 있거든요. 신용불량자가 되든 빵엘 가든 어차피 아무 상관없는 놈들이니까. 그렇게 돌아가면서 일 년에 한 번씩 명의만 바꾸는 거죠. 심지어는 간판도 안 바꿔요.

— 오라, 그런 식이구먼.

양 사장이 웃으며 고개를 끄덕였다.

— 장 사장이 대만 센지 알았더니 머리도 좋아. 역시 성공하는 데는 이유가 있는 거야.

— 별 말씀을요. 전 사장님 따라가려면 아직 멀었죠.

— 아냐, 우리 땐 그저 힘만 믿고 설쳤지, 요즘 젊은 사람들처럼 머리를 쓸 줄 알았나.

양 사장은 차를 마시다 문득 테이블 구석에 놓여 있는 사진을 한

장 발견했다.

— 이건 누구야?

양 사장은 사진을 집어 들고 건성으로 물었다.

— 내가 데리고 있던 지니라는 년인데 마이킹을 삼천이나 땡겨서 발라버렸어요.

장다리가 화가 난다는 듯 씨근거렸다. 마이킹이란 술집에서 여종업원을 잡아놓기 위해서 업주가 지급해주는 계약금의 일종으로 여종업원들이 성형을 하거나 빚을 갚는 둥 목돈이 필요할 때 선불을 당겨쓰는 게 업계의 관례였다.

— 삼천이나?

— 이쪽에서 제일 잘나가는 에이스였거든요.

— 애가 반반하게 생기긴 했네.

— 원래 그런 년들이 속을 썩이죠. 지금 전국에 수배 때려놨으니까 금방 잡혀 올 거예요.

— 이름이 지니라고?

— 네, 이쪽에선 그렇게 부르는데 본명은 모르죠.

• • •

양 사장은 자동차 뒷좌석에 몸을 기댄 채 창밖을 바라보았다. 키 큰 가로수처럼 도로를 따라 늘어선 공장 굴뚝에서 뿜어 나온 연기가 하늘을 향해 긴 포물선을 그리고 있었다.

— 네가 보기엔 어때? 뭔가 냄새가 나는 것 같지 않아?

— 글쎄요, 워낙 속을 알 수 없는 놈이라…….

원봉이 고개를 가로저었다.

— 근데 마이킹 먹고 튄 애들이 잡혀 오면 어떻게 되는 거지?

양 사장은 창밖을 내다보다 지나가는 말처럼 물었다.

— 뭐, 최소한 반병신은 된다고 봐야죠. 장다리, 저놈이 원체 악질이라 그냥 놔두진 않을 거예요.

양 사장은 말없이 고개를 끄덕이다 울컥 화가 치밀었다.

앙큼한 년!

연희는 분명 자신이 흑룡강성에서 온 조선족이라고 했다. 왜 사투리를 쓰지 않냐고 묻자 한국드라마를 보면서 서울말을 열심히 익힌 덕이라고 했다. 그런데 장다리 사무실에서 그녀의 얼굴을 보게 될 줄은 꿈에도 몰랐다. 짧게 파마한 머리에 얼굴이 좀 더 갸름해 보였지만 아랫입술이 유난히 도드라진 사진 속의 여자는 연희임이 분명했다. 양 사장은 우선 연희가 자신을 속였다는 사실에 화가 났다. 그리고 중국마사지 가게에서 일하는 청순한 조선족 처녀가 실은 닳고 닳은 술집 여자라는 게 믿기지 않았다. 그것도 에이스라고 했다.

얼마 전엔 한참 공을 들인 끝에 겨우 월미도 횟집으로 불러낸 적이 있었다. 그때도 연희는 술을 못 마신다며 수줍은 얼굴로 손사래를 쳤다. 그러다 강권에 못 이겨 겨우 소주 한 잔을 받아 마시더니 뺨이 발그레해져 얼굴에 대고 연신 손부채질을 해댔다. 그 순수한 모습에 마음이 설레 양 사장은 그만 기습적으로 뽀뽀를 했는데 그녀는 마치 한 번도 연애를 안 해본 숫보기처럼 얼굴이 빨개졌다. 그리고 한국 남자들은 늘 이런 식이냐며 짐짓 뾰로통한 표정을 지어 더욱 애간장을 태웠다. 그런 그녀가 마이킹까지 먹고 튄나가요라니!

양 사장은 연희가 그동안 자신을 속였다는 앙심에 당장 장다리에게 연락해 거처를 알려줄까, 생각해봤지만 그 가녀린 여자가 장다리처럼 무지막지한 건달 놈에게 모진 꼴을 당할 생각을 하니 마음이 아팠다. 한편, 그렇게 마음이 약해진 것도 실은 늙었다는 증거라고 생각하니 마음이 무거웠다. 요즘은 벌이는 일마다 꼬이는 게 점점 더 늪으로 빠져드는 기분이었다. 양 사장은 길게 한숨을 내쉬며 휴대전화를 꺼내 들었다. 그리고 어디론가 전화를 걸었다.

— 여보세요……. 예, 저 다름이 아니라 누가 세금을 갖고 장난질을 치는 것 같아서요……. 예, 안산의 인력사무소인데 조사해보면 다 나올 거예요. 업체 이름이 장달인력인데요……. 저요? 저는 뭐 그냥 성실한 납세자 중의 한 명이라고만 말씀드리겠습니다.

양 사장이 전화를 끊자 원봉이 물었다.

— 어디 전화하신 거예요?

— 세무서.

— 그럼 지금 장다리를 코바르신 거예요?

원봉이 어이없다는 듯 물었다.

— 왜, 인마. 난 그럼 안 돼? 내가 다른 건 다 넘어가도 세금 떼먹는 놈들은 그냥 못 봐. 가뜩이나 나라가 어려운데 세금을 떼먹어? 그런 새끼들은 한 마디로 매국노야, 매국노! 이 나라에 살 자격이 없는 기생충 같은 놈들이라고.

양 사장이 짐짓 흥분해 소리쳤다. 원봉은 백미러로 양 사장의 얼굴을 쳐다보며 고개를 가로저었다. 양 사장은 의자에 몸을 기대며 물었다.

— 근데 요즘 마떼기 판은 어때?

· · ·

경부고속도로를 달리는 팔 톤 트럭 안엔 눈과 코만 내놓은 채 발라클라바를 뒤집어쓴 세 명의 남자가 앉아 있었다. 울트라와 깡구, 그리고 공업용이었다. 공업용은 실내등 밑에서 쪽지를 들여다보고 있었다.

— 남대풍, 개츠비, 천둥번개, 모닝커피, 새벽동자, 밀리언 베이비…… 씨발, 뭔 이름이 이렇게 복잡해?

— 원래 말 이름이 다 그래.

— 근데 겉만 보고 뭐가 뭔지 어떻게 알지? 어디 써 있나?

— 잘 모르면 그냥 다 한 대씩 때려주면 되는 거 아냐?

이때, 울트라가 길게 하품을 했다.

— 근데 형님도 참, 부산에는 뭐 애들이 없나? 오밤중에 이게 뭔 고생이야?

— 너도 머리가 있으면 생각을 좀 해봐라. 만약에 부산 경마장에서 일이 잘못되면 누구부터 족치겠냐? 그쪽 애들부터 족칠 거 아냐.

운전을 하는 공업용이 말했다.

— 그렇다고 씨발, 인천에서 부산까지 팔 톤 트럭을 타고 내려가야 돼? 야, 넌 벤츠를 구해온다더니 어떻게 이런 차를 구해왔냐?

— 이것도 벤츠야, 인마. 앞의 마크 못 봤어? 매형한테 사정사정해서 겨우 빌려온 건데……!

— 근데 우리가 인천부터 부산까지 꼭 이걸 뒤집어쓰고 가야 되냐?

울트라가 답답한 듯 발라클라바를 홱 잡아당기자, 땀으로 범벅이 된 얼굴이 나타났다.

— 씨발, 더워 죽는지 알았네.

— 그래도 혹시 아냐, 시시티브이에 찍힐지? 요즘은 한 번 찍히면 꼼짝 마라야.

— 이렇게 셋 다 복면을 쓰고 다니는 게 더 수상하지. 난 답답해 못 쓰겠다.

— 근데 이걸로 말 무르팍을 까면 다리가 부러지지 않을까?

깡구가 작은 돌망치를 꺼내 들며 고개를 갸우뚱했다. 헤드라이트

불빛 속에 '부산 120km'라고 쓰인 표지판이 쏜살같이 지나갔다.

하루 전, 세 사람은 문학동 작대기, 종식의 부름을 받고 그가 운영하는 당구장에 모여들었다. 작대기란 당구도박사를 가리키는 은어로 종식은 일찌감치 큐대 하나 메고 전국을 떠돌며 고수들과 맞장을 뜨던 유명한 작대기였다. 그러다 형근의 눈에 띄어 연안파와 인연을 맺게 된 인물이었는데 사람이 당구를 칠 때만큼 야무진 구석이 없어 정식 조직원이 되지 못하고 일이 있을 때마다 동네 후배들을 동원해 연안파의 허드렛일이나 해주는 신세였다. 한 마디로 뒷골목의 용역반장쯤 되는 위치라고 할 수 있는 그가 울트라와 그의 친구들을 부른 것은 뭔가 구린 일을 맡았다는 뜻이었다.

— 그러니까 부산에 가서 이걸로 말 무르팍을 한 대씩만 때려주고 오라는 거죠?

울트라는 종식이 건네준 작은 돌망치를 들고 물었다.

— 그래, 한 대도 아니고 두 대도 아니고 딱 한 대야. 잘 기억해. 한 대. 알았지?

— 그럼 뭐 간단한 일이네요.

울트라가 망치를 들여다보며 건성으로 대답하자 종식이 엄한 얼굴로 말했다.

— 아니, 절대 간단하지 않아. 일이 잘못되면 우리 다 골로 가는 수가 있으니까 정신 똑바로 차려. 지난번처럼 또 사고 치지 말고.

종식의 말에 세 명의 친구들은 긴장한 표정으로 서로의 얼굴을 마주 보았다.

— 너 차는 어떻게 됐어?

— 예, 확실하게 준비해놨습니다.

공업용이 자신 있게 대답했다.

— 좋아. 정확하게 저녁 아홉 시에 출발할 수 있게 차에 기름 꽉 채워놓고 준비들 하고 있어.

• • •

연수동에서 고깃집을 운영하는 원봉의 전공은 속칭 마떼기라고 불리는 사설경마였다. 과천경마장을 무대로 도박꾼들에게 마권을 팔던 그는 양 사장 밑으로 들어가 연안파 정식조직원이 된 지 오래지 않아 마떼기 판의 거물이 되었다. 기수를 매수하고 승부를 조작해 재미를 보는 마떼기는 사채나 유흥업 등 폭력을 동원해야 하는 다른 사업들에 비하면 비교적 깔끔하고 안전한 편이어서 원봉의 성정과도 잘 맞았다. 하지만 최근엔 마사회와 경찰의 단속이 심해 일을 벌이기가 녹록지 않았다. 마떼기 한 번만 잘해도 아파트 한 채를 살 수 있었던 좋은 시절은 지나간 지 오래였다.

기수를 매수하기도 쉽지 않았다. 정식 코스를 거쳐 어렵게 기수가 된 이들이 돈 몇 푼에 위험을 무릅쓸 리 없었다. 게다가 사설경

마로 몰려들었던 도박꾼들이 언제부턴가 대거 스포츠 도박판으로 옮겨갔다. 이제 꾼들은 마권을 사지 않았다. 인터넷과 모바일을 통해 돈을 걸었다. 액수의 제한도 없었다. 원봉은 지구 반대편에서 벌어지는 축구경기에 사람들이 돈을 걸고 열광하는 게 이해가 되지 않았다. 텔레비전에서 연예인 불법도박 얘기가 나올 때마다 그는 자신이 더는 세상이 변하는 속도를 따라잡지 못한다고 느꼈다. 그동안 참한 마누라도 얻었고 연수동에 제법 유명한 고깃집도 가지고 있었지만 언제부턴가 기분이 우울했다. 한 마디로 사는 재미가 사라진 것이다. 그즈음 그가 관심을 돌린 건 좋은 차와 멋진 슈트였다. 값비싼 이태리제 양복으로 잘 차려입고 나서면 잠시 기분이 근사해지곤 했다. 그래도 가끔은 경마장에서 마권 다발을 들고 정신없이 뛰어다니던 시절이 그리웠다. 남자의 인생이란 대개 그런 거였다.

— 그러니까 이걸로 도가니를 한 대씩만 때려주면 된다 이거지?

며칠 전, 원봉은 부산의 한 횟집에서 누군가와 만나 은밀한 얘기를 나누었다. 경마장의 마방에서 일하는 한 장제사였다.

— 맞십니더. 말이라는 게 말입니다. 보기엔 그래도 사춘기 애들 맨키로 예민하다 안캅니꺼. 발바닥에 가시 하나만 박혀도 마 꼼짝 안 합니더.

— 그럼 당신이 해주면 되는 일을 왜 복잡하게……?

— 하이고, 지는 마 안 됩니더. 분명히 얘기하지만 나중에 일이

잘못돼도 난 아무 상관없는 기라예. 이걸 보장해주지 않으모 마, 고마 얘기 끝냅시더.

롯데 야구모자를 눌러쓴 장제사는 손사래를 치며 단호하게 소주를 한 잔 털어 넣었다.

— 알았어, 그러니까 당신은 마방 문만 열어놓고 나간다 이거지? 그리고 목장 위치만 알려주면 나머지는 우리가 알아서 하고…….

장제사에 의하면 경기가 있기 전날, 몰래 마방에 들어가 말의 무릎에 작은 타격을 주면 겉보기엔 멀쩡하지만 경기력에 문제가 생긴다고 했다. 그 점을 이용해 승부를 조작할 수 있다는 거였다. 그것은 마치 카드게임에서 상대가 무슨 패를 들고 있는지 미리 알고 도박을 한다는 뜻이었다. 기수들을 매수하는 방법은 위험하다고 했다. 귀와 입이 많으면 어디선가 말이 나오게 되어 있고 결국 소문이 돌아 비밀을 유지할 수 없기 때문이었다. 장제사는 부산의 건달들과 엮이는 것도 두려워했다. 같은 지역에선 소문도 금세 퍼지고 일이 잘못되면 혼자 덤터기를 쓰기에 십상이었다. 차라리 부산에 아무 연고도 없는 원봉이 파트너로 일하기에 적당했다.

계획이 수립되자 원봉은 즉시 마떼기 시스템을 가동했다. 밑에서 일하던 동생들을 불러들이고 마권을 찍어내고 꾼들에게 전화를 돌렸다. 전화통에 불이 나고 모처럼 사무실이 분주해졌다. 중요한 건 누가 부산까지 내려가서 말을 손봐줄 것이냐, 하는 문제였다. 그는 마떼기와 관련된 인물들은 모조리 제외했다. 가능한 한 자신과 상관없는 인물이어야 했다. 그러다 문득 떠올린 인물이 문학동 작대기, 종식이었다. 원봉은 오랫동안 잊고 있던 생의 활기가 온몸에 퍼져나가는 것을 느꼈다.

. . .

종식이 트레이닝복 차림으로 집에서 나왔을 때, 길을 가로막고 서 있는 팔 톤 트럭이 먼저 눈에 들어왔다. 그 앞엔 울트라와 깡구, 공업용이 서 있다 종식을 보자 황급히 담배를 비벼 끄고 꾸벅 인사를 했다.

— 형님, 다녀왔습니다.

종식이 시계를 보니 새벽 네 시를 가리키고 있었다.

— 그래, 수고했다. 근데, 니들 부산까지 이 트럭을 몰고 갔다 온 거야?

— 네, 매형이 이 차밖에 없다고 그래서……. 이래 봬도 잘 나갑니다. 벤츠거든요.

공업용이 히죽 웃으며 대답했다.

미련한 놈들! 종식은 화가 치밀었지만 어쩌면 화물용 트럭이 안전할 수도 있다는 생각에 입을 다물었다.

— 늦었으니까 그만들 들어가 쉬어.

종식이 돌아서려는데 울트라가 종식을 불러 세웠다.

— 잠깐만요, 형님.

— 뭐야?

— 형님한테 뭔가 보여드릴 게 있어서요.

— 뭘 보여줘?

— 저희가 올라오는 길에 형님에게 드리려고 선물을 하나 가져왔거든요.

울트라는 뭔가 의기양양한 표정으로 코를 벌름거렸다. 종식은 울트라가 바로 그런 표정을 지을 때 가장 불안했다. 뭔가 사고를 쳤다는 뜻이라는 걸 경험상 잘 알고 있기 때문이었다.

— 선물? 뭔 선물?

종식이 불안한 듯 묻자 울트라가 공업용에게 눈짓을 했다.

— 야, 빨리 보여드려.

공업용이 트럭 뒤로 돌아가 덜컹, 적재함 문을 열었다. 깊고 컴컴한 적재함 안엔 아무것도 보이지 않았다. 종식은 점점 더 불안해졌다.

— 니들 뭘 가져온 거야, 인마.

— 잠시만요, 형님.

공업용이 운전석으로 올라가 뭔가 조작을 했는지 적재함에서 사다리가 내려왔다. 그는 차에서 내린 뒤 다시 분주하게 사다리를 기어올라 컴컴한 적재함 안으로 사라졌다. 그리고 곧 의기양양한 목소리가 안에서 흘러나왔다.

— 자, 형님. 놀라지 마십시오.

공업용의 말대로 종식은 놀라지 않으려고 했다. 평생 험악한 당구판에서 산전수전 다 겪은 그로선 웬만하면 놀랄 일도 없었다. 하지만 적재함 사다리에서 내려오는 거대한 물체를 본 순간, 그는 정말이지 놀라지 않을 수 없었다. 그것은 한 마리의 커다란 말이었다. 칠흑처럼 검은 털로 뒤덮인 말은 사다리를 내려오더니 트럭 안에서 몇 시간을 견디느라 긴장했는지 히히힝! 큰 소리로 울며 종식을 향해 앞발을 들어 올렸다. 커다란 발굽이 당장 위에서 찍어누를 듯 위압적이었다.

— 으어어! 이, 이게 뭐야!

종식은 기함하고 놀라 뒤로 물러서다 자신도 모르게 털썩, 바닥에 주저앉고 말았다.

— 선물입니다, 형님.

울트라와 깡구, 공업용은 말을 사이에 두고 서서 자랑스러운 표정으로 종식을 내려다보았다.

말은 이 미터 가까운 키에 검은 갈기를 휘날리며 가로등 아래 아름다운 위용을 드러냈다. 그 비현실적인 장면에 종식은 한동안 정신을 못 차리고 멍하게 말을 올려다보다 겨우 입을 열었다.

— 이, 이게 뭐야? 말이 왜 여기 와 있어?

— 선물이라니까요, 형님. 요즘 애완용으로 개도 키우고 고양이도 키우고 어떤 사람은 돼지 같은 것도 키우던데 형님이면 이 정도는

키우셔야죠. 안 그렇습니까, 형님?

공업용은 여전히 뿌듯한 미소를 띠며 말했다.

— 그러니까 이 말이 어디서 났냐고!

종식이 버럭 고함을 질렀다.

— 어디서 나긴요, 쌔벼왔죠. 보니까 목장에 말이 진짜 많더라고
요. 뭐 한두 마리 없어져도 모를 것 같고 그래서……

울트라가 말을 마치기도 전에 종식은 세 명의 머리를 번갈아가며
힘껏 때렸다.

— 야, 이 돌탱이 같은 새끼들아. 왜 시키지도 않는 짓을 하고 자
빠졌어, 앙!

세 명은 호되게 머리를 맞고 고개를 숙였다.

— 죄송합니다, 형님.

— 뭐? 한두 마리 없어져도 몰라? 니들 진짜 생각이 있는 거냐,
없는 거냐?

종식이 화가 나 씩씩대자, 고개를 숙이고 있던 울트라가 주눅이
들어 입을 열었다.

— 그럼 다시 갖다 놓고 올까요?

— 이 병신새끼가 진짜!

종식은 울트라의 머리를 다시 힘껏 때렸다.

— 야, 니들 주변에 말 키우는 사람 봤어? 응? 말 키우는 사람 중
에 아는 사람이 한 명이라도 있냐고? 말 키우는 게 무슨 강아지 새

끼 한 마리 키우는 거하고 같은 줄 알아? 니들 때문에 미쳐버리겠다, 진짜.

이때, 깡구가 불쑥 입을 열었다.

— 강부자요.

— 뭐?

— 탤런트 강부자 있잖아요. 어디서 보니까 그 아줌마가 말 키운다고 그러던데……

이번엔 깡구의 머리에서 딱! 소리가 났다.

— 야, 이 새끼야. 내가 무슨 탤런트야? 그리고 이걸 어디서 키워? 마당도 없는데 안방에서 키울까? 응?

종식은 말을 바라보다 미치겠다는 듯 머리를 벅벅 긁었다.

— 하여간 이 말 도로 갖다 놔. 아니, 그건 절대 안 되고……. 씨발, 아무튼 어디든 갖고 가서 없애. 니들이 잡아먹든지, 아니면 죽여서 파묻든지 흔적도 남기지 말고 없애. 알았어? 그리고 만약에 일이 잘못되면 나뿐만 아니라 니들까지 전부 인생 조지는 수가 있으니까 각오들 하고 있어.

종식은 다시 세 명의 머리를 번갈아가며 한 대씩 때렸다. 그리고 집으로 들어가면서 소리를 질렀다.

— 뭐해, 이 새끼들아! 빨리 갖고 꺼져! 꼴도 보기 싫으니까.

종식이 사라지자, 세 명은 잠시 눈길을 교환하다 멀뚱한 얼굴로 말을 올려다보았다.

— 거 봐, 내가 갖고 오지 말자고 그랬지? 씨발, 난 몰라. 니들이 알아서 해.

— 개새끼, 형님한테 선물하면 좋아할 거라고 한 게 누군데……

— 야, 처음에 얘기 꺼낸 게 너니까 니가 알아서 해.

깡구가 뒤도 안 돌아보고 골목을 걸어나가자 공업용도 재빨리 차에 올라타 시동을 걸었다.

— 씨발, 야, 이거 두고 가면 어떡해? 야! 니들 진짜 그냥 갈 거야!

울트라가 당황해 소리쳤지만 공업용은 부르릉 트럭의 시동을 걸고 골목을 빠져나갔고 깡구는 이미 모퉁이로 사라진 뒤였다. 두 사람이 떠나자 울트라만 혼자 남아 황당한 표정으로 말을 올려다보았다. 말도 큰 눈을 끔벅거리며 울트라를 내려다보고 있었다.

• • •

— 야, 이눔아. 저, 저게 뭐야?

울트라는 이른 아침부터 엄마의 호들갑에 잠이 깼다. 부산까지 다녀오느라 새벽녘에야 겨우 집에 들어와 곯아떨어진 참이었다.

— 뭐가 뭐야.

울트라는 돌아누우며 짜증을 냈다. 그러자 엄마는 등짝을 힘껏 때렸다.

— 바, 밖에 저게 뭐냐고?

그녀는 전쟁이라도 난 듯 놀라 호들갑을 떨었다. 그제야 울트라는 간밤의 일이 떠올랐지만 너무 피곤해 이불을 뒤집어썼다.

— 아, 별거 아니니까 그냥 좀 자게 내버려둬. 이따 일어나서 얘기할게.

— 별거 아니긴 뭐가 별거 아냐, 이눔아. 너 또 뭔 사고를 친겨?

엄마는 다시 등짝을 때리며 성화를 해댔다. 울트라는 그제야 일어나 앉아 길게 하품을 했다. 그리고 엉덩이를 북북 긁으며 밖으로 나갔다.

말은 울트라의 집 마당 한복판에 서 있었는데 몸피가 워낙 커 가뜩이나 좁은 마당이 꽉 차 보였다. 게다가 담장이 낮아 말의 머리가 밖으로 불쑥 튀어나와 있어 길을 가던 행인들은 말과 눈이 마주칠 때마다 놀라 비명을 지르곤 했다.

— 아이고, 무서라. 너 또 뭔 짓을 한 겨?

울트라의 엄마는 전혀 상상치 못했던 동물을 눈앞에 두고 울상이 되어 있었다. 그녀는 결혼생활 내내 술만 먹고 주먹질을 하는 남편과 일찌감치 이혼하고 혼자 어렵게 울트라를 키웠는데, 하나밖에 없는 자식이 남편 못지않은 사고뭉치라 어릴 때부터 경찰서를 뻔질나게 드나들어 늘 노심초사, 가슴을 졸이며 살아온 터였다. 그런데 그날 아침에 밖을 나가보니 시커먼 동물이 수돗가 옆에 서 있었다.

에구머니나!

그녀는 들고 있던 대야를 떨어뜨리고 말을 처음 본 종식처럼 바닥에 털썩 주저앉았다. 말이 어찌나 큰지 그림자가 하늘을 덮은 느낌이었다.

울트라는 말을 바라보며 자신이 간밤에 얼마나 어처구니없는 짓을 했는지 실감했다. 하지만 곧 엄마를 안심시키려는 듯 웃어 보이며 말했다.

— 말이야, 말. 엄마, 말 처음 봐?

— 근데 저 말이 왜 우리 집에 있냐고, 이놈아?

— 친구들한테 선물 받은 거야.

— 선물? 니가 뭘 잘했다고 친구들이 선물을 주냐?

— 얼마 안 있다가 내 생일이잖아. 그래서 생일선물로 미리 준 거야.

울트라는 짐짓 태연하게 마당으로 내려섰는데 자신이 생각해도 생일선물치고는 참 별나다는 생각이 들었다.

말은 울트라를 보자 구면이라 반가운 듯 코를 벌름거리며 울트라에게 머리를 들이댔다. 간밤엔 어두워 제대로 그 진가를 알지 못했지만 낮에 본 말의 모습은 그 위용이 더욱 대단했다. 비단처럼 매끄러운 털은 단단한 근육질의 몸을 뒤덮고 선이 굵고 힘이 넘치는 풍모가 감탄을 자아내게 했다. 울트라는 그토록 멋진 동물이 눈앞에 있다는 사실이 믿기지 않았다. 그것은 마치 신화나 전설 속에 등장하는 동물처럼 신비롭기까지 했다. 그래서 볼수록 새삼 감격스럽고 가슴이 벅찼다. 울트라는 깡구와 공업용이 이렇게 멋진 동물을 버려두고 도망가다니 참 멍청한 놈들이라고 생각했다. 그는 옆에서 걱정스러운 얼굴로 쳐다보는 엄마를 향해 떨리는 목소리로 말했다.

　— 엄마, 이거 진짜 대박이지?

. . .

　형근이 사무실 문을 열고 들어섰을 때 양 사장은 소파에 걸터앉아 신문을 보고 있었다.

　— 저 왔습니다.

　형근이 꾸벅 인사를 하고 앉자, 양 사장이 신문에서 눈을 떼지도 않은 채 말했다.

　— 야, 이거 봐라, 별 희한한 일이 다 있네.

　— 뭐가요?

　— 어떤 놈들이 글쎄, 부산에서 말을 훔쳐갔는데 그게 얼마짜린지 알아?

　— 얼만데요?

　— 삼십오억.

　— 뭔 말이 그렇게 비싸대요?

　— 씨수말이라고 종마래. 한 번 교배해주는 데만 오백만 원씩 받

는단다.

　— 우와, 그놈 참 부럽네요. 한 번 해주는데 오백이라니…….

　형근이 신문을 넘겨다보며 감탄했다.

　— 근데 어떤 놈들인지 보통 배짱이 아니네요. 삼십오억짜리 종마를 훔쳐갔으니.

　— 그러게. 내 평생 소 도둑놈 애긴 들었어도 말 도둑 얘기는 처음이네.

　양 사장은 신문을 접어 옆으로 밀어놓았다.

　— 그래, 뜨끈이는 수배해봤어?

　— 네, 연락을 받았는데 뜨끈이는 도망을 간 게 아니라 납치가 된 거더라고요.

　— 뭐? 납치?

고양이

베트남에서 형근이 더위와 싸우고 있을 때, 뜨끈이를 쫓고 있던 건 형근 하나뿐이 아니었다. 형근보다 한 발 늦게 호치민에 도착한 전라도 출신의 건달 두 명이 있었다. 그들은 운이 좋지 않았는지 아니면 능력이 없었는지 늘 형근보다 한 발씩 늦었다. 형근이 당구장에서 뜨끈이의 손가락을 잘랐을 때 그들은 뜨끈이가 베트남 여자와 동거하고 있던 집을 알아냈고, 형근이 뜨끈이를 데리고 공항으로 향하는 택시를 탔을 때 두 사람은 뜨끈이가 운영하고 있는 당구장으로 들이닥쳤다. 그리고 겨우 형근을 따라잡아 공항에 도착했을 때 막 한국으로 향하는 비행기가 출발한 뒤였다. 하지만 형근이 뜨끈이와 함께 공항에 도착했을 땐 그들이 한 발 빨랐다. 한국으로 전화를 걸어 비행기가 도착하는 시간을 알려주었고 몇 시간 뒤, 인천

공항엔 전라도 사투리를 쓰는 건장한 사내들이 나타나 대기하고 있었다. 그리고 형근이 짐을 찾는 동안, 몰래 입국장을 빠져나오던 뜨끈이를 붙잡아 승합차에 태워 사라진 것이다.

이것이 전라도 영암으로 떠난 형근이 양 사장에게 보고한 내용이었다. 하지만 형근도 누가 왜 뜨끈이를 납치했는지에 대해 자세히 알지 못했다. 그는 서해안고속도로를 따라 내려가면서 뭔가 늪에 빠진 기분이 들었다. 뜨끈이와 엮이면 언제나 그런 식이었다. 이번엔 손가락이 아니라 손모가지라도 하나 잘라야 속이 좀 풀릴 것 같았다. 하지만 그것도 일단 뜨끈이를 손에 넣은 다음 해결할 일이었다.

그날 오후, 형근은 차를 몰고 영암의 어느 한적한 시골 길로 들어섰다. 상대가 전화로 알려준 장소는 읍내에서 조금 떨어진 농장이었다. 넓은 밭엔 배나무와 사과나무 등 온갖 종류의 과수가 심어져 있었고 진입로를 따라 영산홍 등 꽃나무들이 줄지어 늘어서 있었다. 그리고 진입로가 끝나는 곳에 크고 화려한 고급 저택이 자리 잡고 있었다.

자신을 남 회장이라 소개한 사내는 형근에게 익숙한 유형의 인물이 아니었다. 양 사장과 비슷한 오십 대 후반쯤 되었을까, 노란 양복에 하얀 백구두를 신은 유난스런 옷차림은 지방의 밤무대에서 일하는 트로트 가수를 연상케 했지만 속을 알 수 없는 음흉한 미소와 게걸스러워 보이는 입매는 그가 분명 법대로 건전하게만 살아온 인물이 아니라는 것을 말해주었다. 게다가 건물이나 가구에 돈을 처바른다고 발랐지만 구석구석에서 풍기는 싸구려 취향을 숨길 순 없었다. 눈에 보이는 모든 게 감식안이라곤 손톱만큼도 없는 시골 졸부의 집처럼 유치하고 화려하기만 했다. 양옆에 도열하고 있는 건달들도 마찬가지였다. 양복을 빼입었지만 한눈에 봐도 촌스러운 논두렁 건달의 전형적인 모습이었다.

— 어디, 인천에서 왔다고?

남 회장은 처음부터 대뜸 반말이었다.

— 예. 그렇습니다.

— 긍게 그 인천 앞바다에 사이다가 떴어도 고뿌 없이는 못 마십니다, 하는 그 인천 짠물이구먼.

그리고 자신의 유머가 그럴듯하다고 생각했는지 양옆에 호위하고 있던 건달들을 돌아보며 웃음을 터뜨렸는데 웃음소리가 유리를 긁는 듯 귀에 거슬렸다. 건달들도 그의 비위를 맞춰주려고 그랬는지 어깨를 들썩이며 과장되게 웃었다.

뭐지? 이 좆 같은 분위기는?

형근은 도무지 그들에게 적응이 되지 않았다. 어쩐지 자신을 비웃는 것 같아 기분도 상했다. 형근이 담배를 꺼내 물고 불을 붙이려고 하자 남 회장이 손을 들어 저지했다.

— 어허, 미안하지만 여긴 금연이여. 금연. 이 집이 다 캐나다에서

수입한 가문비나무로 마감한 거라 담배 냄새 배면 안 된당게.

씨발, 형근은 담배를 도로 집어넣으며 단도직입적으로 물었다.

— 뜨끈이는 왜 빼돌렸습니까?

— 동상이 뜨끈이 아부지라도 되나?

— 예?

— 아, 우리가 왜 넘의 물건을 빼돌리겄어? 뜨끈이는 어디까지나 나으 물건이여. 그러니까 뜨끈이를 죽이고 살리는 것도 바로 나가 결정하는 것이제. 무슨 말인지 알겄는가, 동상?

형근이 제일 싫어하는 유형은 바로 이런 식으로 이야기를 빙빙 돌리며 끈적거리는 인간들이었다.

— 도대체 뜨끈이가 뭔 사고를 쳤습니까? 그 얘기부터 해주셔야……

— 아아, 그 야그는 난중에 차츰 허기로 허고 일단 뜨끈이를 한번 만나봐야 하지 않겄어? 죽었는지 살았는지. 먼 데서 심들게 내려왔는디……

— 형님!

뜨끈이는 형근을 보고 울상이 되어 달려왔다. 하지만 그들 사이엔 철창이 가로막혀 있었다. 뜨끈이는 며칠 못 본 사이에 몰골이 처참하게 변해 있었다. 퀭한 눈에 씻지도 못하고 먹지도 못해 볼이 움푹 패어 있었고 심하게 얻어맞은 듯 여기저기 상처투성이였다. 형근은 그를 만나자마자 코에 주먹을 한 방 안겨주려고 마음먹었지만 상한 몰골을 보자 분노가 슬그머니 사라졌다.

— 형님, 저 좀 살려주십시오.

뜨끈이는 형근을 보고 구세주라도 만난 듯 눈물을 줄줄 흘렸다. 뜨끈이가 갇혀 있는 철창은 십여 평에 달하는 넓은 면적으로 콘크리트 바닥엔 이불도 한 채 없이 지푸라기 깃만 깔려 있었다. 그는 옷도 제대로 못 얻어 입은 듯 베트남에서부터 입고 온 파란색 하와이언 셔츠 차림으로 달달 떨고 있었다. 이때, 남 회장이 건달들에게 물었다.

— 어이, 저놈 오늘 먹이는 줬냐?

— 아직 안 줬습니다.

— 그럼 뭐다냐? 싸게 주지 않고. 누가 보면 우리가 야를 굶기는지 알겠다.

그러자 건달 한 명이 창고 안으로 들어가더니 털을 벗긴 생닭 두 마리를 가지고 와 우리 안에 던져주었다.

— 아그야, 오늘 밥이니께 맛있게 묵으라잉.

가만히 보니 철창 안엔 죽은 생닭 몇 마리가 나뒹굴고 있었는데 파리가 잔뜩 붙어 있었다. 도대체 이게 어떻게 된 일이지? 형근은 생전 처음 방문한 영암 땅에서 만난 초현실적인 장면에 그저 어리둥절한 표정으로 울고 있는 뜨끈이를 쳐다보았다.

...

― 뜨끈이가 호랑이 우리에 갇혀 있다고?

양 사장도 황당했는지 소파로 다가와 앉아 물었다.

― 네.

― 호랑이하고 같이?

― 아뇨, 그냥 뜨끈이 혼자 있습니다.

― 하긴, 그랬으면 벌써 호랑이한테 잡아먹혔겠지. 근데 왜 그랬대? 도대체 왜 뜨끈이를 호랑이 우리에 가둔 거냐고?

형근이 만난 남 회장은 영암의 숨은 실력자로 영암과 무안, 나주와 목포 등지에 수십만 평의 땅과 건물을 여러 채 소유한 알부자라고 했다. 여자 좋아하고 술 좋아하고, 노름 좋아하는 그는 목표를 위해 비열한 수단과 그악스러운 방법을 마다치 않는 잡놈 계열의 인간이었지만 그런 그에겐 촌놈이 성공했을 때 품을 수 있는 가장 상투적이고 유치한 꿈, 즉 정치에 대한 열망이 있었다.

국회의원 세 번 정도 하고, 이어 도지사 한 번쯤 해주고 나아가 마침내 대권에 도전하겠다는 야무진 계획은 정치를 하는 모든 이들의 공통된 꿈, 영암의 촌놈이라고 해서 꾸지 못할 이유는 하나도 없었다. 그래서 그는 국회의원 선거에 출마했다. 금품 살포와 흑색선전, 깡패들을 동원한 폭력과 지역 언론을 이용한 비방으로 얼룩진 그의 선거운동은 유래를 찾아보기 어려울 만큼 더럽고 추잡했는데 그럼에도 불구하고 그는 선거에서 두 번이나 낙선하고 말았다. 하지만 포기와 승복을 모르는 그는 세 번째 도전을 준비했다. 이번엔 자신이 생각한 필승의 카드를 꺼내 들었다. 그것은 바로 영암에 동물원을 세우는 거였다. 동물원을 중심으로 테마파크로 조성해 명소를 만들면 지역 경제도 살리고 자신의 주가도 올릴 수 있을 거라고 믿었던 것이다.

동물원 부지는 문제가 되지 않았다. 또한 건설에도 일가견이 있는 그에겐 동물원 건립도 별 어려움이 없어 공사는 일사천리로 진행되었다. 동물을 가둘 철창도 설치하고 밀림에 온 듯한 착각이 들도록 온갖 종류의 나무도 빼곡히 심었다. 하지만 동물원 건설은 워낙 큰 공사여서 시간이 눈 깜박할 사이에 흘러 어느덧 선거가 코앞에 다가왔다. 시간이 없었다. 최소한 몇 달 안엔 동물원을 개장해야 선거에서 효과를 거둘 수 있었다. 마음이 급해졌다. 공사는 대강 마무리한다 해도 당장 시급한 문제는 동물을 구해오는 거였다. 아무리 시설이 그럴듯해도 동물이 없으면 그건 동물원이라고 부를 수도 없을 터였다.

— 일단 동물원에서 반드시 있어야 할 동물이 뭐가 있겠습니까, 회장님?

얼마 전, 사육사로 고용한 사내가 물었다.

— 글쎄, 기린?

— 아, 물론 기린도 중요하지만 애들이 제일 보고 싶어 하는 건 원

숭입니다. 동물원 하면 원숭이 아니겠습니까.

그렇게 해서 일단 원숭이를 몇 마리 구해 철창에 가뒀다. 원숭이를 구해온 건 물론 사육사였다. 서울대공원에서 수석사육사로 일했다는 젊은 사내는 어딘가 믿음이 갔고 마음이 잘 통하는 느낌이었다.

— 자, 그다음은 또 어떤 동물이 있어야 할까요?

— 글쎄, 기린?

— 아, 물론 기린도 있어야 하지만 동물원 하면 사슴 아닙니까?

사육사가 어디선가 사슴을 몇 마리 구해왔다. 남 회장은 사슴의 뿔을 잘라 보약을 지어먹고 싶은 욕심이 굴뚝 같았지만 사육사의 만류로 애써 참았다.

— 자, 다음엔 또 뭐가 있어야 할까요?

— 글쎄, 기린?

— 회장님도 참 기린 좋아하셔. 근데 동물원 하면 뭡니까, 호랑이 아닙니까? 회장님같이 큰일 하실 분은 기린보단 호랑이죠.

사육사는 말을 참 잘했다. 어쩐지 하는 말마다 그럴듯하게 들렸다.

— 호랑이? 근데 호랑이를 어디서 사오지?

— 물론 그건 원숭이나 사슴을 사오는 것하고는 차원이 다르죠. 호랑이는 지금 전 세계적으로 보호동물이라 외국으로 반출하기도 쉽지 않고요.

— 그럼 무슨 방법이 있겠나?

— 제가 아는 선배 사육사 중에 동물원 그만두고 지금 러시아에

가서 차가버섯 수입하는 형님이 한 분 계시거든요.

— 러시아?

— 네, 호랑이 하면 또 어디겠습니까? 바로 시베리아 호랑이 아닙니까?

— 그래서?

— 그 형님한테 부탁하면 한 마리 구해줄 수 있을지도 모르겠습니다.

— 해외로 반출하는 게 불법이라며?

— 물론 그렇죠. 근데 러시아 하면 또 뭡니까? KGB 아닙니까? KGB를 통하면 핵무기도 당장 사올 수 있습니다. 그러니까 그쪽에 줄만 대면 호랑이 한 마리 들여오는 건 완전 껌이죠.

— 그럼 그 형님이라는 양반이 그쪽에 줄을 댈 수 있다는 건가?

남 회장이 조바심을 내며 묻자 사육사가 빙그레 웃으며 말했다.

— 거 뭐 장담하긴 그렇지만 줄이 없으면 제가 애초에 회장님한테 말을 꺼냈겠습니까?

— 그러니까 그 사육사가 바로 뜨끈이구먼.

양 사장이 고개를 끄덕이다 물었다.

— 걔가 언제 동물원에서 일한 적이 있나?

— 동물원은커녕 개도 한 마리 키워본 적 없을 걸요.

형근이 피식 웃으며 대답했다.

— 그 자식, 재주도 좋네. 그래서 걔가 해먹은 게 얼마야?

— 계약금으로만 십억이래요.

— 한몫 단단히 잡았네.

— 근데 그것도 필리핀 가서 도박으로 다 날리고 베트남에 겨우 당구장 하나만 남았다네요.

— 한심한 놈. 기껏 어렵게 사기 쳐서 엄한 데다가 쑤셔 박았구먼.

양 사장은 고개를 절레절레 흔들었다.

— 그래서 그쪽에서 원하는 게 뭐야? 돈을 달라는 거야?

— 아뇨.

— 그럼?

— 호랑이요.

— 호랑이?

— 네. 호랑이를 한 마리를 가져오기 전엔 절대 뜨끈이를 내줄 수 없답니다. 그리고 호랑이를 구해올 때까지 뜨끈이가 대신 호랑이 노릇을 해야 된대요. 생닭을 먹으면서 가끔 어흥 어흥, 울기도 하고.

— 완전 무대뽀구먼. 근데 지금 호랑이를 어디서 구해? 너 어디 호랑이 파는 데 아는 데 있어?

— 아뇨.

형근이 고개를 가로저었다.

— 그럼 그냥 경찰에 신고해버려. 불법납치, 감금, 폭행 뭐 그런 거잖아.

— 짭새들이 끼어들면 우리가 얻는 게 없잖습니까? 어차피 뜨끈이도 달려갈 테니까.

— 그거야 그렇지.

양 사장은 미간을 찌푸리며 잠시 생각에 잠겨 있다 물었다.

— 그 남 회장은 어떤 놈이야?

— 한 마디로 설명하기가 어려운데…… 한 번 보면 절대 두 번은 보고 싶지 않다, 뭐 그런 느낌이죠.

— 그럼 일단 한 번은 만나볼 수 있겠네.

양 사장은 소파에서 일어나며 물었다.

— 근데 넌 도박은 안 하냐?

— 전 성질이 급해서 화투쪼가리 들고 쪼고, 뭐 그런 건 체질에 안 맞습니다.

— 넌 술도 잘 안 하고 도박도 안 하고…… 그럼 여자만 조심하면 되겠구먼.

형근은 여자라는 말에 뜨끔해 재빨리 화제를 돌렸다.

— 그나저나 박 감독도 빨리 만나봐야 되지 않겠어요?

• • •

울트라는 엄마와 함께 마루에 앉아 밥을 먹고 있었다. 그는 연신 숟가락질을 하면서도 마당에 있는 말에게 시선을 떼지 못했다.

— 아이고 이눔아. 그만 쳐다보고 밥이나 먹어.

엄마의 지청구에도 아랑곳하지 않고 울트라는 말을 쳐다보다 문득 생각난 듯 물었다.

— 근데 엄마, 말도 뭘 좀 먹어야 하는 거 아냐?

— 짐승이니까 당연히 멕여야지.

— 근데 말은 뭘 먹지? 밥을 먹여야 되나? 아니면 사료?

울트라는 난감한 얼굴로 말을 쳐다보다 뭔가 발견한 듯 눈을 크게 떴다.

— 근데 엄마, 말은 원래 다리가 다섯 개야?

— 미친놈, 세상에 다리가 다섯 개 달린 짐승이 어딨어?

— 저, 저건 다리가 다섯 갠데…….

울트라가 손가락으로 말의 다리를 가리켰다. 엄마가 돌아보니 과연 앞 다리 두 개와 뒷다리 두 개 사이의 배 밑으로 뭔가 길쭉한 다리가 하나 더 나와 있어 허공에 매달린 채 덜렁거렸다. 엄마는 그 다리의 정체를 금세 알아보곤 민망한 듯 고개를 돌리며 혀를 찼다.

— 니 눈엔 저게 다리로 보이냐? 으이구, 한심한 놈, 쯧쯧쯧.

그제야 울트라도 무슨 말인지 깨닫고 말에서 눈을 떼고 재게 숟가락을 놀렸다. 하지만 한 숟가락을 다 먹기도 전에 다시 고개를 돌려 말을 쳐다보았다. 다리가 네 개든 다섯 개든 상관없었다. 아무리 봐도 질리지 않고 구석구석 볼수록 신기하고 가슴이 울렁거렸다.

— 넌 저게 그렇게 좋으냐?

— 응. 멋있잖아.

— 뭐가 멋있어, 이눔아. 난 아주 숭악해 죽겠구먼.

엄마가 빈 밥그릇을 들고 자리에서 일어났다.

. . .

— 그러니까 궁중에서 일하는 여자들을 내명부라고 하는데 내명부는 궁관직하고 내관직 둘로 나눌 수가 있어요. 내관직이라는 게 말하자면 왕의 후궁, 첩이란 말이야. 그중에서 빈이 정일품으로 제일 높고, 그 밑으로는 종일품이 귀인이요, 정이품이 소의, 종이품이 숙의, 정삼품이 소용이라, 또 그 밑으로는 종삼품이 숙용이요, 정사품이 소원, 종사품이 숙원, 여기까지가 후궁인데, 그럼 경빈이니 희빈이니 하는 건 어떻게 정하냐? 그건 왕이 직접 앞에 이름을 한 자씩 지어주는 거예요. 희빈, 경빈, 숙빈, 정빈, 이런 식으로. 그러니까 다들 잘 아는 장희빈은 장 씨 성을 가진 왕의 첩이다, 한 마디로 그런 의미지.

한강이 내려다보이는 오피스텔은 작가의 작업실답게 노트북과 담배꽁초가 수북한 재떨이, 책과 인쇄물 등 온갖 자료들로 실내가 어수선했다. 이 작가는 마주 앉아 있는 박 감독과 용가리를 상대로 구라를 풀고 있었다. 그는 두꺼운 안경을 쓰고 콧수염을 길렀는데 오십도 안 된 나이에 어딘가 영감처럼 구부정한 모습이었다. 강의하듯 지루한 장광설을 늘어놓는 동안 박 감독은 선글라스 너머로 무표정하게 듣고 있었고 용가리는 괴로운 듯 진땀을 흘리며 몸을 비비 꼬았지만 이 작가는 눈치도 없이 계속 강의를 이어나갔다.

— 그럼 상궁이라는 건 또 뭐냐? 그건 궁관직인데 이쪽은 내관직과 달리 왕하고 떡은 안 친다 이거야. 한 마디로 내관직은 떡을 치는 계열이고 궁관직은 안 치는 계열, 이렇게 정리를 하면 이해가 쉽죠? 이 궁관직은 나인하고 상궁으로 나뉘는데 대표적으로 우리가 흔히 알고 있는 무수리라는 게 바로 물을 긷는 나인을 가리키는 거예요.

용가리는 표정이 점점 더 일그러졌다. 작은 오피스텔은 거구의 용가리로 인해 더욱 좁아 보였다. 이 작가는 재떨이에서 긴 꽁초를 하나 집어 들어 불을 붙이며 물었다.

— 근데 어디서 오셨다고?

박 감독과 골리앗은 어이없는 표정으로 서로 얼굴을 마주 보았다. 그러자 이 작가가 손을 내저었다.

— 아, 참. 내 정신 좀 봐. 경빈하고 아는 사이라고 하셨지? 근데…… 어디까지 얘기했지? 아, 그래. 궁관직. 이 궁관직을 나눠보면 정오품이 상궁이요, 종오품이 상복, 상식, 정육품이 상침, 상공이라, 또 정칠품이 전빈, 전의, 전선…….

이 작가가 궁관직의 품계를 나열하기 시작하자 용가리가 마침내 도저히 못 참겠다는 벌떡 자리에서 일어나 그의 멱살을 잡아 올렸다. 이 작가는 숨도 못 쉬고 캑캑대며 허공에 매달린 발을 버둥거렸다.

— 에구구, 사, 사람 살려!

잔뜩 화가 난 용가리가 당장 그를 바닥에 패대기칠 것처럼 씩씩거리자, 박 감독이 손을 들어 그를 저지시키고 입을 열었다.

— 어이, 이 작가. 학교 다닐 때 몇 등 했어?

— 예?

— 반에서 몇 등 했냐고?

그러자 이 작가가 검지를 하나 들어 올렸다.

— 일 등이라고? 한 반이 몇 명였는데?

— 쉬, 쉰세 명요.

— 그럼 쉰세 대만 맞아.

박 감독의 말에 이어 용가리가 대뜸 이 작가의 죽통을 날렸다. 이 작가는 어구구구, 비명을 지르며 바닥을 나뒹굴었다.

— 왜, 왜 맞아야 돼요?

— 그냥. 얘가 원래 학교 다닐 때부터 그랬대. 시험을 봐서 일등이면 쉰세 대. 이 등은 쉰두 대, 삼 등은 쉰한 대……

용가리가 다시 이 작가의 멱살을 잡아 올려 죽통을 날렸다.

— 자, 이제 두 대야. 쉰한 대 남았어.

주먹 두 대에 얼굴이 떡이 된 이 작가는 발딱 일어나 싹싹 빌며 애원했다.

— 도대체 왜 이러시는 거예요? 예? 원하시는 게 뭔지 얘기를 해

주셔야 알죠.

— 원하는 거?

박 감독은 얼굴을 바싹 들이대고 한 마디씩 씹어뱉듯 말했다.

— 경빈을 살려. 만약에 개가 죽으면 너도 같이 죽는 거야. 그러니까 죽기 싫으면 무슨 수를 쓰든 살려. 무슨 말인지 알겠어?

이 작가가 잔뜩 겁에 질려 고개를 끄덕이자, 박 감독은 용가리와 함께 밖으로 나가며 말했다.

— 앞으로 잘 지켜볼 테니까 시험 잘 봐. 다음 시험 볼 때까지 쉰한 대는 저금해둔 거야.

· · ·

남 회장과 양 사장은 테이블을 사이에 두고 마주 앉았다. 양 사장의 옆엔 형근이, 남 회장의 옆에 건달 두 명이 호위하고 있어 실내엔 팽팽한 긴장감이 감돌았다. 그 중간엔 뜨끈이가 처참한 몰골로 의자에 찌그러져 앉아 있었다.

— 아따, 진짜 호랑이를 갖고 왔다고라?

남 회장이 물었다.

— 네, 호랑이를 구해오지 않으면 뜨끈이를 내줄 수 없다고 하시니까 오는 길에 한 마리 사왔지요.

— 근디 으째 내 눈엔 호랑이가 안 보이는디……

남 회장이 짐짓 주위를 둘러보며 너스레를 떨자 양 사장은 형근을 향해 눈짓했다.

— 어서 보여드려라.

형근은 바닥에 놓아두었던 작은 이동케이지를 집어 들어 남 회장 앞에 내려놓았다. 그리고 케이지를 덮고 있던 천을 벗기자 고양이 한 마리가 모습을 드러냈다. 호랑이처럼 얼룩무늬가 있는 태비 고양이였다. 고양이를 본 남 회장은 잠시 어리둥절한 표정이었다.

— 뭐, 아직 새끼라 꼴이 그렇습니다만 잘 챙겨 먹이면 몸집이 금세 집채만 해질 겁니다. 그러니까 지금부터 잘 가둬놔야지, 안 그러면 나중에 다 잡아먹힐 수도 있습니다.

양 사장이 태연하게 담배를 피워 물자, 남 회장은 잔뜩 화를 누르며 말을 더듬었다.

— 여, 여그가 다 캐나다에서 수입헌 가, 가문비나무로다가 마감해서 담배 냄새가 배문 안 된당게 으째…….

양 사장은 아랑곳하지 않고 담배 연기를 내뿜으며 자리에서 일어섰다.

— 자, 그럼 호랑이를 가져왔으니까 약속대로 뜨끈이는 우리가 데려갑니다.

— 잠깐!

남 회장은 고양이 케이지 위에 손을 올리며 씹어뱉듯 싸늘한 음성으로 입을 열었다.

— 양 사장이라고 하셨소? 거 갯가에서 짠물만 먹고 살아서 그렁가, 안즉 나가 누군지 잘 모르는 모양이요잉.

양 사장도 지지 않고 맞받았다.

— 그러는 그쪽이야말로 내가 누군지 잘 모르는 모양입니다.

두 사람은 서로 팽팽하게 노려보았다. 당장 싸움이 벌어질 듯 긴장된 순간이었다. 건달들도 형근을 향해 공격 태세를 갖췄다. 형근의 오른손은 이미 양복 안주머니에 들어가 있어 여차하면 칼을 빼들 태세였다. 중간에 낀 뜨끈이는 안절부절못하고 울상이 되었다. 일촉즉발의 순간, 케이지 안에 있던 고양이가 날카로운 발톱으로 남 회장의 손등을 할퀴었다.

— 아! 씨벌, 이 괭이 새끼는 뭐여!

남 회장은 고양이 케이지를 홱 집어던졌다. 야옹, 하며 놀란 고양이 울음소리를 신호로 건달 두 명이 달려들었다. 형근은 먼저 달려드는 건달의 다리를 걸어차고 다른 한 명의 명치를 주먹으로 가격해 삽시간에 두 명이 바닥에 나뒹굴었다. 전광석화처럼 빠른 솜씨였다. 남 회장은 형근의 솜씨에 놀란 듯 눈만 말똥거리며 쳐다보았다. 양 사장은 남 회장에게 얼굴을 들이대며 말했다.

— 아이고, 이 양반아. 시골에만 처박혀 있으니까 세상이 얼마나 넓은지 모르지? 그러니까 우물 안에만 처박혀 있지만 말고 가끔 밖에 나들이도 좀 하고 살아.

양 사장은 바닥에 떨어진 고양이 케이지를 집어 들었다.

― 그만들 가자.

세 사람이 막 밖으로 나서려는 순간, 벌컥 문이 열렸다. 그리고 이십여 명의 건달이 우르르 쏟아져 들어왔다. 그들은 세 사람의 주위를 에워쌌는데 하나같이 얼굴이 시커멓고 촌스러운 복장을 한 논두렁 건달들이었다. 그들의 손엔 낫과 쇠스랑, 등 온갖 농기구가 들려 있었다. 세 명은 난감한 듯 서로 얼굴을 쳐다보다 형근이 앞으로 나섰다.

― 니들 누구 밑에 있는 애들이냐?

― 밑에? 우린 그런 거 읎는디…….

건달들 가운데 두목인 듯한 사내가 앞으로 나섰다. 왼쪽 뺨에 큰 점이 있는 다부진 체격의 사내였다.

― 니들 광주의 노 사장 알아? 노칠갑이.

― 칠뜨기 같은 소리 허고 자빠졌네. 우리가 한동네도 아인디 우째 알겄는가?

― 그럼 용갑이 형님은 알아? 목포 유달파의 용갑이 형님.

― 용개비고 따개비고 우린 그딴 거 몰러야.

뭔가 얘기가 잘 풀리지 않았다.

― 니, 니들, 진짜 건달 맞아? 응? 여기 계신 이분이 진짜 누군지 모르냐고?

형근은 당황해 말을 더듬었다.

— 몰러, 이 씨벌놈아.

— 이분이 바로 그 유명한 인천 연안파의 오야지이신데…….

전국 어딜 가든 연안파의 존재를 모르는 건달은 없었다. 양 사장은 물론 형근도 어딜 가든 족보만 대면 다들 알아보는 전국구였다. 그래서일까, 점박이는 연안파의 이름을 듣고 잠시 고개를 갸우뚱했다.

— 아따, 그럼 진즉에 말씀을 허시지…….

형근이 이제야 알아보는군, 하며 안도한 표정을 지었는데 점박이가 고개를 들며 히죽 웃었다.

— 라고 헐 줄 알었제? 이 호로새끼가 어디 와서 개족보를 팔어야.

점박이의 말에 다들 웃음을 터뜨렸다. 뒤에 있던 누군가 어느 영화의 유명한 대사를 내뱉었다.

— 쫄리면 뒈지시든가.

그 말에 다시 까르르, 웃음이 쏟아졌다. 형근은 가슴이 꽉 메는 듯 답답하고 기분이 더러웠다. 영암은 전파가 통하지 않는 산간벽지나 다름없었다. 아는 게 없으면 두려움도 없는 법, 무지를 이길 수 있는 건 아무것도 없었다. 형근이 어떻게든 수습을 해보려고 입을 막 열려는 순간, 양 사장이 득달같이 달려들어 점박이의 얼굴을 향해 주먹을 날렸다.

— 이런 어린 노무 새끼가 싸가지 없이!

잠시 후, 건달들 수십 명이 둘러선 가운데 양 사장과 형근이 차를 타고 농장을 떠나고 있었다. 유난스런 옷차림의 남 회장은 마치 절친한 지인을 배웅하듯 의기양양하게 손을 흔들었다. 등 뒤에선 우리에 갇힌 뜨끈이의 울부짖는 소리가 들렸다.

— 사장님! 제발, 저 좀 꺼내주세요! 사장님!

양 사장은 묵묵히 담배를 피워 물었다. 승용차는 농장 진입로를 빠져나와 도로로 들어섰다.

— 당장 애들 불러내려야겠죠?

입술이 터지고 눈이 잔뜩 부어오른 형근이 백미러로 뒷좌석을 보며 물었다. 하지만 양 사장은 가타부타 말도 없이 휴지로 코피를 닦아냈다. 양 사장 옆에 놓인 케이지 안에서 고양이가 처량하게 울었다.

야옹!

· · ·

깡구와 공업용은 마구간 앞에 서서 사료를 먹고 있는 말을 신기한 눈으로 쳐다보고 있었다. 건초와 콩, 보리 등을 섞은 사료로 울트라가 공사장에서 노가다를 해 어렵게 구한 먹이였다. 울트라는 종마를 위해 마당 한쪽에 마구간을 만들어주었다. 밖에서 안 보이게 담장도 한 자 더 쌓아 올리고 함석판으로 지붕도 얹어주었다. 바닥에 짚도 깔아주었고 고무대야를 이용해 말구유도 만들었다. 마구간

158

을 짓는 한편, 울트라는 먹이를 구하기 위해 편의점이나 공사장 등지에서 아르바이트를 했다. 평생 주먹만 쓰며 살아온 그에겐 쉽지 않은 일이었다. 하지만 애써 참으며 굴욕을 참아냈다. 모든 게 말 때문이었다. 한 마리의 검은 종마는 울트라의 삶을 점점 더 성실하고 순하게 만들고 있었다.

— 야, 한 끼 주는 데 먹잇값이 얼마나 들어?

— 만오천 원.

— 하루에 세 끼면 사만오천 원씩 잡고 한 달이면 백오십오만 원이네.

계산이 틀렸지만 아무도 알아채지 못했다.

— 야, 그러지 말고 그냥 어디 갖다 팔아버리자. 잘하면 몇 백 정도는 받지 않을까?

공업용의 말에 울트라가 발끈했다.

— 좆까지 마. 새꺄. 다들 그냥 버려두고 도망간 주제에……. 하여간 이건 안 파니까 니들은 신경 꺼.

울트라는 비장한 표정으로 말의 갈기를 쓰다듬었다.

— 근데 이건 이름이 뭐야?

깡구가 물었다.

— 이름? 몰라. 그냥 말이지, 뭐.

— 세상에 이름 없는 게 어딨어. 똥개도 다 이름이 있는데…….

— 그럼 뭐라고 하지? 니들도 한번 생각해 봐.

— 검둥이 어때?

공업용이 의견을 냈다.

— 씨발, 그건 개 이름이지. 넌 어떻게 된 놈이 생각이 그렇게 단순하냐?

— 그럼 까마니까 블랙 타이거 어때?

이번엔 깡구가 의견을 냈다.

— 그래, 그거 멋있다.

울트라가 맞장구를 쳤다.

— 근데 타이거는 호랑이 아냐?

공업용의 말에 울트라가 고개를 갸우뚱했다.

— 맞아. 타이거는 호랑이지. 그럼 블랙……블랙……. 말이 영어로 뭐지?

울트라가 두 사람을 돌아보자 다들 난감한 얼굴로 고개를 가로저었다. 울트라는 한심하다는 듯 혀를 차며 다시 말에게로 눈길을 돌렸다. 말은 어느새 먹이를 다 먹고 구유에 남아 있는 사료를 긴 혀로 핥고 있었다.

먹이가 더 있으면 좋았을 텐데…….

울트라는 굶주린 새끼를 보듯 안타까운 마음이 들었다. 말도 그의 마음을 알아챘는지 순한 눈을 끔벅거렸다. 울컥, 가슴이 미어질 것 같았다. 블랙이든 타이거든, 이름은 상관없었다. 그저 그 존재가 앞에 있는 것만으로도 행복했다. 말을 바라보는 울트라의 입은 반

쯤 벌어졌고 눈동자는 한없는 애정으로 반짝거렸다. 그것은 정확히
사랑에 빠진 남자의 표정이었다.

건달이 말과 사랑에 빠지다니! 울트라는 그 사실이 부끄럽지 않
았다. 하지만 자신의 속내를 깡구나 공업용에겐 말하고 싶지 않
다. 뭐라고 설명할 자신도 없었지만 말을 영어로 뭐라고 하는지도
모르는 무식한 놈들이 그 숭고한 감정을 이해할 수 있을 것 같지도
않았다. 놀림감이나 되지 않으면 다행일 터였다. 그래서 울트라는
말없이 말의 목을 껴안고 갈기를 부드럽게 쓰다듬었다.

■ ■ ■

형근은 샤워를 마친 뒤, 수건을 허리에 두른 채 밖으로 나왔다.
방엔 루돌프가 텔레비전 앞에 앉아 채널을 이리저리 돌리고 있었
다. 그 모습을 보자, 형근은 가슴이 답답해졌다. 이젠 그만 끝내야
한다고 마음먹었다. 그래서 간밤에 둘이 만나 술을 마셨다. 처음엔
그만 만나자는 말을 하려고 했다. 과거를 모두 잊고 새 출발을 하려
고 했다. 그런데 막상 루돌프를 보자 차마 헤어지자는 말을 꺼낼 수
없었다. 결국 술에 취해 서로 어깨동무를 하고 다시 집으로 돌아왔
다. 형근은 루돌프에 대해 어쩌지 못하는 자신이 한심했다. 이런 식
으로 관계를 지속할 수는 없었다. 칼로 베듯 단호하게 끝장내야 한
다! 형근은 자신을 뚫어져라 쳐다보고 있는 루돌프와 눈이 마주쳤

다. 그는 어색하게 몸을 돌리며 퉁명스럽게 내뱉었다.

— 뭘 봐, 인마.

루돌프는 형근에게 다가와 등에 난 상처를 가리키며 말했다.

— 이건 왜 그런 거예요?

— 너 간석동의 강도철이라고 알지?

— 네, 들어는 봤습니다.

— 상가분양 때문에 그쪽 애들하고 전쟁을 한 번 했거든. 그때 뒤에서 회칼로 맞은 거야.

— 어휴, 잘못하면 허파가 뚫릴 뻔했네요. 그럼 이건 왜 그런 거예요?

루돌프가 옆에 있는 상처를 가리키며 물었다.

— 그건 강도석이라고 도철이 동생 놈이 있어. 그놈이 형 복수한다고 담근 거야. 내가 도철이 놈 아킬레스 잘라서 졸업시켰거든.

— 그럼 여기 배에 있는 건요?

루돌프가 흥미롭다는 듯 형근의 벗은 몸을 이리저리 살피며 물었다.

— 그놈이 아마 셋짼가 그렇지. 강도태라고 도라이바로 담근 거야. 참, 아니다! 그놈이 넷째 강도항이다. 검도 하는 애가 셋째고. 이쪽 어깨에 길게 난 상처 보이지? 그게 강도태야. 여기가 강도항이고.

— 그럼 전부 사 형제예요?

— 칠 형제지, 아마.

형근은 머리카락을 헤치고 안을 보여주었다.

— 이 머리 안에 땜통 자국 보이지? 그게 강도식이한테 야스리로 찍혀서 사십 바늘 꿰맨 거야.

— 그럼 또 있어요? 칠 형제라면서?

— 여섯째하고 막내가 지금 중학생이니까 나중에 한 번 찾아오겠지, 뭐.

루돌프는 황당하다는 듯 고개를 절레절레 흔들었다.

— 어휴, 이 생활도 쉬운 게 아니네요.

— 당연하지. 세상에 쉬운 일이 어디 있냐.

이때, 형근의 허리에 두르고 있던 수건이 바닥에 떨어졌다. 루돌프의 눈이 형근과 마주쳤다. 형근은 어색하게 급히 몸을 돌리며 수건을 주워 사타구니를 가렸다. 그리고 황급히 옷을 주워 입었다.

— 야, 너 좀 그런 눈으로 쳐다보지 마라.

— 제가 뭘요? 사람이 사람을 쳐다보지도 못해요?

— 쳐다보는 걸 뭐라는 게 아니라……. 하여간, 나 나가봐야 되니까 너도 그만 가라.

— 형님은 아직도 제가 창피해요?

루돌프가 원망스러운 눈으로 형근을 쳐다보았다. 그런 눈빛에 형근은 짜증이 나는 한편, 마음이 한없이 약해지곤 했다.

— 창피하긴 뭐가 창피해, 인마.

— 근데 왜 나를 피해요?

— 누가 피한다고 그래? 야, 너 자꾸 이럴래?

— 누가 뭘 이래요?

루돌프의 눈을 보니 형근은 할 말이 없었다. 그래서 급히 외투를 집어 들고 밖으로 나갔다.

— 나 시간 없으니까 먼저 나갈게. 나중에 문 잘 닫고 가라.

— 형님······.

．．．

양 사장은 소파에 누워 텔레비전을 보고 있었다. 전라도의 논두렁 건달들에게 린치를 당한 몸이 여기저기 쑤셨다. 이 나이에 대체 이게 무슨 꼴이람, 마음이 착잡했다. 홈쇼핑 채널에선 고등어를 팔고 있었다. 북대서양 심해에서 잡아왔다는 청정 고등어였다. 쇼호스트들은 스튜디오에서 직접 고등어를 구워 먹으며 맛있다!를 연발했다. 한껏 과장된 말투와 호들갑스런 몸짓이 연극의 한 장면 같았다.

이 시간에 텔레비전을 보며 노르웨이 고등어를 주문하는 사람들은 대체 어떤 사람들일까? 양 사장은 온 집안에 비린내를 풍기며 가족과 함께 고등어를 구워 먹는 평범한 삶이 그리웠다. 하지만 이젠 너무 늦어버렸다. 그동안 가정을 꾸릴 기회가 몇 번 있었지만 어리석은 욕심과 지랄 맞은 성질머리 때문에 번번이 기회를 날려버렸다.

양 사장은 회한의 한숨을 내쉬었다. 그리고 자연스럽게 연희의 얼굴
이 눈앞에 떠올랐다. 지니라고 했던가? 그는 아직 그녀를 어째야 할
지 결정하지 못했다. 마이킹을 먹고 튀었든 말든, 그가 알 바 아니었
다. 그 약점을 이용해 어찌해볼까, 잠깐 생각해 봤지만 그렇게 해서
사람의 마음을 얻을 수는 없었다. 그래서 괴로웠다. 게다가 벌여놓
은 일들은 모두 꼬여버렸다. 당장 뜨끈이 문제부터 해결해야 했다.
하지만 천지분간 못 하는 논두렁 건달들을 어떻게 처리해야 할지
대책이 없었다. 이때, 태비 고양이가 슬금슬금 다가와 양 사장 옆에
쪼그리고 앉았다.

귀여운 것⋯⋯.

양 사장은 손을 뻗어 고양이의 머리를 쓰다듬었다. 동물의 따뜻
한 온기가 손에 전해지자 마음이 차츰 가라앉았다.

여배우

장다리의 인력사무실은 이전과 사뭇 다른 분위기였다. 텅 빈 사무실에 직원 두 명만 전화를 받고 있어 마치 한겨울의 냉면집처럼 썰렁했다. 얼마 전 세무조사로 왕창 털렸기 때문이었다. 장다리는 사무실로 찾아온 손님을 맞고 있었다. 머리가 희끗하고 뚱뚱한 사내는 손수건으로 연신 땀을 닦으며 불안한 눈을 두리번거렸다. 장다리는 방금 사내가 건넨 명함을 뚫어지게 들여다보고 있었다. 명함엔 〈송도보석〉이란 상호 밑에 대표 엄길용이란 이름이 박혀 있었다. 장다리는 그가 바로 항재가 일하던 보석상의 주인임을 대번에 알아보았다. 장다리가 찜찜한 표정으로 명함을 내려놓자 엄 사장이 입을 열었다.

— 저, 항재 놈한테 얘기 많이 들었습니다. 그러지 않아도 진즉에

한번 찾아뵈려고 했는데…….

— 항재가 저에 대해서 뭐라고 하던가요?

장다리가 몸을 뒤로 기댄 채 담배를 피워 물었다.

— 안산에 아는 형님이 한 분 있는데 뭐랄까……. 예, 참 멋진 분
이시라고.

그 말에 장다리가 피식 웃었다.

— 항재가 그런 말을 했어요?

— 예, 사실 그놈도 참 멋진 놈이었죠. 남자답게 배짱도 있고, 또
성실하고…… 그랬는데 어쩌다가 백주대낮에 칼에 맞아서…….
흑!

엄 사장은 차마 말을 못 잇고 짐짓 손수건으로 눈물을 닦아냈다.
하지만 장다리는 엄 사장을 바라보며 차갑게 말했다.

— 거 보아하니 인력이 필요해서 오신 건 아닐 테니까 우리 괜히
얘기 빙빙 돌리지 말고 용건만 얘기합시다.

엄 사장은 재빨리 손수건으로 코를 팽 풀고 비장한 눈으로 장다
리를 바라보았다.

— 장 사장님. 전 복수를 하고 싶습니다.

— 복수요?

— 네. 항재를 죽인 놈을 잡아서 죗값을 치르게 해야죠. 눈에는
눈, 이에는 이, 그게 바로 정의 아닙니까?

엄 사장이 핏대를 올리며 책상을 꽝 쳤다.

― 뭐, 복수도 좋지만, 범인이 누군지 알아야 말이죠.

장다리가 시큰둥하게 나오자 엄 사장이 얼굴을 바짝 들이대며 말했다.

― 전 범인이 누군지 압니다.

― 예? 항재를 죽인 게 누군지 아신다고요?

그제야 장다리가 의자에서 등을 떼며 물었다.

― 예. 전 확실히 압니다.

― 그게 누군데요?

― 양석태.

엄 사장이 씹어뱉듯 이름을 꺼냈다.

― 양석태? 연안파 양 사장 말예요?

장다리의 눈이 휘둥그레졌다.

― 그렇죠. 이 바닥에 양석태가 그 인간밖에 더 있습니까?

― 아니, 양 사장이 뭐가 아쉬워서 그런 일을……?

― 원래 다이아를 빼돌리는 건 양 사장과 저, 둘만 아는 일입니다. 양 사장이 뒷배를 봐주고 나중에 물건을 처분해주는 조건으로 끼어든 거거든요. 그런데 그 인간이 혼자 다 처먹으려고 일을 꾸민 겁니다. 강도로 위장해서 항재도 죽이고 물건도 가로채고.

장다리는 다이아몬드 밀수 건에 양 사장이 끼어 있을 거란 짐작이 맞았다는 사실에 스스로 감탄했다.

― 그리고 요즘은 저를 해외로 내보내려고 들들 볶고 있습니다.

왜 그런지 아세요?

— 그건 왜요?

— 보나 마나 절 죽이려고 하는 거죠. 필리핀이나 뭐 이런 데 보내 놓고 현지인을 고용해서 죽이면 귀신도 모르거든요. 하지만 저도 보석을 찾아서 남미에 아프리카, 중동까지 안 가본 데 없고, 전 세계를 다니면서 산전수전 다 겪은 놈입니다. 절대 이대로 앉아서 당하진 않을 겁니다. 암, 절대 안 당하죠.

엄 사장은 비장한 표정으로 이를 악물었다. 장다리는 그제야 사태가 어떻게 돌아가는지 파악할 수 있었다. 모든 일의 배후에 양 사장이 있었다. 하지만 굳이 항재를 죽인 건 왜일까? 단지 실수였을까? 그리고 얼마 전 양 사장이 자신을 찾아와 다이아 운운한 건 또 무슨 꿍꿍일까? 장다리는 머리가 복잡해졌다. 하지만 뭔가 재밌는 일이 벌어질 수도 있을 거란 기대에 절로 코가 벌름거렸다.

— 그럼 다이아가 양 사장한테 가 있는 게 확실합니까?

장다리가 묻자 엄 사장이 단호하게 말했다.

— 그게 양 사장한테 가 있지 않으면 어디 있겠습니까?

— 혹시 그동안 처분을 했을 수도 있고…….

— 그럴 리가 없어요. 지금 그 사건 때문에 언론도 시끄럽고 경찰도 눈에 불을 켜고 있는데 그 여우가 섣불리 움직이진 않을 겁니다.

— 그럼 그걸 무슨 수로 찾아요?

— 그러니까 제가 장 사장님을 찾아온 게 아닙니까?

장다리가 쳐다보자 엄 사장이 몸을 앞으로 당겨 앉았다.

— 전 장 사장님 같은 분이 이런 공단에 처박혀서 인력사무소나 하고 있다는 게 마음이 아픕니다. 솔직히 그동안 양 사장도 해먹을 만큼 해먹지 않았습니까? 정권도 잘못하면 바꾸는 게 민심입니다.

장다리는 엄 사장의 말에 잠시 눈을 가늘게 뜨고 쳐다보다 신중하게 입을 열었다.

— 그러니까 나보고 전쟁을 하라는 얘깁니까?

— 뭐, 필요하다면 해야지요. 장 사장님이 나선다면 저도 힘은 없지만 뒤에서 열심히 돕겠습니다.

장다리는 나름대로 야심도 있고 근성도 있지만 양 사장과 전쟁을 벌이는 건 한 번도 생각해본 적이 없었다. 그동안 양 사장이 쌓아 올린 아성이 그만큼 높은 탓이었다. 그의 권위는 뒷골목에서 아무도 이의를 제기할 수 없을 만큼 절대적이었다. 하지만 장다리는 단순한 건달이 아니었다. 뒷골목 생활을 하는 동안 그는 자신의 복잡한 내면을 오롯이 지켜오며 누구에게도 진심으로 굴복한 적이 없었다. 그는 말보단 주먹을, 화해보단 복수를, 그리고 평화보단 전쟁을 좋아했다. 따라서 엄 사장의 도발은 그의 본능을 자극하고 특별한 영감을 주는 측면이 있었다. 그는 인천과 경기 서부를 아우르는 거대한 나와바리의 맹주를 상상해보며 심장이 두근거리는 것을 느꼈다.

— 그런데 도대체 사장님은 뭘 돕겠다는 겁니까?

장다리가 담배를 다시 피워 물고 등을 기대며 물었다. 엄 사장은 미리 생각해둔 듯 망설임 없이 대답했다.

— 절반을 드리죠. 그 다이아를 찾아준다면 말입니다.

엄 사장의 말에 장다리는 고개를 갸우뚱하며 비식 웃었다. 양 사장으로부터 다이아몬드를 뺏는다면 나머지 절반을 왜 엄 사장에게 줘야 하는지 도무지 그 이유를 알 수 없어서였다.

• • •

연희의 손길이 닿을 때마다 양 사장은 가벼운 신음을 냈다. 건달들에게 짓밟혀 온몸이 멍이 든 때문이기도 했지만 고통 가운데서도 연희의 손놀림엔 간지러운 쾌락을 불러일으키는 부드러움이 있었다. 이따금 연희의 말랑말랑한 살이 팔꿈치에 와 닿을 때마다 아랫배가 뜨거워지는 한편, 머릿속에선 계속 지니라는 이름이 맴돌고 있었다.

— 도대체 이 멍은 다 뭐예요?

연희가 묻자 양 사장이 마사지베드에 얼굴을 묻은 채 대답했다.

— 맞았어.

— 사장님이 누구한테 맞아요?

연희가 놀라 잠시 마사지를 멈추고 물었다.

— 누구한테고 뭐고 요즘 자주 맞고 다녀.

— 에이, 누구하고 싸울 연세도 아니신 것 같은데…….

연희는 다시 허리를 주무르며 말했다. 싸울 연세가 아니라는 말이 왠지 늙었다는 말처럼 들려 양 사장은 힘이 쭉 빠지는 기분이었다.

— 경찰에 신고는 했어요?

— 아니.

— 왜요? 이 정도면 전치 몇 주는 나왔을 텐데…….

— 짭새한테 신고하면 뭐해? 괜히 경찰서에 왔다 갔다 귀찮기나 하지…….

— 그래도 합의금은 받아내야죠.

연희의 순진한 말에 양 사장은 피식 웃음이 나왔다. 평생 법의 테두리 바깥에서 살아온 그로선 합의금 같은 건 생각해본 적도 없었다. 한 대 맞으면 두 대 때리고 손해를 입으면 상대의 손가락을 자르는 게 그의 방식이었다. 하지만 피해가 발생하면 서로 합의금을 주고받는 정당한 세상에서 살아가는 건 어떤 기분일까, 궁금하기도 했다.

— 사장님은 진짜 무슨 일을 하시는 거예요? 만날 물어봐도 얘기를 안 해주시잖아요.

— 그냥 사업한다니까.

— 사업도 종류가 있을 거 아녜요. 서비스업이면 서비스업, 외식업이면 외식업, 자유업이면 자유업…….

— 자유업? 그건 뭐야?

— 이런 마사지가게 같은 게 자유업종이거든요. 그래서 인허가도
필요 없어요.

— 그럼 나도 자유업이라고 하지, 뭐. 평생 누구한테 허락받고 일
해본 적이 없으니까.

양 사장은 농담조로 말하자, 연희가 장난스럽게 양 사장의 엉덩이
를 찰싹 때렸다.

— 거짓말하지 말고 그만 돌아누우세요.

— 거짓말은 내가 하는 게 아니라 지니, 네가 하는 것 같은데…….

순간, 연희는 동상이 된 듯 움직임을 멈췄다. 양 사장은 돌아누우
며 연희의 당황한 눈빛과 마주쳤다. 사실 지니라는 이름은 자신도
모르게 무심코 내뱉은 말이었다. 그래서 양 사장도 당황스럽긴 마찬
가지였다.

— 그, 그게 무슨 말입네까?

연희는 애써 연변사투리를 쓰며 다리를 주무르기 시작했다. 양
사장은 아차, 싶었지만 이왕지사, 엎질러진 물이었다.

— 나한텐 더 이상 거짓말할 필요 없어.

— 그게 무슨…….

— 너 안산에서 마이킹 먹고 튀었잖아. 장다리 밑에서 일했다면
서? 흑룡강성에서 왔다는 것도 다 거짓말일 테고.

양 사장은 부드럽게 말한다고 했지만 연희는 여전히 놀란 눈으로

양 사장을 쳐다보았다.

— 자, 장 사장은 어떻게 아시는데요?

— 장다리? 그놈은 원래 내 밑에 있다 독립한 애야. 아까 나보고
무슨 일을 하냐고 물었지. 솔직히 얘기하면 난 깡패 두목이야. 밖에
나가서 이 동네 건달들한테 내가 누군지 한번 물어봐. 잘 얘기해 줄
거야.

연희의 눈동자에 점점 더 공포의 빛이 서렸다. 그 낌새에 양 사장
은 자신이 뱉은 말들을 곧 후회했다. 겁을 주려고 한 게 아닌데 결
과적으로 협박을 한 꼴이 되었다. 하지만 연희 또한 화류계에서 닳
고 닳은 여자였다. 곧 표정을 바꾸며 도전적으로 물었다.

— 그래서? 절 장 사장한테 넘기시게요?

— 아니, 그러지 않을 거야. 내가 왜 널 장다리한테 넘기겠어?

— 그럼 어쩌실 건데요?

어쩔 거냐고? 사실, 양 사장도 어쩔 거라는 계획은 없었다. 그가
바라는 건 그저 연희의 마음을 얻는 것뿐이었으니까. 하지만 그 말
을 꺼낼 계제가 아니었다. 그래서 안타깝고 답답했다.

— 난 네가 연희든 지니든 상관없는데 나한테 계속 거짓말을 하
는 게 싫어.

— 그럼, 진즉에 제가 마이킹 먹고 튄 나가요라고 자백을 했어야
했나요?

— 그, 그게 아니라…….

양 사장은 어쩐지 자신이 궁지에 몰리고 있다는 기분이 들었다.

— 난 장다리한테 네 몸값을 대신 물어줄 수도 있어. 그리고…….

— 왜 사장님이 나 대신 돈을 물어줘요?

— 그건…….

양 사장은 입을 다물었다. 그는 평생 누구에게도 사랑한다는 말을 해본 적이 없었다. 그건 언제나 세상에 차고도 넘치는 말이지만 늘 자신과 상관없는 말이라고 생각했다. 그래서 옹색하게 말을 더듬었다.

— 뭐, 그냥 그럴 수도 있다는 거지. 물론 장다리가 널 다시는 건드리지 못하게 지켜줄 수도 있고…….

양 사장은 왠지 그 말들이 비겁하다고 느꼈다. 약점을 가진 여자를 상대로 무슨 수작을 걸고 있는 거지? 스스로 부끄러운 기분이 들었다. 이때, 연희가 뜻밖의 행동을 했다. 양 사장의 가슴을 손으로 가만히 밀어 마사지베드에 눕힌 것이다. 그리고 순식간에 그의 바지를 밑으로 끌어내렸다. 오히려 당황한 건 양 사장이었다. 그가 어쩔 줄 몰라 어, 하는 동안 연희의 머리가 밑으로 사라졌다. 그리고 곧 무언가 뜨겁고 촉촉한 느낌이 아랫도리에 짜릿하게 퍼져나갔다.

· · ·

— 이것 좀 먹어봐. 소고기는 너무 익으면 맛이 없어.

양 사장은 지니의 접시에 꽃등심 한 점을 놓아주었다. 그 음식점은 물론 부하인 원봉이 운영하는 고깃집이었다. 원봉은 두 사람을 조용한 방으로 안내하고 최고급 부위만을 골라 손수 고기를 날라왔다. 그리고 술을 한 잔 따라준 뒤, 좋은 시간 되시라며 꾸벅 인사를 하고 눈치껏 사라져주었다. 지니는 양 사장이 집어주는 고기를 맛있게도 냠냠, 거침없이 흡입했다. 그런 지니의 모습에 양 사장은 먹는 것도 잊은 채, 흐뭇한 미소로 지켜보았다. 지니는 정신없이 고기를 먹다 문득 양 사장의 시선을 의식했는지 젓가락질을 멈추고 겸연쩍게 웃으며, 어머, 나 좀 봐. 살 빼야 되는데 고기가 너무 맛있네, 어쩌고 내숭을 떨었다.

— 근데 넌 왜 그 일을 그만두고 마사지 일을 하는 거야? 아무래도 벌이가 다를 텐데…….

고기를 다 먹고 후식으로 나온 냉면을 먹으며 양 사장이 조심스럽게 물었다.

— 마음이 편해서요. 마사지가 힘도 들고 벌이도 적지만 그래도 보람이 있어요.

지니는 냉면에 식초와 겨자를 섞으며 말했다.

— 장 사장한테 진 빚은 내 손으로 벌어서 갚을 거예요. 그 인간이 나한테 한 짓을 생각하면 절대 그러고 싶진 않지만…….

— 장다리가 무슨 짓을 했는데?

— 그건 말하고 싶지 않아요. 지금도 그 개 같은 인간을 생각하면

치가 떨려요.

지니는 먹는 것도 멈추고 이를 앙다물었다.

유흥업에 종사하다 보면 이런저런 험한 일을 겪는다는 걸 양 사
장도 모르는 바 아니었다. 하지만 이제 지니는 자신의 여자였다. 그
런 지니가 장다리처럼 무지막지한 놈에게 당했다고 생각하니 화가
치밀었다. 개 같은 새끼! 양 사장은 언젠가 기회가 오면 반드시 그에
게 앙갚음을 하리라고 마음먹었다.

― 근데 넌 꿈이 뭐야?

― 꿈요?

두 사람은 송도에 있는 어느 빌딩의 스카이라운지로 자리를 옮겨
와인을 마시고 있었다. 이때도 주인이 맨발로 달려나와 바다가 한
눈에 내려다보이는 자리로 안내하고 최고급 와인을 가져와 공손하
게 따라주고 조용히 물러갔다. 물론 고기 값도 와인 값도 양 사장
에겐 다 공짜였다. 지니는 그제야 비로소 양 사장의 능력을 실감한
듯 눈초리가 가늘어졌다. 그녀는 와인을 한 모금 홀짝 마시고 대답
했다.

― 이 나이에 무슨 꿈이 있겠어요.

― 그래도 언젠가 꿈이 있었을 거 아냐.

― 뭐, 어릴 땐 배우가 꿈이었죠.

지니는 쑥스러운 듯 웃으며 와인을 다시 한 모금, 홀짝 마셨다. 전

엔 소주 한 잔도 못 마신다고 손사래를 치더니 벌써 두 병째였다.

— 영화배우?

— 네, 그땐 주제도 모르고 배우 한다고 연기학원도 다니고 그랬어요.

— 내가 보기에 얼굴은 괜찮지만 연기는 영 파인데…… 조선족이라면서 사투리도 못 쓰고 말이야.

양 사장의 농담에 지니가 양 사장의 어깨를 때리며 응석을 부렸다.

— 에이, 사장님! 여기 와서 일하는 여자들, 사투리 잘 안 써요. 그것도 다 계산된 연기란 말예요.

— 그래? 하긴 나도 깜박 속았으니까 연기력도 인정해줘야겠네.

두 사람은 즐겁게 웃으며 와인을 마셨다.

— 그럼 사장님은 꿈이 뭐였어요?

— 난 어릴 때 꿈이 배를 모는 선장이었지.

— 선장요?

— 그래, 마도로스.

— 와, 멋있다. 왠지 그것도 어울릴 것 같긴 한데…… 왜 선장이 되려고 했어요?

— 우리 아버지가 뱃놈였거든. 어릴 때 아버지를 따라서 바다에 자주 나갔지. 근데 고기를 잡고 있으면 옆으로 큰 배가 지나갈 때가 있는데 그러면 파도가 쳐서 우리 배가 막 흔들리는 거야. 배가 너무 작았으니까. 고기도 다 도망가고. 그때 그 배를 보면서 나중에 크면

저런 큰 배의 선장이 되겠다고 마음먹었지.

— 근데 왜 마도로스가 안 되고 깡패가 됐어요?

지니는 술에 취한 듯 손으로 턱을 고이고 게슴츠레한 눈으로 양 사장을 올려다보았다. 그 입술에 당장 키스를 하고 싶은 마음에 양 사장은 목이 타는 기분이어서 다시 와인을 한 모금 홀짝 들이켰다.

— 그것도 우리 아버지 때문이야.

— 왜요? 아버지도 뱃사람이었다면서요?

— 그랬지. 근데 아버지는 한 마디로 성질이 지랄 같았어. 만날 술 만 먹고 일도 잘 안 하고 주먹질만 했지. 그래서 난 어릴 때부터 맞 는 데는 이골이 났어.

양 사장은 옛날 일을 떠올리듯 창밖으로 눈길을 돌렸다. 어둠에 잠긴 서해가 한눈에 들어왔다. 그는 잠시 취한 눈으로 물끄러미 바 다를 바라보았다.

— 한번은 아버지가 나를 어창에 가둔 적이 있었어.

양 사장이 다시 지니 쪽으로 눈길을 돌리며 말했다.

— 어창이 뭔데요?

— 고기를 잡아서 보관하는 데가 있어. 배 밑바닥에 있는 창고 같 은 건데 날 거기에 가둔 거야.

— 왜요?

— 몰라, 지금은 다 잊어버렸어. 아마 미끼를 잘못 끼웠거나, 일을

잘못해서 그물이 엉켰거나 뭐, 그런 거겠지. 하여간 아버지가 날 거기에 가두고 열쇠로 잠가버렸어. 그리고 읍내에 나가서 며칠 동안 술만 퍼마셨지. 날 어창에 가둔 것도 까맣게 잊어버리고 말이야.

— 세상에, 정말요!

— 생각해 봐. 그때 내 나이 열세 살이었으니까 얼마나 무서웠겠어. 어창이 좁아서 몸도 잘 움직일 수 없는데 밤이 되니까 파도는 쳐서 배는 흔들리지, 또 어찌나 캄캄한지……. 그보다 더 끔찍한 건 비린내였어. 어창 안에서 물고기 썩는 내가 진동하는데 숨이 막혀 죽을 것 같더라고. 그땐 정말 아버지가 날 가둬서 죽이려는 줄 알았어. 나가려고 한창 발버둥 치다 막상 그 생각이 드니까 살고 싶은 마음이 싹 사라지더라고. 무서운 생각도 없어지고. 뭐랄까, 온몸에 힘이 쭉 빠지는 기분이었지. 그래서 그냥 자포자기한 채 어창 바닥에 누워서 죽기만 기다렸어. 물도 한 모금 못 먹고.

— 어머, 불쌍해라…….

지니는 자신이 당한 일인 양 울상이 되어 양 사장의 손을 잡았다. 그 느낌이 너무 따뜻하고 부드러워 양 사장은 울컥, 목이 멜 것 같았다. 그때, 그 차갑고 어두운 어창 안에서 누군가 그렇게 손을 잡아주었더라면 자신이 깡패가 되진 않았을 거라는 생각에 그는 씁쓸한 미소를 지으며 와인을 한 모금 더 들이켰다.

— 근데 거기서 어떻게 나왔어요?

— 옆에 매어둔 배의 주인이 안에서 무슨 소리가 나니까 와본 거

야. 어창에 갇힌 지 사흘이 지난 뒤였지. 그땐 탈진해서 소리를 지를 힘도 없었는데 용케 발견된 거야. 안 그랬으면 아마 거기서 굶어 죽었을 거야.

— 어머, 어째…….

지니는 양 사장의 이야기에 동화된 듯 눈에 눈물이 그렁그렁했다.

• • •

양 사장은 창가에 서서 창밖을 내다보고 있었다. 화장실에서 희미하게 물소리가 들렸다. 지니가 샤워하는 소리였다. 와인에 취한 두 사람이 근처 호텔로 자리를 옮겨 일을 치른 뒤였다. 그날 저녁 와인을 마시며 지니와 나눈 이야기 때문이었을까, 양 사장은 내내 아버지에 대한 생각이 머릿속에서 떠나지 않았다.

양 사장의 아버지는 평생 수컷의 뒤틀린 삶이 어떤 것인지 유감없이 보여주었다. 그리고 술에 취한 채 고기잡이를 나갔다가 뱃전에서 발을 헛디뎌 깊은 바닷속으로 사라졌다. 끝내 시신도 찾지 못했다. 나름대로 일관성 있는 삶이었다. 기실, 그것은 어린 양 사장이 언제나 바라던 바이기도 했다. 하지만 막상 아버지가 사라지고 나자 이따금 보고 싶기도 했다. 비록 만날 술만 퍼먹고 어린 자식을 개 패듯 두들겨 패는 개자식이었지만 그래도 세상에 혼자 남겨진 것보단 나을 것 같았기 때문이었다.

한편, 어창에 갇힌 이후, 양 사장은 생선을 먹지 않았다. 언제 어디서든 썩은 비린내가 코끝에 진동해 구역질이 났기 때문이었다. 또한 가지 달라진 건 어창에서 나온 뒤부터 세상살이가 어쩐지 쉽게 느껴졌다는 거였다. 아버지의 끔찍한 매질도 견딜 만해졌고, 쓰라린 바닷바람도 맞을 만했으며 엄마 없는 서러움도 차츰 희미해졌다. 아무리 고통스러운 상황이 닥쳐도 어창 속만 아니면 다 괜찮다는 기분이었다. 훗날, 부둣가 깡패들과의 싸움에서 옆구리에 칼이 찔려 창자가 비어져 나왔을 때도, 갈고리에 등가죽이 꿰어진 채 냉동창고에 매달려 있었을 때도 그는 그래, 이 정도는 아무것도 아냐, 하는 기분이었다. 그것이 그를 인천 뒷골목의 일인자로 만들어주었을까?

문 여는 소리가 들리며 커다란 수건을 몸통에 두른 지니가 젖은 몸으로 화장실에서 나왔다.

— 뭐 하고 있어요?

그녀는 화장대 앞에 앉으며 물었다. 수건 아래 드러난 알궁둥이가 봉긋했다.

— 응, 그냥…….

양 사장은 미소를 지으며 화장을 하는 지니의 뒷모습을 돌아보았다. 그리고 오래전, 아버지가 기관사와 눈이 맞아 도망간 엄마에 대해 한창 욕을 퍼붓다 입버릇처럼 내뱉던 또 하나의 가르침이 떠올랐다.

절대 여자를 믿지 마라!

이때, 거울을 통해 지니와 눈이 마주쳤다.

— 뭘 그렇게 뚫어지게 쳐다보세요?

— 응? 아냐. 몸이 너무 고와서 눈을 뗄 수가 없네.

— 뭐야, 늙은이처럼 뭔 그런 소릴 해요?

— 나야 이제 늙은이 맞지. 안 그래?

— 아까 보니까 뭐, 아직 한창이시던데…….

지니는 얼굴에 로션을 바르며 유혹하듯 웃어 보였다. 양 사장은
입에 발린 말인 줄 알지만 아직 한창이란 말이 듣기 좋았다. 그는
다시 창밖을 내다보다 문득 생각난 듯 돌아보며 물었다.

— 근데 참, 너 아까 꿈이 배우라고 그러지 않았니?

· · ·

울트라는 말의 눈을 똑바로 쳐다보며 말했다.

— 네 이름은 이제부터 울트라야. 사실 그건 내 별명이지만 너와
나는 일심동체라는 뜻에서 이름을 같이 쓰기로 했어. 알았지? 일심
동체!

울트라는 일심동체라는 단어가 마음에 들어 한 번 더 되뇌었다.
하지만 말은 울트라가 뭐라고 하던 상관 않고 배가 고픈 듯 텅 빈 말
구유를 긴 혀로 핥아댔다.

— 그러니까 앞으로 무슨 일이 있어도 서로 배신하지 않기로 약

속하자. 알았지?

말이 인간을 배신할 일이 뭐가 있을까, 싶었지만 말 울트라는 말 귀를 알아들은 듯 고개를 끄덕였다. 아니, 인간 울트라는 그렇다고 느꼈다.

— 좋아. 그럼 이제부터 우린 하나야. 그러니까 네가 굶으면 나도 굶고 내가 먹으면 너도 먹는 거야.

울트라는 말을 마치고 뒤에 있던 사료 부대를 뜯어 말구유에 부어주었다. 말 울트라는 반가운 듯 재빨리 구유에 머리를 들이밀었다. 울트라는 그 앞에 쪼그리고 앉아 물을 부어둔 컵라면을 먹기 시작했다. 허겁지겁 먹이를 먹는 말 울트라를 보며 그는 제대로 먹이지도 못한다는 죄책감에 자꾸만 목이 메었다.

．．．

양 사장은 벽을 뚫어져라 바라보고 있었다. 벽엔 커다란 전지가 한 장 붙어 있었고 그곳엔 강도식, 유태준, 권덕근 등 이름과 도끼, 다대기, 박 감독, 장다리, 엄 사장 등 별명이나 직함이 빼곡히 적혀 있었다. 그중 몇몇 이름에는 빨간 줄이 그어져 있었다. 양 사장은 강도식의 이름을 뚫어지게 노려보다 뭔가 중대한 결정을 내린 듯 신중하게 빨간 줄을 그었다.

— 저 왔습니다.

형근이 문을 열고 들어와 인사를 꾸벅하자 양 사장은 그제야 고개를 돌렸다.

— 이게 뭡니까?

형근이 어리둥절한 얼굴로 전지를 훑어보자 양 사장이 펜에 뚜껑을 닫으며 말했다.

— 응, 이건 대낮에 내 나와바리에서 물건을 털어갈 만한 놈들 명단을 뽑아본 거야. 한 놈도 빠짐없이. 적어보니까 전부 백 명쯤 돼. 그러니까 범인은 이 안에 있다고 봐야지.

— 근데 이 많은 용의자 중에서 누가 범인인지 어떻게 찾아요?

— 바로 그게 중요한 거야. 이것도 일종의 명상이라고 할 수 있는데 일단 이름을 하나씩 쳐다보는 거야. 단전으로 호흡을 하면서 고요하게 명상을 하듯이. 그러면 그놈에 대해서 많은 게 떠올라. 그놈이 평소에 나하고 무슨 감정이 있는지, 아니면 요즘 궁짜가 꼈는지, 어떤 놈들하고 어울려 다니는지, 배짱이 있는 놈인지 아닌지, 여자를 밝히는지 아닌지, 그런 식으로 그놈에 대해서 모든 걸 생각해보는 거야. 아주 깊이. 그래서 만약에 이놈은 때려죽여도 아니다, 싶은 확신이 들면 이름을 지우는 거야. 이렇게.

양 사장은 빨간 펜으로 명단에 있는 이름을 하나 지웠다.

— 이런 식으로 이름을 하나씩 지워나가다 보면 백 명이 오십 명으로 줄어들 거 아냐. 그러면 또 그 오십 명을 가지고 더 깊이 생각해보는 거야. 내가 아는 것뿐만 아니라 모르는 것까지 몽땅 다. 그래

서 또 반으로 줄여. 말하자면 토너먼트 경기를 하는 것처럼 16강, 8
강, 4강 하는 식으로 줄여나가는 거야. 그러다 보면 결국 맨 마지막
에 우승자 한 명이 남겠지. 그럼 바로 그놈이 범인이야. 옛날에 부천
애들하고 전쟁을 했을 때도 이런 식으로 배신자를 찾아냈어.

처음엔 농담이라고 생각했던 형근도 양 사장의 설명에 동화된 듯
고개를 주억거리다 문득 한 이름을 발견하고 물었다.

— 근데, 저기 제 이름도 있네요.

— 내가 말했잖아. 의심이 가는 놈은 한 명도 빠짐없이 적었다고.

— 그럼 저도 못 믿으시는 겁니까?

— 우리 아버지가 평소에 뭐라고 했는지 알아?

— 뭐라고 하셨는데요?

— 가까운 놈일수록 의심하라.

— 왜, 왜 그런 말씀을 하셨을까요?

형근이 당황해서 말을 더듬었다.

— 우리 아버지랑 제일 친한 친구가 엄마랑 바람이 나서 도망갔
거든.

— 에이, 그래도 전 아닙니다. 만날 사장님 옆에 따라다니는데…….
그날도 저랑 같이 계시지 않았습니까?

— 아니, 그날 난 혼자 마사지를 받고 있었어. 넌 그날 뭐했어?

양 사장이 날카로운 눈으로 쳐다보며 물었다. 그러자 당황한 형근
이 눈알을 굴렸다.

— 저, 저요? 글쎄……. 종식이랑 당구 쳤나?

— 거 봐. 너도 확신을 못 하잖아. 그런데 내가 어떻게 믿어?

형근은 이게 뭐라고, 하는 기분이 들면서도 왠지 자신의 이름이 아직 명단에 남아 있다는 게 찝찝했다.

— 근데 점심은 어떻게 하시겠습니까?

— 난 그냥 순두부나 하나 시켜줘. 범인이 누군지 밝혀낼 때까지 이 방에서 절대 안 나갈 거야.

양 사장은 단호한 눈으로 다시 명단을 뚫어지게 응시했다.

다음 날, 형근이 사무실에 나왔을 때도 양 사장은 여전히 전지와 싸움을 하고 있었다. 그는 아예 팬티만 입은 채 바닥에 결가부좌를 하고 앉아 조는 듯 게슴츠레한 눈으로 명단을 쳐다보고 있었다. 그 모습이 마치 깊은 명상에 든 고승처럼 영기가 서려 있었다. 전지엔 붉은 줄이 가득했고 이제 네댓 명의 이름만 남아 있었다. 형근은 자신의 이름이 지워져 있는 것을 보고 안도의 한숨을 내쉬었다. 양 사장은 자리에서 일어나 펜을 들어 장다리의 이름을 지웠다. 그리고 자리로 돌아와 다시 결가부좌를 틀고 앉았다.

— 저, 식사는…….

형근이 조심스럽게 입을 열자, 양 사장은 그냥 나가라는 듯 뒤도 안 돌아보고 손짓만 해 보였다.

···

    장다리는 인천 연수동의 한 고깃집 구석방에서 민짜와 함께 고기를 먹고 있었다. 문틈으로 밖을 내다보니 넓은 홀엔 좌석마다 손님들로 꽉 차 빈자리가 없고 홀을 따라 늘어선 방 앞에도 손님들 신발이 빼곡해 발 디딜 틈이 없었다.

    — 이 정도면 하루 매상이 얼마나 되는 거야? 나도 씨발, 인력사무소 때려치우고 고깃집이나 차릴까?

    장다리는 식당 안을 힐끗거리며 뭐라고 중얼거렸지만 민짜는 게걸스럽게 연신 고기를 집어 먹느라 대꾸도 없이 불판 위에 머리를 박고 있었다. 장다리가 그런 민짜의 뒤통수를 딱 소리가 나게 때렸다.

    — 뭐, 뭐라고 하셨습니까?

    민짜가 화들짝 놀라 고개를 들었는데 입에 어찌나 고기를 많이 쑤셔 넣었는지 턱으로 고기즙이 줄줄 흘러내렸다.

    — 이 새끼가 무슨 고기를 볶은 콩 주워 먹듯 하네. 너 이게 일 인분에 얼마나 하는지 알아? 응? 니가 뭐 하는 일이 있다고 이 비싼 고기를 돼지처럼 처먹고 있어, 앙?

    장다리가 머리를 계속 때리며 야단을 치자 민짜는 재빨리 무릎을 꿇고 사죄를 했다.

    — 죄송합니다, 형님. 고, 고기가 너무 맛있어서…….

    — 당연히 맛있겠지. 일등급 한우 등심이니까. 근데 아무리 맛있

어도 그렇지. 씨발, 그렇게 혼자 다 처먹으면 난 뭘 먹냐?

— 죄송합니다.

— 하여간 볼수록 좆나게 이기적인 새끼라니까.

이때, 양복을 입은 원봉이 등장했다.

— 어, 김 배우. 장사가 아주 잘 되네.

— 뭐, 그래 봤자 음식점인데 장 사장만 하겠어?

원봉은 옆에 와 앉으며 상을 살펴보았다.

— 등심 시켰네. 우린 등심보다 생갈비가 맛있는데……

그리고 지나가는 종업원을 불렀다.

— 야, 여기 생갈비 좋은 거로 골라서 한 접시 가져와.

종업원이 물러가자 원봉이 장다리와 민짜를 돌아보았다.

— 이건 내가 사는 거니까 많이들 먹어. 뭐해? 다 타는데 안 먹고. 어이, 동생도 어서 먹어.

원봉이 민짜에게 권하자 그는 기다렸다는 듯 재빨리 다시 고기를 집어 먹기 시작했다.

— 근데 여기까지 어쩐 일이야?

— 이 동네 볼 일이 있어서 왔다가 이 집 고기가 맛있다고 소문이 나서 들렀지. 김 배우 잘난 얼굴도 볼 겸해서. 근데, 이런 고깃집 하나 차리려면 얼마나 들어?

— 왜? 고깃집 해보게?

— 얼마 전에 세무서에서 나와서 다 털렸거든. 바지 하나 달려 들

어가고 어찌어찌 수습은 됐는데 이젠 인력사업도 개털 됐어.

— 그런 일이 있었어?

원봉은 짐짓 놀란 척했지만, 그날 차 안에서 양 사장이 세무서에 전화했던 일이 떠올라 속으로 고소를 금치 못했다.

— 얼마 전에 부산에서 재미 좀 봤다며?

장다리가 고기를 한 점 집어먹으며 물었다.

— 그 얘긴 어디서 들었어?

— 어디서 듣긴, 내가 안산에 처박혀 있다고 아예 깜깜인 줄 알아?

장다리가 말하는 건 물론 원봉이 부산에서 벌였던 마떼기 판을 말하는 거였다.

— 재미는 좀 봤는데 골치 아픈 일이 생겼어.

원봉이 머리를 긁적이며 말했다.

— 무슨 일인데?

— 종마가 한 마리 없어졌어.

— 종마?

— 응, 한 마리에 삼십오억짜리 씨수말인데 어떤 놈들이 훔쳐갔어.

— 삼십 오억! 뭔 말이 그렇게 비싸?

두 사람이 대화를 나누는 와중에도 민짜는 슬금슬금 눈치를 보며 조용히, 그리고 신속하게 고기를 입으로 옮겼다.

— 종마가 원래 그렇대. 근데 그 마주가 누군지 알아? 바로 부산

190

의 손 회장이야.

— 그러니까 그…… 손 회장?

원봉이 고개를 끄덕였다.

— 그럼 당신이 진짜 말을 훔친 거야?

— 그건 아닌데 하필 그때 마떼기판을 벌여서 나를 의심하는 것 같아. 까마귀 날자 배 떨어진 격이지.

그제야 장다리는 심각한 표정으로 원봉을 쳐다보았다.

— 어이구야. 무섭다. 당신 이제 좆 돼버렸네.

— 그래, 삼십오억이면 그냥 넘어갈 수는 없겠지. 만약에 그쪽에서 나를 찍었으면 양 사장님도 막아줄 수가 없어.

장다리는 담배를 한 대 피워 물고 잠시 표정을 살폈다. 원봉은 무거운 표정으로 한숨을 내쉬었지만 장다리는 어쩐지 일이 잘 풀리고 있다는 기분이 들었다.

종업원이 고기가 담긴 접시를 들고 등장했다. 한눈에 봐도 최상품의 생갈비였다. 고기를 본 민짜는 등심을 씹고 있는 와중에도 탐욕스럽게 생갈비를 훑어보았다. 하지만 민짜가 집게로 생갈비를 집어 불판 위에 올렸을 때, 장다리가 눈짓을 했다.

— 야, 너 고기 다 먹었으면 그거 놔두고 그만 차에 가 있어.

민짜는 절망한 표정으로 슬그머니 집게를 내려놓았다.

— 왜 그래? 동생 고기 좀 더 먹고 가게 놔두지.

원봉의 말에 민짜는 다시 젓가락을 들어 슬그머니 고기를 한 점 집는데 장다리가 고개를 가로저었다.

— 아냐, 저 새긴 다이어트 좀 해야 돼. 미련하게 살만 쪄가지고······. 뭐해, 새꺄. 빨리 안 나가고.

장다리가 눈을 부라리자 민짜는 울상이 되어 재빨리 고기 한 점을 마저 입에 넣고 밖으로 나갔다.

— 김 배우. 지금 상황이 난처하게 됐지?

잠시 후, 장다리가 담배를 비벼 끄며 진지하게 입을 열었다.

— 당연히 그렇지.

— 그럼 안산으로 넘어와.

— 안산?

— 응, 손 회장은 내가 막아줄게.

— 당신이 무슨 수로?

— 쯧쯧쯧, 김 배우가 요즘 우리 동네에 대해서 아는 게 없구먼. 거긴 지금 완전히 치외법권 지역이야. 법도 필요 없고 짭새도 필요 없어. 중국, 베트남, 태국, 네팔 같은 외국 애들이 다 먹어버렸거든. 알지, 걔네들 무서운 거? 걔들은 사람을 죽여도 꼭 토막을 내요. 거긴 시체 버릴 데도 많거든. 막말로 손 회장이 아니라 손 회장 할애비가 와도 안 통하는 데가 바로 안산이야. 그러니까 여기는 누구한테 맡기고 마떼기 판을 안산으로 옮겨와. 뒤는 내가 봐줄 테니까. 그렇

게 몇 년 안산에 처박혀 있다 보면 잠잠해지겠지.

— 근데 그쪽 마떼기는 영구네 식구들이 하고 있는 거 아냐?

원봉이 묻자 장다리가 턱을 들며 거만하게 대답했다.

— 영구, 걔는 내가 손가락만 까딱해도 그냥 죽는 애야. 전혀 신경 쓸 거 없어. 그리고 밖에선 잘 모르겠지만 지금 안산은 완전히 노다지야. 외국 애들이 노름이라면 환장하거든. 아예 깡통을 옆에 갖다 놓고 그 자리에서 오줌을 싸면서 한다니까. 한국 놈들은 절대 못 당해. 그러니까 안산에 오면 틀림없이 재미 좀 볼 거야.

원봉은 장다리의 제안에 혼란스러운 표정으로 잠시 생각하다 물었다.

— 장 사장이 나한테 이런 제안을 하는 이유가 뭐야? 그냥 마떼기 판에서 똥 좀 떼먹겠다고 이러는 건 아닐 테고…….

— 물론 아니지.

— 그럼…… 뭐야?

원봉의 질문에 장다리는 좋은 패를 쥔 노름꾼처럼 빙그레 웃었다.

∙ ∙ ∙

형근이 친 공이 아슬아슬하게 빠지자 아, 씨발! 하며 탄식했다.

— 그러게 형님, 친 다음에 큐를 빨리 빼면 안 된다고 그랬잖아요. 끝까지 공이 나가는 걸 봐야죠.

종식이 당구공에 큐를 겨누며 말했다.

— 그게 내 맘대로 되면 새꺄, 내가 너랑 맞다이로 치지.

형근이 자리에 앉아 커피를 마시며 투덜댔다.

— 야, 근데 얼마 전에 들었는데 부산에서 말을 한 마리 도둑맞았단다.

— 말이요? 무슨 말?

— 거 왜 종마라고 있잖아. 새끼 치는 말. 근데 그게 얼마짜린지 알아?

— 얼만데요?

— 삼십오억.

— 뭔 말이 그렇게 비싸대요?

— 원래 종마는 그렇대. 암말한테 물 한 번 주는데 오백씩 받는단다.

— 와, 그놈 팔자 좋네요. 물 한 번 줄 때마다 오백이면……!

종식은 공을 치려다 뻑사리가 났다. 퍼뜩, 얼마 전 자신이 목격한 한 장면이 떠올랐기 때문이었다. 그것은 다리를 높이 쳐들고 히힝, 거리며 자신을 위협하던 시커먼 말의 모습이었다.

— 웬일이냐, 작대기가 뻑사리를 다 내고.

형근이 초크 칠을 하고 공을 겨눴다.

— 근데 그 말이 누구 말인지 알아?

— 누군데요?

종식은 목소리가 떨렸다. 당시에도 그랬지만 뭔가 예감이 좋지 않았다.

— 부산의 손 회장 알지?

— 소, 손 회장! 정말예요?

— 그래, 그 양반이 마주래.

형근은 공을 치고 자리에 와 앉으며 말했다.

— 지금 부산은 난리가 났단다. 어떤 놈인지 잡히면 아마 진짜 회를 떠버릴 거다.

종식은 공이 눈에 들어오지 않았다. 그래서 넋이 나간 듯 멍한 표정으로 허공을 쳐다보는데 형근의 전화벨이 울렸다.

— 여보세요.

— 너 지금 어디야?

양 사장이었다. 허탈한 듯 지친 목소리였다.

· · ·

형근이 사무실에 들어섰을 때, 양 사장은 마치 마라톤을 완주한 선수처럼 축 늘어진 채 소파에 기대 눈을 감고 있었다.

— 도대체 어떤 놈입니까, 범인이?

형근이 묻자 양 사장은 대답할 힘도 없다는 듯 겨우 손을 들어 벽에 붙여둔 전지를 가리켰다. 명단 위엔 모두 빨간 줄로 선이 그어져 이름을 알아보기도 힘들었다.

— 어디 있는데요?

— 찾아보면 그중에 빨간 줄이 없는 이름이 하나 있을 거야.

형근은 위에서부터 빨간 줄이 없는 이름을 찾아 눈동자를 부지런히 움직였다. 그리고 마침내 중간쯤에서 한 이름을 발견하고 놀라 양 사장을 돌아보았다.

— 박상준? 바, 박 감독 말입니까?

— 그래, 그놈이 범인이야.

— 어, 어떻게요?

— 어떻게 훔쳐갔는지는 나도 모르지. 그냥 이름을 하나씩 지우다 보니까 맨 마지막에 그놈만 남은 거야.

— 박 감독이 그럴 만한 무끼는 아닌데…… 분명히 박 감독 맞습니까?

형근이 고개를 갸우뚱하며 재차 물었다.

— 나머진 아닌 게 확실한데 그놈은 뭔가 냄새가 나.

— 그렇다고 증거도 없이 무작정 가서 다이아를 내놓으라고 할 수는 없는 거 아닙니까?

이때, 전화벨이 울렸다. 휴대폰에 뜬 이름을 본 양 사장은 놀라 눈이 휘둥그레졌다. 휴대폰엔 박상준이란 이름이 선명하게 떠 있었다. 이름을 본 형근도 놀라기는 마찬가지였다.

— 뭐지? 누가 여기 도청하나?

양 사장은 어리둥절해서 주위를 두리번거리다 마침내 전화를 받았다.

— 어, 박 감독. 이 시간에 어쩐 일이야?

• • •

— 잘 생각해 봐. 이건 의리를 지키느냐 마느냐 하는 문제가 아니라 당신이 죽고 사는 문제야.

장다리가 고깃집 주차장에 늘어선 차들을 둘러보며 말했다. 원봉은 말없이 고개를 끄덕였다. 이때, 민짜가 검은 승용차를 몰고 나타나 뒷문을 열어주었다.

— 그만 가볼게. 고기 잘 먹었어, 김 배우.

장다리가 뒷자리에 올라타려는데 원봉이 뭔가 생각난 듯 입을 열었다.

— 참, 그때 그 아가씨 말이야.

— 누구?

— 거 왜 전에 마이킹 먹고 튀었다는 나가요 언니 있잖아.

— 지니?

— 지니? 뭐 하여간 이름은 모르겠는데 내가 한 번 본 적이 있는 것 같은데…….

— 어디서?

장다리의 눈에 불꽃이 튀었다.

— 얼마 전에 양 사장님이 어떤 여자를 하나 데리고 여기 왔는데 어딘가 낯이 익더라고. 나중에 생각해보니까 사진에서 본 여자 같아.

— 양 사장이?

원봉이 고개를 끄덕이자, 장다리가 급히 지갑에서 사진을 하나 꺼내 보여주었다.

— 이 여자 맞아?

원봉은 자동차 불빛에 사진을 비춰보았다.

— 그래, 맞는 것 같아. 얼굴에 살이 좀 붙긴 했는데…….

— 틀림없어?

장다리가 다그치자 원봉이 고개를 끄덕였다.

— 맞아, 이 여자가 틀림없어.

— 근데 양 사장이 데리고 왔다 이거지?

— 응.

— 씨발, 이놈의 영감탱이가 다이아만 빼돌린 게 아니라 남의 여자까지 빼돌렸구먼.

장다리가 씩씩거리며 콧김을 뿜어냈다.

— 사장님도 뭔가 사연이 있겠지.

— 사연은 뭔 놈의 사연? 보나 마나 나를 좆밥으로 아는 거지. 씨발, 옛날에 그 밑에서 개처럼 일했는데 나를 이런 식으로 물 먹여?

장다리가 화가 나 씩씩대다 문득 민짜를 보니 입에 뭔가를 넣고 우물거리며 씹고 있었다.

　—넌 뭘 처먹고 있어?

　—누룽지요. 카운터에서 서비스라고 싸줘서…….

민짜는 히죽 웃으며 비닐봉지에 든 누룽지를 들어 보였다. 장다리
는 화가 치밀어 민짜의 뺨을 힘껏 올려붙였다.

　—너 이 새끼, 거지야! 앙! 고기를 그렇게 처먹고도 배가 안 차!
아 놔, 진짜 이 새끼를!

장다리가 사정없이 좌우로 싸대기를 올려붙이자 원봉이 말렸다.

　—어이, 사람들 보는데 그만해.

· · ·

같은 시간, 울트라의 집에서도 매타작이 이어지고 있었다. 종식은
잔뜩 화가 나 울트라의 뺨을 사정없이 올려붙였다.

　—너 이 새끼, 누가 시키지도 않는 짓을 해서……! 너 이게 누구
말인지 알아? 앙!

옆에선 깡구와 공업용이 어이구 아프겠다, 하는 표정으로 인상을
찡그렸고 마구간 안에선 말 울트라가 예의 커다란 눈을 끔벅이며
사료를 먹느라 입을 우물거렸다.

　—이게 누구 말인데요?

깡구가 물었다.

— 이 말의 주인이 어떤 분이냐 하면……

종식은 입을 열었다가 짜증스럽게 고개를 가로저었다.

— 관둬라. 말해봤자 니들이 알겠냐? 하여간 우린 다 죽게 생겼
어. 이 새끼들아!

종식은 다시 울트라와 깡구, 공업용의 뺨을 번갈아가며 올려붙이
는데 갑자기 그의 뒤통수에서 빡! 소리가 났다. 돌아보니 울트라의
엄마가 바가지를 들고 화난 얼굴로 서 있었다.

— 너 이누무 새끼, 뭐하는 놈인데 남의 귀한 집 자식을 개 패듯
패? 웅? 애가 잘못한 게 있으면 말로 타일러도 될 텐데…….

울트라의 엄마가 사정없이 바가지를 휘두르자 종식이 뒤통수를
잡고 이리저리 피했다.

— 이게 말로 해서 될 일이 아니에요, 어머니!

울트라의 엄마는 다시 바가지로 종식의 머리를 빡 때렸다.

— 말로 안 되는 게 어딨어, 이 누무 새끼야!

울트라가 엄마를 말렸다.

— 글쎄 엄마는 좀 들어가 있어.

하지만 이번엔 그녀가 바가지로 울트라의 머리를 빡 때렸다.

— 너도 그렇지, 이눔아. 니가 덩치가 작기를 해, 쌈을 못해. 뭐가
못나서 맞고만 있어. 저누무 새끼는 꽁치마냥 삐쩍 곯아가지고 힘도
못 쓰게 생겼구먼.

한동안 울트라의 엄마는 계속 바가지를 휘두르고, 종식은 이리저

리 도망다니고, 울트라는 그런 엄마를 뜯어말리는 소동이 마구간 앞에서 펼쳐졌다.

···

박 감독은 손가락이 든 유리병을 바라보고 있었다.

— 그러니까 이게 뜨끈이 손가락이라는 거죠?

양 사장은 고개를 끄덕이다 이빨이 욱신거려 인상을 찡그렸다. 박 감독은 멍이 든 양 사장의 얼굴을 보며 의아한 듯 물었다.

— 근데 사장님은 얼굴이 왜……? 어디서 넘어지셨습니까?

— 아니, 맞았어.

— 예? 사장님이 누구한테……?

— 누구한테고 뭐고 요즘 자주 맞고 다녀.

양 사장의 심드렁한 대답에 옆에 앉은 형근은 씁쓸한 미소를 지었다.

— 에이, 사장님, 농담도 잘하시네. 누가 감히 우리 양 사장님을…….

박 감독이 선글라스를 벗으며 웃어 보였다.

— 근데 뜨끈이는 누구한테 납치됐다는 겁니까?

— 날 이렇게 만든 놈한테.

양 사장이 자신의 멍든 눈을 가리켰다. 그제야 박 감독은 농담이 아니라는 것을 알고 눈이 휘둥그레졌다.

— 정말입니까?

— 그렇다니까.

— 어떤 놈들이 감히 사장님을…….

박 감독은 짐짓 울화통이 터진다는 듯 씩씩대다 형근에게 화살을 돌렸다.

— 아니, 형근 씨는 옆에서 뭐했어요? 사장님이 이 지경이 됐는데…….

박 감독이 삿대질을 하자 형근은 한숨을 쉬며 시무룩하게 대답했다.

— 나도 같이 맞았어요.

— 대체 어떤 새끼들이!

박 감독이 핏대를 올리자 양 사장이 손을 들어 저지했다.

— 아아, 그 얘긴 그만 됐고……. 하여간 손가락은 가져왔는데 몸값은 못 줘. 물건이 없는데 돈을 줄 수는 없잖아. 대신, 뜨끈이가 어디 있는지 가르쳐줄게. 알아서 찾아와. 회를 뜨든 눈알을 뽑든 마음대로 해.

— 뜨끈이는 지금 어디 있습니까?

— 영암.

— 영암? 거기 충청도 어디 아닌가요?

— 아니, 전라도야.

— 뜨끈이가 왜 거기에?

— 거기서도 크게 한 건 한 모양이야.

— 내 이 호로새끼를!

박 감독이 발끈하자 양 사장이 손을 들어 제지하며 말을 이었다.

— 하여간 그건 박 감독이 알아서 할 문제고 날 보자고 한 이유는 뭐야?

박 감독은 뒤에 서 있던 용가리에게 눈짓을 했다. 잠시 후, 용가리가 가방을 들고 다시 나타났다. 박 감독은 번호를 돌려 자물쇠를 연 뒤, 양 사장 앞으로 가방을 돌려놓았다. 가방 안의 내용물을 본 양 사장과 형근은 눈이 휘둥그레졌다.

— 아니, 이건……!

형근이 입을 열려고 하자 양 사장이 제지하며 물었다.

— 이게 뭐야?

— 뭐 보시다시피 다이압니다.

— 그럼 혹시 이게 송도에서……?

양 사장이 날카롭게 묻자 박 감독이 고개를 가로저었다.

— 이 물건이 어디서 났는지, 누가 구해왔는지에 대해선 말 못 합니다. 이해하시겠죠?

양 사장이 고개를 끄덕이다 물었다.

— 그런데 날 보여주는 이유가 뭐야?

— 아시다시피 전 이런 물건은 취급해본 적이 없습니다. 그래서

사장님한테 부탁드리면 처분할 데를 알아봐주시지 않을까, 해서 보여드리는 겁니다.

— 전부 와꾸가 얼만데?

— 뭐 한 이십억 되지 않겠습니까? 제값은 못 받겠지만 반까이만 해도 십억이죠.

— 그중에 내 몫은 얼마야?

양 사장이 빙그레 웃으며 물었다.

— 이십 프로. 액면가의 이십 프로 드릴게요. 제 물건이 아니라 저도 마음대로 못합니다.

박 감독이 다시 선글라스를 쓰며 말했다. 양 사장은 가방을 닫고 형근 쪽으로 밀어주는데 박 감독이 가방을 탁 잡아 자기 쪽으로 끌어당겼다.

— 죄송하지만 이 물건은 밖으로 내돌릴 수가 없습니다. 제가 갖고 있다 임자가 나서면 그때 내줄게요.

박 감독이 눈짓을 하자, 용가리는 가방을 재빨리 집어 들고 안으로 사라졌다.

— 뭐, 좋을 대로 해. 참, 그리고 말이야……

양 사장의 말에 자리에서 일어서려던 박 감독이 다시 자리에 앉았다.

— 내가 박 감독한테 좋은 배우를 한 명 소개해줄까 하는데……

— 배우요?

양 사장은 자신의 차를 향해 손짓했다. 그러자 뒷문이 열리고 몸에 착 달라붙는 야한 원피스를 입은 지니가 등장했다. 짙게 화장을 하고 머리에 한껏 힘을 준 지니의 모습은 이전에 마사지를 하던 연희와 사뭇 다른 모습이었다. 박 감독은 놀라 선글라스를 벗고 지니를 아래위로 훑어보았다. 그녀는 박 감독에게 다가가 고개를 까닥하며 인사를 했다.

— 안녕하세요, 감독님. 지니라고 해요.

호랑이

— 봐! 내가 박 감독 그 새끼가 범인이랬지!

양 사장은 사무실 문을 열고 들어오자마자 흥분해 소리쳤다.

— 이 명상법이 딱 들어맞았잖아.

양 사장이 명단이 적힌 전지를 가리키자 형근도 감탄한 듯 고개를 끄덕였다.

— 그러게요. 참 신통방통하네요.

— 근데 그 새긴 내 물건인지 알면서 우리한테 처분해달라니 날 물먹이자는 거야, 뭐야?

— 사장님 물건인 줄 알았으면 그런 부탁을 했을까요?

— 그나저나 다이아가 어떻게 개 손에 들어간 거야?

— 글쎄요, 어떻게 들어간진 모르지만 당장 애들 데리고 가서 찾

아올까요?

— 가서 미안하지만 우리 물건이니까 달라고 하면, 아 그렇습니까? 죄송합니다, 그러면서 순순히 내놓을 것 같아?

— 그럼 박 감독이 우리하고 전쟁이라도 하겠다는 겁니까?

— 그런 건 아니겠지만 섣불리 대들 문제가 아냐. 뭔가 꿍꿍이가 있어.

양 사장은 심각한 표정으로 턱을 어루만졌다. 이전엔 모두 없던 일이었다. 인천 바닥의 질서에 뭔가 이상이 생긴 게 분명했다.

— 근데 뜨끈이는 그냥 박 감독한테 넘기는 겁니까?

— 그건 아니지. 내가 쪽팔리게 그 남 회장인지 뭔지 하는 논두렁 건달을 직접 상대할 수는 없잖아. 서로 맞는 상대를 붙여줘야지.

그러자 형근이 재밌다는 표정으로 중얼거렸다.

— 논두렁 건달과 쌕쌕이 감독이라……. 그것도 잘 어울릴 것 같네요.

이때, 형근의 핸드폰이 울렸다. 주머니에서 핸드폰을 꺼내보니 루돌프의 이름이 떠 있었다. 형근은 어두워지며 잠시 이름을 내려다보다 거절버튼을 눌렀다.

— 왜 전화 안 받아?

— 아, 아닙니다. 나중에…….

형근은 다시 핸드폰을 주머니에 넣었다.

＊＊＊

　전라도 영암의 남 회장은 누군가와 통화를 하고 있었다.

　— 호랑이를 구했다고라? 거 잘됐구마이. 그래, 시베리아 호랑이
틀림없제……. 아따, 진짜배기면 돈이 문제가 아니제.

　전화를 하며 창밖을 내다보던 남 회장은 밖에 낯선 차가 세워져
있는 것을 발견하고 고개를 갸우뚱했다. 철창 앞에선 건달로 보이는
사내 둘이 문을 열려고 애쓰고 있었다.

　— 잠깐만!

　남 회장은 전화를 끊고 급히 다른 곳으로 전화를 걸었다.

　철컹, 하고 철창문이 열리자 뜨끈이는 밖으로 나와 건달들을 보
고 반색했다.

　— 아이고, 형님들. 고맙습니다. 잘못하면 나 여기서 굶어 죽을 뻔
했는데…….

　뜨끈이가 입을 열자마자 건달 한 명이 퍽, 주먹을 날렸다. 순간,
기절해버린 뜨끈이를 다른 건달이 받아 안았다.

　— 잘했다. 안 그러면 올라가면서 저 새끼 이빨에 뚜껑이 열려버
렸을 텐데…….

　두 사람이 뜨끈이를 들어 차에 태우려고 돌아서자 입구에서 검
은 승용차 세 대가 쏜살같이 달려와 코앞에 끽, 멈춰 섰다. 그리고

연장을 든 건달들이 우르르 몰려나왔다. 영암의 논두렁 건달들이었다. 점박이가 앞으로 나섰다.

— 서울내기들은 영 싸가지가 없구마이. 말도 없이 넘의 아를 훔쳐가? 그렇게 쥐어 터지고도 아직 정신을 못 차렸냐?

건달 두 명은 뜨끈이를 바닥에 내려놓고 싸울 자세를 취했다. 그러자 숫적으로 압도적인 논두렁 건달들은 코웃음을 쳤다.

— 아그들아. 어디 부러지기 전에 넘의 물건은 내비두고 니들이나 도망가라잉.

점박이가 앞으로 나서 이죽거리는데 뭔가 구름이 낀 듯 주변이 어둑신해지는 느낌이 들었다. 돌아보니 이 미터가 넘는 거구의 용가리가 팔짱을 끼고 건달들 뒤에 버티고 서 있었다.

— 어따, 놀래라! 이거시 뭐시여?

점박이가 놀라 주춤거리며 물러섰지만 용가리는 긴 팔을 뻗어 그의 멱살을 잡고 번쩍 들어올렸다. 점박이는 허공에 매달린 채 버둥거리며 부하들을 향해 소리를 질렀다.

— 뭐다냐들! 이 멀대 같은 새끼를 당장 조사버리지 않고!

그의 말에 건달들이 한꺼번에 달려들었다. 용가리는 점박이를 번쩍 들어 건달들을 향해 던져버렸다. 우르르 대열이 무너졌다. 믿을 수 없는 괴력이었다. 용가리는 거구를 이용해 건달들을 짓뭉개고 남은 두 명도 합세해 격렬한 싸움이 벌어져 철창 앞에 먼지가 뽀얗게 일었다. 그 틈에 정신을 차린 뜨끈이가 슬금슬금 바닥을 기어 도망가려고 했지만 싸움의 틈바구니에서 누군가의 구둣발에 퍽, 얼굴을 맞고 다시 기절해버렸다.

• • •

박 감독의 스튜디오에선 한창 영화를 찍는 중이었다. 겨우 중요 부위만 가린 지니는 침대에 누워 남자배우 밑에서 신음하고 있었는데 베테랑인 듯 연기가 자연스러웠다. 박 감독은 만족한 미소로 연신 고개를 끄덕이다 컷을 외쳤다.

— 컷! 아주 좋아. 지니 씨, 전에 연기해 봤어요?

— 아뇨, 처음이에요.

— 그럼 뭐 천생 배우네. 천생 배우야.

— 고맙습니다, 감독님.

지니가 한껏 교태를 떨며 인사를 하자, 누군가 박 감독에게 다가와 귓속말로 속삭였다.

— 오늘은 처음이니까 이 정도만 하고 내일부터 본격적으로 작업을 해보자고.

박 감독의 말에 배우들은 옷을 주워 입고 스태프들은 일제히 짐을 정리하기 시작했다.

어두운 소품창고 안엔 뜨끈이가 잡혀와 있었다. 좌우로 건달들이

서 있었고 뜨끈이는 겁먹은 얼굴로 눈알을 굴리고 있었다. 덜컹, 문이 열리고 박 감독이 등장했다.

― 감독님…….

뜨끈이가 입을 열려고 하자 박 감독이 입을 다물라는 듯 쉿! 하며 손가락을 입에 갖다 댔다. 그는 의자에 앉아 담배를 피워 물고 복잡한 표정으로 뜨끈이를 바라보았다. 뜨끈이는 겁에 질려 눈치만 보고 있는데 박 감독은 한동안 말없이 담배만 피웠다. 창고 안에 정적이 감돌았다. 마침내 박 감독은 담배를 한 대 다 피우고 의자를 끌어당겨 뜨끈이 앞에 바싹 다가앉았다.

― 내가 요즘 잠을 잘 못 자. 왜냐하면 밤마다 너를 죽이는 꿈을 꾸거든. 그냥 단번에 죽이는 게 아니라 일단 칼집만 내는 거야. 요리할 때 고기나 생선에 양념이 잘 배라고 내는 칼집 있잖아. 그런 식으로 넉넉하게. 근데도 넌 죽지 않고 계속 주둥이를 놀려. 감독님, 제가 케이블방송 사업자를 잘 아는데요. 물론 캄보디아에 케이블방송 같은 건 없어. 그래서 이번엔 주둥이를 찢는 거야. 귀밑까지 죽. 그런데도 계속 주둥이를 놀려. 감독님, 제가 기가 막힌 아이템이 하나 있는데요. 물 골프라고 핀란드에선 요즘 유행하는 거거든요, 어쩌고 하면서. 그래서 이번엔 아가리를 벌리고 재갈을 물려. 치과에서 쓰는 그런 거 있잖아. 목젖까지 다 들여다보이는데 꿈속이지만 아주 징그럽더라고. 다행히 이젠 잠잠해졌어. 근데도 여전히 눈을 동그랗게 뜨고 날 비웃는 거야. 이 좆밥아, 하는 표정으로. 그래서 결국 눈

알을 파내. 그러고 나서야 난 겨우 잠이 들지.

박 감독은 선글라스를 벗고 길게 한숨을 내쉬며 말했다.

— 매일 밤, 나는 그걸 반복해.

뜨끈이는 겁에 질려 박 감독의 눈을 바라보았다. 이때였다. 세트장 뒤편에서 양 사장과 형근이 등장했다.

— 사장님!

박 감독과 뜨끈이가 동시에 외쳤다. 형근은 성큼성큼 박 감독에게 다가가 덥석 봉투를 하나 안겨주었다.

— 얘 몸값 가져왔어. 삼천. 됐지?

— 아니, 그게…….

박 감독이 억울한 듯 뭐라고 입을 열려고 했지만 양 사장이 선수를 쳤다.

— 우리 전에 얘기 끝낸 거잖아.

— 사장님. 그게…….

박 감독이 다시 항의하려고 하자 양 사장이 이번에도 입을 막았다.

— 그리고 전에 그 물건 말이야. 임자가 나타난 것 같아. 지금 숫자를 맞추고 있는데 조만간 결정이 날 거야.

— 그, 그렇습니까?

— 며칠 내로 연락할 테니까 물건이나 잘 간수해.

양 사장이 휑하니 밖으로 나가자 뜨끈이는 뒤를 놓칠세라 급히 따라 나갔다. 박 감독이 어리둥절한 표정으로 돈 봉투를 쳐다보는데 양 사장이 문밖에서 다시 고개를 내밀었다.

— 참, 지니 어때? 데리고 찍을 만해?

— 네, 그럼요. 아주 타고났더라고요. 몸매도 좋고…….

— 그래, 걘 평소에 하는 대로만 찍으면 그냥 영화야.

그리고 문 뒤로 휙 사라졌다. 박 감독은 또 뭔가 당했다는 기분에 혼잣말로 중얼거렸다.

— 씨발, 오늘도 또 하나 배웠네. 만날 배우기만 해, 만날.

. . .

삼 대리는 여관방에 모여 앉아 자장면을 먹으며 텔레비전 드라마를 보고 있었다. 구중궁궐의 암투를 다룬 사극으로 바로 경빈과 숙빈이 나오는 장면이 펼쳐지고 있었다.

— 저년 그렇게 독하게 굴더니 싸다, 싸.

응천이 단무지를 씹으며 말했다.

— 그러게, 난 쟤가 생긴 것도 그렇고 연기도 그렇고 마음에 안 들었어. 어떻게 저런 애를 캐스팅했는지 몰라.

용관이 말을 받았다.

— 가만히들 좀 있어 봐요. 지금 사약 받잖아요.

근식이 짜증을 내며 자장면 그릇을 들고 텔레비전 앞으로 바싹 다가앉았다. 하지만 경빈이 막 사약을 먹으려는 순간, 임금이 손을 들어 저지했다.

— 잠깐! 네가 정녕 그 사약을 마시고 내 앞에서 죽으려는 게냐?

왕의 말에 경빈이 처연히 고개를 들며 말했다.

— 전하께서 내리시는 거라면 술인들 못 마시고 사약인들 못 마시겠습니까? 비록 이걸 마시고 이승과 하직하더라도 신첩은 전하의 성은을 영원히 기억하겠나이다.

경빈이 다시 사약을 마시려는 순간, 왕이 빙그레 미소를 지으며 말했다.

— 그럴 거 없다.

— 그럴 거 없다니요?

— 이 모든 게 네 의중이 어떠한지 떠보느라고 그랬느니라. 이제 너의 진심을 알았으니 마실 필요가 없단 말이다.

그리고 왕은 돌아서서 신하에게 명령했다.

— 대신, 이 사약을 저 숙빈에게 내려라.

— 전하!

주변의 신하들이 다들 경악하자, 왕이 말을 이었다.

— 이미 사헌부에서 김가 무리와 내통한 자를 알아봤느니라. 그 결과 이 사약을 마셔야 할 자는 바로 저 숙빈이니라.

이때, 근식이 젓가락을 내던지며 말했다.

— 에이, 씨발. 무슨 드라마가 막장도 아니고……. 아니, 왜 멀쩡한 숙빈을 죽여? 쟤가 뭘 잘못했다고.

— 아니, 작가가 미친 거 아냐? 경빈이 죽어야지, 왜 저 착한 숙빈이 죽어?

— 그러게. 이래서 내가 드라마를 안 본다니까.

용관이 말하자 웅천이 자장면을 다시 먹으며 대꾸했다.

— 안 보긴 뭘 안 봐요? 제일 열심히 보면서…….

— 에이, 꺼버려. 볼 것도 없어.

근식이 텔레비전을 끄고 세 사람은 다시 자장면을 먹기 시작했다. 잠시 후, 용관이 입을 열었다.

— 그나저나 우리 언제까지 여기서 자장면만 먹으면서 기다려야 돼요?

— 박 감독이 먼저 연락할 때까지 전화하지 말라고 했잖아요.

— 지금 벌써 한 달째예요. 응? 그 사이에 어디 갖다 팔아먹고 입 닦았어도 모르고…….

— 그게 얼마짜리 물건인데 입 닦는다고 될 문제예요?

— 우리 이러지 말고 가서 얘기나 한번 해봅시다.

— 만나주질 않는데 어떻게 얘길 해?

— 이건 우릴 완전히 호구로 보고 있다는 얘긴데 우리도 뭔가 보여줘야 돼요.

— 뭘를 보여줘요?

— 아, 막말로 회칼이라도 들고 가서 땡깡도 부리고 협박도 하고예? 쇼부라도 쳐야죠. 우리가 지금 이 마당에 못할 짓이 뭐 있어요?

— 아니, 우리가 무슨 조폭도 아니고…….

— 조폭이 뭐 따로 있어요? 이렇게 몇 명이 모여서 연장만 차면 조폭이지.

근식의 말에 다들 긴장한 듯 서로 눈길을 교환했다.

···

부산의 손 회장은 오래전부터 알고 지내던 인천의 한 건달로부터 전화를 받았다.

— 누고?

— 네, 영감님. 저 석태입니다. 양석태.

— 어, 양 사장? 오랜마이네.

손 회장은 칠순이 가까운 나이였지만 여전히 카랑카랑한 목소리였다.

— 잘 지내셨습니까, 영감님?

— 내야 뭐 별일 없제. 근데 우얀 일이고, 양 사장이 전화를 다 하고.

손 회장은 부산항을 거점으로 일찌감치 밀수와 마약 등에 손을 대 명실공히 부산 주먹계의 대부로 오랫동안 군림해왔다. 그는 오래전 집중적인 밀수단속을 피해 인천항으로 잠시 루트를 돌린 적이 있었는데 당시 양 사장의 도움을 받은 바 있어 그간 돈독한 관계를 유지해오고 있었다.

— 뭐, 그냥 안부전화 드린 겁니다. 영감님은 여전히 건강하시죠?

— 건강하긴 뭐, 이제 여기저기 안 아픈 데가 없다. 그나저나 우리 갯가 놈들끼리 재밌는 사업 한번 벌여야제.

— 그래야죠. 그런데 영감님……

양 사장은 수화기를 떼고 잠시 호흡을 가다듬었다. 그가 전화를 걸고 있는 동안 맞은편 소파에선 원봉이 조마조마한 표정으로 눈치를 살피고 있었다.

— 혹시 말 한 마리 잃어버리신 거 있으시죠?

— 말? 있제. 언 놈이 우리 천둥이를 훔쳐가가……. 근데 양 사장이 그걸 우예 아노?

— 그 말이 저한테 있습니다.

양 사장이 단도직입적으로 말했다.

— 뭐라? 양 사장 니……. 니가 우리 천둥이를 데불고 있다고?

손 회장은 흥분해 말을 더듬었다.

— 네, 그렇습니다.

— 그러니까 니가 내 말을 훔쳐간기고?

— 그건 아니고요. 어찌어찌하다 제 손에 들어왔습니다.

— 아이고야, 우리 천둥이 어디 상한 데는 없고?

손 회장이 안도의 한숨을 내쉬며 물었다.

— 네, 아주 건강합니다. 걱정하지 마십시오.

— 근데 누꼬? 언놈이 우리 천둥이를 훔쳐갔노?

손 회장이 다시 흥분해 다그쳤다.

— 그게 저……. 훔쳐간 게 아니고 제 밑에 있는 애들이 뭔가 오해를 해서 실수로 가져온 모양입니다.

— 오해? 그기 오해를 하기엔 너무 크지 않드나?

손 회장의 목소리가 싸늘해졌다.

— 저, 영감님. 뒤끝 없이 넘어간다고 보장해주시면 말을 고스란히 넘겨드리겠습니다.

— 니 내를 협박하는 기가, 지금?

— 아니요, 감히 영감님한테 협박이라뇨? 그냥 제 밑의 애들이 실수를 했으니 좀 봐주십사고 부탁드리는 겁니다. 애초에 영감님 물건인 줄 알았으면 감히 손도 못 댔을 텐데 애들이 워낙 물정을 몰라서…….

— 됐다, 마. 내 지난 일 갖고 말하는 사람 아이다. 대신, 난중에 봐서 우리 천둥이 털끝 하나라도 이상이 있으모 알아서 해라이.

— 그럼요. 그럼 제가 수 일 내로 말을 데리고 한번 찾아뵙겠습니다.

— 아이다. 내 우리 천둥이 보러 직접 올라갈끼다.

— 뭐, 일부러 올라오실 필욘 없는데…….

— 괘안다. 내 양 사장 얼굴도 볼 겸해서 한번 올라갈란다. 모레 시간 괘안나?

— 네, 괜찮습니다.

— 그래, 그럼 내 다시 전화하꾸마. 그만 끊는다.

손 회장이 전화를 끊자 부하인 똘복이 물었다.

— 천둥이를 찾았십니꺼?

— 그래, 인천의 양 사장이 데불고 있다 카드라.

— 양 사장이 왜 천둥이를 데불고 있습니꺼?

— 낸들 아나. 그 인간이 뭔 수작을 부리는지 낼 보면 알겠제.

— 내일요? 모레 올라간다고 하지 않았습니꺼?

— 그기 작전이다. 모레 올라간다 캐놓고 낼 올라가 기습을 할끼
다. 애들 연장 채워서 준비 시키라. 내 양석태 일마를⋯⋯!

— 네, 알겠십니더.

갑자기 사무실 안에 긴장감이 감돌았다.

∙ ∙ ∙

양 사장의 사무실에서도 긴장감이 돌기는 마찬가지였다.

— 어떻게 됐습니까?

원봉이 초조하게 물었다.

— 직접 찾으러 올라온단다.

뭔가 불길했다. 손 회장이 움직이면 언제나 피바람이 불었다. 하
지만 양 사장은 태연했다.

— 걱정 마라. 그 영감이 말 한 마리 갖고 일 만드는 양반 아니다.

양 사장은 소파에서 책상 쪽으로 자리를 옮기며 말했다.

— 박 감독에게 전화 걸어봐라.

— 박 감독은 왜요?

— 다이아 문제를 해결해야지.

형근이 쳐다보자 양 사장은 미리 생각해둔 듯 말했다.

— 임자가 나타났으니까 내일 여기 사무실에서 만나자고 해. 물건 갖고 바로 맞교환하자고.

— 내일요?

— 그래, 내일 물건을 찾아놔야 모레 손 회장이 올라왔을 때 보여주지.

— 손 회장은 왜요?

— 그 양반 아니면 이 동네에선 그만한 물건 취급할 사람 없다.

두 사람은 양 사장의 빠른 두뇌 회전에 감탄한 듯 서로 얼굴을 마주 보았다.

— 그런데 박 감독이 순순히 물건을 넘겨줄까요? 그 인간도 바보가 아닌데…….

형근의 말에 양 사장은 서랍에서 뭔가 시커먼 쇠뭉치를 꺼내 들었다. 베레타 권총이었다. 형근과 원봉이 놀라 쳐다보자 양 사장은 권총을 잡고 이리저리 살펴보며 입을 열었다.

— 니들 이순신 장군이 어떻게 죽은지 알아?

— 이순신 장군요? 화, 화살에 맞아 죽은 거 아닌가요?

원봉이 자신 없다는 투로 되물었다.

— 다들 그렇게 생각하지? 근데 사실 이순신 장군은 총에 맞아 죽었어. 칼이나 화살이 아니라 총에 맞아 죽은 거라고. 사람들은 그 사실을 가끔 잊고 사는 것 같아. 근데 그게 언젯적 일인지 알아? 오백 년도 더 지난 이야기야. 그런데 우린 아직도 칼로 싸워. 총 한 자루 없이. 니들 이게 말이 된다고 생각해?

양 사장은 말을 마치고 총구를 여기저기 겨눠보았다. 원봉과 형근도 긴장한 표정으로 권총을 쳐다보았다.

— 그래도 혹시 모르니까 주차장에 애들 연장 채워서 대기시켜놔.

. . .

박 감독의 사무실에서도 비슷한 상황이 벌어졌다. 전화를 끊은 박 감독은 잠시 말이 없었다. 양 사장과 거래를 하고 나면 늘 기분이 찜찜했다. 뜨끈이 일만 해도 그랬다. 전라도 영암까지 내려가서 어렵게 잡아왔는데 바로 코앞에서 낚아채 간 것도 양 사장이었다. 이번 다이아몬드 건도 양 사장만 믿고 거래할 수는 없었다. 재주는 곰이 부리고 돈은 되놈이 먹는 일이 되풀이되어선 안 될 것이다. 그러니 단단히 준비해야 했다. 그는 제작부장을 돌아보며 말했다.

— 내일 양 사장 만나기로 했으니까 애들 연장 채워서 대기시키고 용가리, 너는 눈 똑똑히 뜨고 가방 잘 지켜.

— 양 사장하고 전쟁을 하는 겁니까?

제작부장이 물었다.

— 뭐 피할 수 있다면 피하겠지만 정 해야 한다면 할 수도 있지.

박 감독이 비장하게 말했다.

• • •

마지막은 장다리의 사무실이었다. 그는 원봉과 통화를 하고 있었다.

— 그 물건이 왜 박 감독한테 가 있어?

— 그건 나도 몰라. 하여간 정보만 주는 거니까 나중에 일이 잘못돼도 난 모르는 일이야.

— 뭐야, 발을 한쪽만 담그겠다는 거야?

— 그게 아니라 양 사장님이 부산 손 회장하고 쇼부쳐주기로 해서…….

— 손 회장? 그건 무슨 얘기야?

— 왜 전에 얘기한 말 있잖아. 종마 삼십오 억짜리.

— 근데?

— 그게 양 사장 손에 있어. 그걸 넘겨주고 일을 무마하기로 했거든.

장다리의 눈이 더 가늘게 찢어졌다.

― 그럼 당신은 좌표만 불러주고 빠져. 내가 알아서 할 테니까.

― 내일 두 시에 여기 사무실에서 만나기로 했어.

― 그래, 알았어.

전화를 끊은 장다리는 혼잣말로 중얼거렸다.

― 이십억짜리 다이아몬드와 삼십오억짜리 종마라……. 그럼 전부 얼마지?

― 오십오억이네요.

민짜가 대답했다. 그 옆엔 마떼기를 하는 영구와 그의 부하들이 대기하고 있었다.

― 재밌겠구먼.

장다리는 빙그레 웃으며 부하들에게 지시했다.

― 내일 아침에 애들 연장 채워서 봉고차에 실어봐. 우린 인천으로 간다.

― 그럼, 전쟁입니까?

영구가 긴장한 표정으로 묻자 장다리가 눈을 부릅뜨고 대답했다.

― 그래, 전쟁이다.

• • •

그날 밤, 지니는 박 감독의 침대에 누워 담배를 피우고 있었다. 샤워를 마친 박 감독은 지니 옆에 누워 그녀가 피우던 담배를 가져가 한 모금 빤 뒤, 만족한 듯 길게 연기를 내뿜었다.

— 감독님, 같이 일하는 여배우들은 다 이런 식이에요?

— 이런 식이라니?

— 그러니까 다 감독님하고 자는 거냐고요?

— 무슨 소리야? 난 프로감독이야. 일과 사생활은 어디까지나 별개라고.

— 그럼 나랑은 뭐예요? 일예요, 사생활예요?

지니가 다시 담배를 가져가 피우며 물었다.

— 지니랑은 사랑이지.

그리고 냉큼 지니의 몸 위에 올라갔다.

— 아휴, 거짓말을 해도 숨이나 쉬고 하세요.

지니는 새침을 떨며 박 감독을 옆으로 밀어냈다.

— 근데 다이아몬드라는 건 무슨 소리예요?

지니가 담배를 비벼 끄며 물었다.

— 다이아?

— 전에 양 사장님한테 보여준 거 있잖아요.

— 아, 그거? 내일 양 사장이 처분해주기로 했어. 그거만 잘 처리하면 지니한테도 좋은 선물 하나 사주려고 하는데……. 뭐 갖고 싶은 거 없어?

— 다이아요.

— 다이아? 다이아를 팔아서 다이아를 사달라고?

— 네, 아주 큰 거.

지니가 박 감독의 젖꼭지를 살짝 비틀며 말했다.

— 그래, 좋다. 내가 큰 거 하나 사줄게. 근데 양 사장은 어때?

— 뭐가요?

— 그러니까…… 그 늙은이가 아직도 그 짓을 해?

— 어머, 날 뭘로 보고 그런 소릴 해요?

— 아니, 뭐 둘이 그렇고 그런 사이 아냐?

— 어우, 징그럽게 무슨……. 우린 그냥 친구 사이에요, 친구.

— 양 사장이랑 친구라고?

— 그럼요. 사랑과 우정은 어디까지나 별개라고요.

지니가 새침하게 눈을 흘기자 박 감독은 몸살이 난 듯 부르르 떨다 지니를 와락 끌어안았다.

• • •

드디어 날이 밝았다. 그날은 각자의 인생에서 가장 중요한 날 중 하루가 될 터였다. 영암의 남 회장에게도 그날이 중요하긴 마찬가지였다. 호랑이를 동물원에 들여오기로 했기 때문이었다. 호랑이를 구한 것은 최근에 문을 닫은 동두천의 한 동물원을 통해서였다. 시베리아 호랑이가 동물원에 등장하면 내장객이 구름처럼 몰려올 거라고, 남 회장은 믿었다. 그것은 호랑이 같은 자신의 기상을 만천하에

드러낼 기회였다. 주민들은 그를 우러러보며 지역 발전에 이바지한 공로를 기려 마을 입구에 공덕비를 세워주고 그런 열렬한 지지자들의 등쌀에 떠밀려 마지못해 선거에 나가면 국회의원쯤은 떼놓은 당상, 이어 도지사 한두 번쯤 해주고 마침내 대……! 그 이후의 일은 당장 생각할 필요가 없었다. 이제 첫 단추를 꿰었으니 나머지 단추는 저절로 알아서 꿰어질 터였다.

또 한 가지, 기분 좋은 일이 있었다. 바로 사라진 뜨끈이의 행방을 알아낸 것이다. 인천의 양 사장인지 뭔지 하는 건달 밑에서 일을 하고 있다는 거였다. 어차피 호랑이도 구했으니 그냥 넘어갈 법도 했지만 남 회장은 절대 그런 사람이 아니었다. 은혜는 못 갚아도 원수는 꼭 갚는다는 어느 사극의 등장인물처럼 그도 절대 당하고는 못 사는 부류의 인간이었다. 그래서 호랑이를 사러 올라간 길에 부하들을 몰아 즉각 인천으로 운전대를 돌렸다. 그렇게 또 한 무리가 전쟁에 끼어들었으니 바야흐로 인천에 피바람이 불 기세였다.

• • •

울트라는 아침부터 작별의식을 거행하고 있었다. 말 울트라에게 값비싼 사료를 먹이고 말갈기를 손질해 말의 몸에선 윤기가 흘렀다. 말을 돌보는 동안 울트라는 가슴이 미어지는 슬픔에 자꾸만 눈물이 흐를 것 같았다. 울트라는 말 울트라를 지켜줄 수 없는 자신의 무능을 한탄하는 한편, 둘 사이를 갈라놓을 잔인한 운명에 가슴이 찢어질 것 같았다.

얼마 후면 공업용이 트럭을 가지고 말을 실으러 오기로 했다. 양 사장의 사무실에서 손 회장에게 말을 양도하기로 한 것이다. 종식이 형님은 아무 일 없이 끝나는 게 정말 다행이라며 부산의 손 회장이 얼마나 무서운 사람인지에 대해 장광설을 늘어놓았다. 그는 양 사장은 손 회장에 비하면 순한 양 같은 사람이라고 했다. 그 무섭다는 양 사장이 그 정도라면 손 회장이란 도대체 어떤 사람일까, 상상하며 공업용과 깡구는 몸서리를 쳤지만 울트라는 그가 얼마나 무섭든 아무 상관없었다. 진심으로 말 울트라를 위해 목숨을 버릴 수 있다면 그것도 행복할 거라는 기분이 들기도 했다. 하지만 그렇다고 해서 말을 지킬 수 있는 건 아니었다.

— 거 잘됐다. 그누무 망아지 새끼 때문에 가뜩이나 옹색한 집이 다리 뻗을 데도 없더니 잘됐네. 어여 갖다 줘라.

엄마가 옆에서 시원하다는 듯 일갈했다. 울트라는 울컥 화가 치밀었지만 일일이 응대할 기분이 아니었다. 슬픔을 혼자 삭일 수 있게 제발 혼자 내버려뒀으면 하는 바람뿐이었다. 하지만 그마저도 주변의 방해꾼들 덕에 쉬운 일이 아니었다. 공업용의 전화가 걸려온 것이다. 그는 차를 갖고 방금 출발했으니 준비하고 있으라고 했다. 이제 정말 작별인가? 울트라는 뱃속이 텅 빈 듯 허탈한 기분에 힘없이 휴대폰을 내려놓았다.

···

　장다리는 아침 일찍 안산에서 출발했다. 건달들이 탄 승합차 두 대가 뒤를 따르고 있었다.

　— 장 사장님, 틀림없이 그 물건이 맞는 거죠?

　옆에 앉은 엄 사장이 초조한 듯 물었다.

　— 그거야 나중에 직접 확인해보면 알 거 아녜요.

　— 그럼 전에 얘기한 대로 오 대 오도 틀림없는 거고요?

　장다리가 힐끗 노려보자 엄 사장이 움찔했다.

　— 아니, 뭐 장 사장님이야 셈이 틀림없는 분이라고 알고 있지만 혹시 잊어버렸을까 해서요.

　— 거 참, 말 드럽게 많네. 나중에 국물이라도 얻어먹고 싶으면 주둥이 닥치고 나중에 물건이나 잘 감정해서. 괜히 딴 생각하다 몸 상하지 말고. 알았어요?

　갑자기 싸늘하게 변한 장다리의 태도에 엄 사장은 똥 씹은 얼굴로 고개를 돌렸다. 역시 이 인간도 자신에게 뭔가를 나눠줄 상대는 아니었다. 양 사장 때도 그랬지만 결국 또 호랑이를 끌어들인 셈이었다. 역시 건달 놈들하곤 거래를 하면 안 되는 거였다. 엄 사장은 장다리를 끌어들인 걸 뼈저리게 후회했지만 이미 엎질러진 물을 주워 담을 수는 없었다. 그는 맹수들 틈바구니에서 어떻게 살아남아 다이아몬드를 지켜낼지 막막하기만 했다.

· · ·

마침내 양 사장의 사무실에 다이아몬드가 든 가방이 도착했다. 양 사장은 박 감독과 마주 앉았고 양옆으로 형근과 원봉, 용가리와 제작부장이 각자 양 사장과 박 감독을 호위하고 있었다.

― 물건을 먼저 봐야지.

양 사장이 입을 열자, 박 감독이 용가리에게 눈짓을 했다. 용가리는 가방을 테이블 위에 놓고 물러섰다.

― 그런데 저쪽 사람들은 아직 안 온 거예요?

박 감독이 가방을 열며 의아한 듯 물었다.

― 저쪽 사람 누구?

― 물건 살 사람요.

― 응, 그게 말이야, 설명하자면 좀 복잡한데……

양 사장이 머리를 긁적이며 뜸을 들였다.

― 사실 물건을 살 사람은 나야.

― 네? 사장님이요?

― 응, 그게 그렇게 됐어. 그런데 미안하지만 돈은 못 줘. 왜냐하면 이게 원래 내 물건이거든. 자기 물건을 돈 주고 사는 사람이 어디 있어?

박 감독은 양 사장의 말에 어리둥절한 표정으로 사람들을 둘러보았다.

— 그, 그게 무슨 얘깁니까? 지금 저랑 장난하시는 거예요?

— 장난이 아니고, 얘기하자면 긴데……. 야, 네가 설명 좀 해봐.

양 사장이 형근을 쳐다보자 형근이 나섰다.

— 박 감독, 이건 원래 우리 물건이야. 근데 사고가 생겼어. 누가 실수를 했는지 모르겠는데 물건이 없어진 거야. 물건을 나르던 애도 죽고. 그건 뉴스를 봐서 알겠지?

— 그런데……?

박 감독의 얼굴이 조금씩 일그러지기 시작했다.

— 그게 누구 짓인지는 우리도 몰라. 근데 당신이 이 물건을 갖고 나타난 거야. 그러니까 일이 어떻게 됐는지 설명할 사람은 우리가 아니라 바로 당신이야.

— 그건 밝힐 수가 없다고 했잖아. 이 바닥 룰도 몰라?

— 룰이고 지랄이고 왜 우리 물건이 당신한테 있는데!

두 사람의 목소리가 커지자 다시 양 사장이 끼어들었다.

— 다들 조용히 하고 내 얘기 들어봐. 우린 내일 이 물건을 처분할 거야.

— 내일요?

— 그래, 이 물건이 어떻게 박 감독 손으로 들어갔는지 모르지만 따질 거 없이 물건 값의 십 퍼센트를 줄게. 그게 싫다면 우리도 할 수 없어.

박 감독은 책상을 꽝 내리쳤다.

— 정말 저한테 이러실 겁니까?

— 응, 그럴 거야. 그러니까 그 물건 놔두고 조용히 나가. 나중에 십 퍼센트는 챙겨줄게. 그리고 나랑 다시 사이좋게 지내면 되는 거야.

박 감독은 어찌할 바를 몰라 얼굴이 붉으락푸르락했다.

— 그럼 제가 아, 그렇습니까? 죄송합니다. 그리고 순순히 물건을 내놓을 거라고 생각하셨어요?

— 물론 그렇진 않지. 그래서 내가 준비한 게 있어.

양 사장은 책상 앞으로 다가가 서랍을 열고 권총을 꺼내 들었다. 그리고 박 감독 쪽을 향해 겨누었다. 박 감독은 물끄러미 권총을 바라보다 갑자기 웃음을 터뜨렸다.

— 하하하!

처음엔 작게 키들대더니 웃음이 점점 더 커져 급기야 배를 잡고 박장대소했다. 다들 그런 박 감독을 어리둥절한 표정으로 쳐다보았다.

— 웃어? 여기 총알도 들었어. 진짜 총알.

양 사장의 말에 박 감독은 더 크게 웃었다.

— 지, 진짜 총알이래, 하하하!

박 감독이 계속 웃자 처음엔 이 인간이 미쳤나, 싶은 표정으로 쳐다보던 다른 사람들도 어느 순간 하나둘 따라 웃기 시작했다. 제작부장이 먼저 웃고 원봉과 형근도 같이 웃더니 급기야 양 사장도 배꼽을 잡고 키들대기 시작했다. 마치 전염병이라도 돈 것 같았다.

─ 사, 사장님, 지, 진짜 웃기셔! 그 총은 뭐야? 씨발, 영화도 아니고……. 하하하!

박 감독이 권총을 가리키며 웃자 사무실 안에 일제히 폭소가 터졌다. 오로지 웃지 않는 사람은 용가리뿐이었다. 그는 도대체 뭔 상황이지, 하는 표정으로 환각제라도 먹은 듯 책상을 치며 웃는 사람들을 멀뚱하게 쳐다보았다. 이때였다. 갑자기 쾅! 하고 문이 열리며 누군가 들이닥쳤다.

─ 꼬, 꼼짝 마!

• • •

같은 시각, 손 회장이 몰고 온 벤츠와 그의 부하들이 탄 승합차가 주차장으로 들어섰다. 똘복의 지시로 부산의 건달들은 일제히 연장을 꺼내 들었다. 그들이 차에서 내려 건물 안으로 진입하려고 할 때였다. 또 한 대의 벤츠와 승합차가 주차장으로 들이닥치더니 곧 요란한 옷차림의 논두렁건달들이 차에서 쏟아져 내렸다. 바로 남 회장과 영암의 건달들이었다. 그들은 모처럼의 서울 나들이에 잔뜩 흥분해 차에서 내렸는데 바로 코앞에서 다른 건달 무리와 맞닥뜨렸다.

─ 저것들은 다 뭐다냐?

영암파는 연장을 든 낯선 건달들을 보고 주춤했다. 그들도 본능적으로 연장을 꺼내 들었다. 부산의 건달들 또한 이상한 옷차림의 건달들을 보고 멈칫했다. 말이 필요 없었다. 연장을 든 건달들이 서로 대치했으니 주차장 안은 금세 일촉즉발의 긴장감이 감돌았다.

— 저건 뭐꼬?

— 양 사장이 전라도 건달들을 끌어들인 모양입니다.

똘복이 대답하자, 손 회장의 표정이 일그러졌다.

— 그 여시 같은 놈이 벌써 눈치 챈 기라.

상대 쪽에선 점박이가 남 회장에게 말했다.

— 아무래도 양 사장이 경상도 건달들을 끌어들인 것 같제라.

— 내 이 호로새끼를!

상대에 대한 커다란 오해가 긴장감을 더욱 고조시켰다. 손 회장이 먼저 남 회장을 향해 말을 건넸다.

— 거 누군지 우리 통성명이나 하입시더. 내 부산의 손이라고 카는데……

손 회장은 그쯤 하면 상대가 알아서 무릎을 꿇고 납작 엎드릴 거라고 생각했다. 전국 어딜 가도 모두가 알아주는 건달계의 대부였기 때문이었다. 하지만 영암에선 그냥 지나가는 개일 뿐이었다.

— 아따, 워디서 왔능가 했드만 경상도 보리 문둥이구마이.

대뜸 보리문둥이 얘기가 나왔다. 그래도 손 회장은 연륜이 있었다. 뭔가 오해가 있는 거라고 생각했다. 그는 애써 화를 억누르며 대화를 이어가고자 했다.

— 부산은 경상도 아입니다. 내 문둥이도 아이고. 그러니까네 경

상남도, 경상북도 있고, 부산은 따로 턱별시. 학교에서 안 배아쓰요?

— 아따, 말 재밌게 해부러야. 그럼 턱별시 문둥이구마잉.

남 회장의 농담에 영암의 건달들이 일제히 웃음을 터뜨렸다.

오늘은 아무래도 일진이 안 좋은 날인 모양이었다. 난데없이 듣도 보도 못한 논두렁 건달들이 나타나더니 문둥이라고 놀려대고 있었다. 손 회장이 문둥이 소리를 들은 건 사십 년도 더 지난 일이었다. 그래서 모욕을 당했을 때 어떻게 대응해야 하는지 잊고 있었다. 그는 기분이 더러웠지만 애써 참으며 좀 더 대화를 이어가려고 했다.

— 내사 마 그러니까네 턱별시가 아이고 턱별시라카이…….

손 회장이 뭔가 말을 꺼내려는데 남 회장이 말을 잘랐다.

— 그쪽도 뜨끈이 때문에 왔능가. 근데 으쩌냐? 갸는 나가 먼저 볼 일이 있는디…….

이건 또 무슨 소리지?

— 뜨끈이가 뭐꼬?

손 회장이 똘복에게 묻자 똘복도 고개를 갸우뚱했다.

— 아따, 그것도 모르셔? 뜨뜻미지근혀서 뜨끈이 아니오. 내 고호로새끼를 당장 회를 쳐불랑게 어여 내놓으드라고잉.

아아! 전라도와 경상도가 그토록 머나먼 땅이었던가? 손 회장은 남 회장이 하는 말을 한 마디도 알아들을 수가 없었다. 뜨뜻미지근해서 뜨끈이라니, 대체 무슨 뜻일까?

— 거 뭔가 오해가 있는 모양인데 우리는 말을 찾으러 왔으니까네 고마, 우리 천둥이만 내놓으모 조용히 가삘기라.

— 천둥이는 또 뭐다냐?

상대의 말을 알아듣지 못하는 건 영암파도 마찬가지였다.

— 천둥이는 말이라 안 카능교?

손 회장의 인내심은 점점 바닥이 나고 있었다.

— 말? 아따, 거 참 말 드럽게 많네잉.

남 회장은 농담이랍시고 말을 내뱉었다. 손 회장의 인내심은 거기까지였다. 그는 부하들을 둘러보며 외쳤다.

— 다 직이삐라, 마!

동시에 남 회장도 외쳤다.

— 다 조사부러라잉!

영암의 건달들과 부산의 건달들은 각자 회칼과 야구방망이, 장도리와 까꾸 등 연장을 휘두르며 일제히 상대를 향해 돌진했다. 그렇게 주차장은 삽시간에 전쟁터가 되었다.

• • •

양 사장의 사무실 안으로 들이닥친 건 바로 삼 대리였다. 근식은 신문지에 싼 부엌칼을 꺼내 이리저리 겨누며 소리쳤다.

— 다들 꼼짝 말고 있어!

한참 배꼽을 잡고 웃던 양 사장과 박 감독 등 일행은 잠시 놀라 웃음을 멈췄다가 부엌칼을 보고 다시 박장대소했다. 사무실에 있던 일행이 자신을 보고 배꼽을 잡자, 삼 대리는 무르춤해서 엉거주춤 서 있었다.

— 야, 니들 뭐하는 거야?

박 감독이 배꼽을 잡고 웃으며 물었다.

— 이거 안 보여요? 우리 다이아 어디 있어요?

근식이 애써 용기를 내 부엌칼을 들어 보이며 물었다. 하지만 그의 행동에 다시 사람들이 일제히 웃었다.

— 얘네들 진짜 골 때린다. 야, 니들 저거 안 보여?

박 감독이 양 사장을 가리키자 그제야 삼 대리는 양 사장이 겨누고 있는 권총을 발견했다. 그들은 깜짝 놀라 비명을 지르며 칼을 떨어뜨리고 양손을 번쩍 치켜들었다.

— 니들이 누군진 모르겠는데 우린 지금 바쁘니까 총알 먹고 싶지 않으면 조용히 꺼져.

양 사장이 총을 겨누며 턱짓을 하자 삼 대리는 비명을 지르며 번개같이 뒤돌아 밖으로 뛰어나갔다. 그 행동에 다시 웃음이 터졌다.

• • •

— 으아!

삼 대리는 양손을 번쩍 치켜든 채 일제히 비명을 지르며 복도를 달려가다 모퉁이를 돌아 엘리베이터 앞에 멈춰 섰다.

— 씨발, 초, 초, 총이 있어, 총이!

— 그럼 그냥 가는 거예요?

— 아, 그럼 총이 있는데 어떡해요? 칼로 총을 이길 것 같아요?

그들이 티격태격하며 겨우 숨을 몰아쉴 때였다. 바로 코앞에서 엘리베이터 문이 열리며 회칼과 각목 등으로 무장한 건달들이 우르르 몰려나왔다. 바로 장다리 일행이었다. 삼 대리는 기겁을 하고 놀라 다시 뛰기 시작했다. 그들은 비상구를 통해 계단으로 구르다시피 뛰어 내려가며 계속 비명을 질렀다.

— 으아!

. . .

같은 시각, 종식과 부하들은 지하 주차장에서 대기하고 있었다. 벤츠 트럭이 한 대 들어오더니 공업용이 차에서 내려 종식에게 달려왔다.

— 말 실어 왔어?

종식이 묻자, 공업용은 난감한 듯 고개를 가로저었다.

— 왜? 울트라는 어디 갔어?

— 몰라요. 없어졌어요.

— 뭐? 말은?

— 말도 없어지고요.

공업용의 대답에 종식이 대뜸 따귀를 올려붙였다.

— 너 이 새끼, 어떻게 된 거야?

— 몰라요, 저도…….

공업용이 뺨을 어루만지며 대답했다.

— 밖에서 기다리고 있는데 한참 지나도 안 나오기에 들어가 보니까 감쪽같이 사라졌더라고요. 말도 없어지고. 걔네 엄마도 모른대요, 어디 갔는지.

— 뭐야? 그 말 없어지면 우린 다 죽어, 이 새끼야!

• • •

복도에 부하들을 대기시킨 장다리는 엄 사장과 민짜를 대동해 사무실 문을 열고 안으로 들어섰다. 그리고 삼 대리처럼 어리둥절한 표정으로 우뚝 멈춰 섰다. 사무실에 있던 일행들이 다들 배꼽을 잡고 웃고 있었기 때문이었다. 양 사장은 눈물을 훔치며 웃다 장다리를 알아보았다.

— 어? 얜 또 뭐야?

그의 말에 다시 일제히 웃음이 터졌다.

씨발, 이 분위기는 뭐지? 장다리는 자신을 보고 비웃는 것 같아 기분이 상했다. 그래서 양 사장을 향해 도전적으로 물었다.

— 지금 여기서 뭐 하는 거예요?

양 사장이 되물었다.

— 그러는 넌 여기서 뭐 하는 건데?

또 웃음이 터졌다.

— 너도 다이아 가지러 왔어?

양 사장의 말에 장다리의 시선은 테이블 한가운데 놓여 있는 가방으로 향했다. 그 시선에 웃음이 그치고 다시 사무실 안에 긴장감이 감돌았다. 장다리는 뚜벅뚜벅 걸어와 소파에 앉았다. 그 뒤엔 민짜와 엄 사장이 자리 잡았다.

— 다들 뭔가 재밌는 일이 있었던 모양이죠? 근데 진짜 임자는 따로 있는데 남의 물건 갖고 장난치면 안 되는 거 아닙니까?

— 진짜 임자가 누군데?

박 감독이 채 웃음기를 거둬내지 못하고 물었다.

— 왜 이러세요, 다들 알다시피 이 물건의 진짜 임자는 바로 여기 엄 사장 아닙니까?

그제야 양 사장은 엄 사장을 알아보고 물었다.

— 어? 엄 사장은 여기 웬일이야? 베트남 아직 안 갔어?

또 웃음이 터졌다. 양 사장은 말을 한마디 할 때마다 시쳇말로 빵빵 터지자 한껏 기분이 고조되었다.

— 좋아, 그럼 일단 앉아서 차분하게 정리를 해보자고. 원래 이

물건은 엄 사장 거였다 이거지. 그런데 장다리 너는 왜 끼어들었어?

— 나야 어디까지나 일을 바로잡으려고 한 거죠. 원래 임자에게…….

— 개소리 집어치우고 네가 먹기로 한 게 얼마야?

장다리는 잠깐 망설이다 말을 내뱉었다.

— 오 대 오요.

— 그럼 박 감독은? 넌 이 물건 처분해주고 얼마 받기로 한 거야?

— 뭐, 나도 오는 먹어야죠.

— 그럼 여기 엄 사장도 오는 먹어야 되고 나도 오는 먹어야 되는데……. 씨발, 그럼 물건이 열 개밖에 없는데 다들 만족하려면 스무 개는 있어야 된다는 얘기잖아.

양 사장은 책상 위에 권총을 내려놓고 회의를 주재하듯 사람들을 둘러보았다.

— 자, 그럼 이걸 어떻게 해결하면 좋겠어? 그냥 여기서 사 분지 일씩 먹고 조용히 끝낼래? 아니면 전쟁을 벌여서 이기는 놈이 다 갖는 거로 할래?

박 감독이 먼저 번쩍 손을 들었다.

— 난 사 분지 일이면 조용히 내놓고 갈래요.

박 감독의 입장에서 그 정도면 땡큐였다. 삼 대리에게 반쯤 떼줘도 손 안 대고 코 푸는 격이었으니 불만이 있을 리 없었다.

— 그럼 장 사장은?

— 나도 그러면 오케이예요.

장다리도 내심 만족했다. 한꺼번에 다 먹자고 위험을 무릅쓸 필요는 없었다.

— 좋아, 그럼 나도 콜인데…… 엄 사장은?

양 사장이 막 엄 사장 쪽을 돌아봤을 때였다. 갑자기 엄 사장이 자리에서 벌떡 일어서더니 양 사장의 책상 위에 놓여 있던 권총을 낚아채 갔다. 전혀 예상치 못한 일이었고 워낙 순식간에 벌어진 일이라 아무도 손을 쓰지 못했다. 그리고 어, 하며 지켜보는 사이에 엄 사장은 권총을 들어 사람들을 향해 겨눴다.

— 다들 주둥이 닥치고 내 말 들어.

• • •

삼 대리는 비상구를 통해 겨우 건물을 빠져나왔다. 그리고 눈앞에서 벌어지고 있는 풍경에 다시 비명을 지를 수밖에 없었다. 주차장에선 전라도 깡패와 부산 깡패들의 패싸움이 벌어지고 있었다. 각목으로 내리치고 회칼로 쑤시고 까뀌로 찍고……. 바로 코앞에서 피가 튀고 머리가 깨지고 비명이 난무했다. 생전 제대로 싸움 한 번 해본 적 없었던 그들은 코앞에서 펼쳐지는 살벌한 장면에 오금이 저려 울고 싶은 심정이었다. 이때, 건달 한 명이 그들 쪽으로 다리를 질질 끌며 도망오는데 뒤쫓아온 건달이 야구방망이로 머리를 내리쳤다. 퍽! 하며 삼 대리의 얼굴로 피가 튀었다. 그들은 다시 비명을 지르며 주차장 밖으로 달려나갔다.

— 으아!

...

— 어, 엄 사장. 왜 이래? 진정하고 얘기 좀 해.

양 사장이 엄 사장을 제지하려고 했지만 이미 눈이 뒤집힌 그에겐 보이는 게 없었다.

— 씨발, 다들 똑같은 새끼들이야.

그는 총을 이리저리 겨누며 내뱉었다.

— 누구 하나 내 편이 있을 줄 알았는데 다 나를 이용만 하고 아무도 내 편이 없어.

— 엄 사장, 난 당신 편이야. 지금 우리 그 얘기를 하고 있었잖아.

— 뭔 얘기를 해? 남의 물건 갖고 니들끼리 나눠 먹자고? 사 분지 일? 개소리하지 마. 이건 다 내 물건이야.

엄 사장은 총으로 사람들을 위협하며 다이아몬드가 든 가방을 가져가 품에 끌어안았다. 그리고 도망가려는 듯 입구 쪽으로 다가갔다.

— 엄 사장, 여기서 나가봐야 어차피 밖으로는 못 빠져나가. 지금 밖에 우리 애들이 몇 명이나 대기하고 있는지 알아?

양 사장이 천천히 다가가며 설득하자 엄 사장이 주춤했다.

— 그리고 나만 애들을 불러들인 게 아냐. 박 감독, 애들 몇 명 불렀어?

— 한 이십 명 불렀죠.

박 감독이 담배를 꺼내 물며 말했다.

— 장 사장은?

— 우리 애들도 한 열댓 명 되죠.

장다리도 담배에 불을 붙이며 대답했다.

— 거 봐, 그럼 전부 몇 명이야. 그 많은 애들을 권총 한 자루 갖고 어떡하겠다는 거야? 다 쏴 죽이려고?

그제야 엄 사장은 상황을 깨달은 듯 창밖을 내다보았다. 주차장에선 영암파와 손 회장파의 패싸움이 한창이었다. 그 살벌한 풍경을 본 엄 사장은 좌절한 듯 울상이 되었다.

— 그래, 씨발. 어차피 여길 빠져나갈 순 없겠지.

엄 사장은 권총을 내려다보다 뭔가 결심이 선 듯 표정이 비장하게 바뀌었다.

— 근데 내가 못 빠져나가면 니들도 못 빠져나가.

— 그게 무슨 소리야?

— 내가 여기서 죽으면 니들은 다 용의자가 돼서 줄줄이 경찰에 달려가겠지. 양 사장, 너는 항재를 죽이고 다이아를 훔쳤지. 그리고 박 감독, 너는 그 장물을 처분했고, 장 사장, 너는…… 너는…….

엄 사장은 장다리에게 총을 겨누고 씹어뱉듯 말했다.

— 넌 그냥 개새끼야.

그리고 엄 사장은 총구를 자신의 입으로 가져갔다.

— 자, 난 먼저 갈 테니까 니들끼리 알아서 잘해보라구.

탕!

방아쇠가 당겨졌다. 벽에 피가 튀고 엄 사장은 짚단처럼 풀썩 바닥에 쓰러지고 가방은 허공을 날아갔다. 하지만 다들 죽은 엄 사장을 망연자실하게 쳐다보느라 가방의 행방을 알지 못했다. 가방이 떨어진 곳은 바로 용가리의 코앞이었다. 제일 먼저 상황을 파악한 박 감독이 용가리에게 소리쳤다.

— 빨리 갖고 튀어!

그제야 용가리도 정신을 차린 듯 덥석 가방을 들고 후다닥 밖으로 도망쳤다.

— 잡아!

뒤늦게 양 사장이 소리치자 형근이 입구를 향해 달려나갔다.

— 잡아!

장다리와 민짜가 따라 나갔고 원봉과 제작부장, 박 감독과 양 사장 등이 모두 한꺼번에 입구로 몰려갔다. 입구엔 죽은 엄 사장의 몸에서 흘러나온 피가 바닥을 붉게 물들이며 점점 더 넓게 퍼져나가고 있었다. 맨 먼저 달려 나갔던 형근이 핏물에 미끄러져 나뒹굴자,

뒤이어 따라오던 사내들이 다 같이 한데 뒤엉켜 바닥을 뒹굴었다.

— 야, 이 씨발 새끼야, 비켜!

— 니가 비켜, 개새끼야!

— 내가 먼저야, 씨발!

— 다 죽여!

일곱 명의 사내는 한데 뒤엉킨 채 서로 먼저 나가겠다고 악다구니를 썼다. 그들은 상대의 발목을 잡고 이빨로 물고, 머리로 박고, 발버둥 쳤지만 바닥이 미끄러워 아무도 밖으로 나가지도 못한 채, 온몸이 피범벅이 되어 마치 끔찍한 전쟁이라도 치른 듯 하나같이 아수라 같은 몰골이 되어갔다.

• • •

용가리가 가방을 들고 밖으로 나왔을 땐 여전히 주차장에서 전쟁이 계속되고 있었다. 야구방망이가 붕붕거리며 날아다니고 피가 튀고 비명이 터져나왔다. 전라도 사투리와 경상도 사투리가 한데 뒤엉켜 더욱 시끄러웠다. 용가리는 재빨리 지하로 내려가는 계단으로 향했다.

지하 주차장엔 종식과 깡구, 공업용이 대기하고 있었다. 종식은 형님들이 알기 전에 빨리 말을 찾아와 일을 바로잡으려고 했지만 도무지 울트라의 행방을 알 수 없어 발을 동동 굴렀다. 깡구와 공업용은 울트라를 알 만한 사람들에게 계속 전화를 돌리고 있었다.

이때, 가방을 든 용가리가 지하 주차장으로 들어섰다. 종식은 키가 이 미터가 넘는 장골의 사내가 등장하자 잔뜩 긴장했다. 손에 든 가방도 그렇고 농구장에서나 본 큰 키도 그렇고 어딘가 예사롭지 않은 분위기였다.

— 어이, 거기 뭐야?

종식이 부르자 용가리는 종식 일행을 돌아보고 같잖다는 듯 피식 웃었다.

— 어? 웃어? 너 이리 와봐.

용가리가 성큼성큼 걸어와 종식 앞에 섰는데 가슴이 종식의 코앞에 있었다. 얼굴을 보려면 고개를 들어야 했는데 종식은 올려다보는 게 자존심이 상해 계속 가슴을 보며 말했다.

— 씨발 새끼, 눈 안 깔아?

종식이 눈을 부라렸는데 이상하게 몸이 둥실 허공에 떠올라 용가리의 얼굴이 코앞에 나타났다. 키가 커진 게 아니었다. 용가리가 멱살을 잡아 번쩍 들어 올린 거였다.

— 야, 이거 안 봐. 이 좆만 한 새끼가!

종식이 다구빨을 세웠지만 어디를 봐도 용가리는 좆만 한 새끼는 아니었다. 이때, 공업용이 달려들어 공업용 망치로 용가리의 어깨를 힘껏 내리쳤다.

— 아!

용가리는 비명을 지르며 종식을 내동댕이쳤다. 휴지처럼 구겨진 종식이 소리쳤다.

— 야, 죽여!

동시에 깡구가 달려들어 용가리의 등 뒤에 올라타 귀를 물어뜯었다.

— 아!

이번에 깡구를 내동댕이쳤다. 다시 공업용이 달려들어 니킥을 날렸다. 하지만 니킥으로 맞출 수 있는 부위가 아무 데도 없어 그의 무릎은 공연히 허공을 갈랐다. 그도 역시 내동댕이쳐졌다. 세 사람은 젊은 패기를 믿고 다들 열심히 노력했지만 끝내 신체의 한계를 극복하지 못하고 떡이 되어 주차장 바닥에 나뒹굴었다. 허무한 싸움이었다.

잠시 후, 용가리는 가방을 들고 차를 세워둔 곳으로 걸어갔다. 이때, 누군가 앞을 막아섰다. 이번엔 또 뭐야, 하는 기분으로 용가리가 고개를 돌리자, 형근이 서 있었다. 그는 빨간 물감을 뒤집어쓴 듯 온몸이 피범벅이 된 채 숨을 헐떡대고 있었다.

— 그 가방 놓고 가면 순순히 보내줄게. 어때, 너도 싸우고 싶지 않지?

형근이 짐짓 양복 윗도리를 벗으며 위협하자, 용가리가 비식 웃으며 대답했다.

— 아니, 난 싸우고 싶은데…….

순간, 픽! 형근이 닳고 닳은 싸움꾼답게 기습적으로 턱에 한 방을 먹였다. 그 정도면 대개의 상대는 바닥에 길게 뻗게 마련이었다. 하지만 용가리는 간지럽다는 듯 턱을 어루만지더니 형근을 덥석 들어 올려 허리를 우두둑 꺾었다.

— 으악!

형근은 허리가 끊어질 것 같은 고통에 소리를 지르다 구둣발로 용가리의 불알을 힘껏 찼다. 용가리가 비명을 지르며 팔에 힘이 풀렸다. 그 틈에 형근은 재빨리 떨어져 나왔다. 하마터면 불구가 될 뻔했다. 엄청난 괴력이었다. 형근은 거리를 재며 밖으로 빙빙 돌았지만 두 사람의 사이즈는 너무 큰 차이가 있었다. 아무리 뛰어난 싸움꾼이더라도 승산이 없었다. 몇 방 주먹을 먹일 수는 있지만 제대로 한번 걸리면 불구가 될 판이었다. 주위를 둘러보던 형근은 주차장 구석에서 뭔가를 발견하고 재빨리 옷을 벗기 시작했다. 와이셔츠를 벗고 러닝셔츠를 벗고 바지도 벗고 구두와 양말도 벗어 팬티만 한 장남게 되었다.

— 뭐하나?

용가리가 어이없다는 듯 코웃음을 쳤다.

주차장 구석엔 엔진오일을 갈고 남은 폐유가 담긴 깡통이 있었다. 형근은 그 폐유를 몸에 바르기 시작했다. 이번엔 빨간 물감이 아니라 까만 물감을 뒤집어쓴 격이었다. 형근은 아예 폐유를 머리 위에 부어 온몸이 선탠오일을 바른 아프리카 흑인처럼 반질반질해졌다. 준비를 마친 그는 덤비라는 듯 용가리를 향해 손가락을 까딱해 보였다. 용가리가 달려들자 재빨리 퍽! 주먹을 날렸다. 용가리는 이번에도 아랑곳하지 않고 형근의 허리를 붙잡았다. 그런데 기름에 미끄러져 상대가 미꾸라지처럼 빠져나갔다. 그제야 용가리는 형근이 폐유를 뒤집어쓴 이유를 깨달았다. 이후, 싸움의 양상은 잡으려는 자와 빠져나가려는 자, 때리려는 자와 피하려는 자의 싸움이었다.

　시간이 흐를수록 두 사람은 만신창이 되어갔다. 싸움이 쉽게 끝날 거라고 생각했던 용가리도 당황한 기색이 역력했다. 몸이 둔한 거구의 사내가 형근을 잡는 건 쉽지 않았다. 어쩌다 팔다리를 잡더라도 여지없이 기름에 미끄러져 미꾸라지처럼 빠져나가곤 했다. 주먹을 휘둘러보았지만 얌체공처럼 빠르게 움직이는 상대를 제대로 맞출 수 없었다. 형근은 철저히 밖으로 돌며 빈틈이 보일 때마다 날카롭게 펀치를 날렸다. 용가리는 점점 더 느려졌고 치명적인 타격을 자주 허용했다. 그도 이젠 온몸이 피투성이가 되었다. 눈이 부어오르고 여기저기 상처를 입은 건 형근도 마찬가지였지만 그는 조금씩 점수 차를 벌려 나갔다. 몇 차례 급소를 노려 친 주먹이 제대로 들어가고 마침내 형근의 결정타가 용가리의 관자놀이에 꽂혔다. 퍽! 소리와 함께 용가리의 거대한 몸이 서서히 무너져 내렸다. 그리고 쿵, 하며 앞으로 고꾸라졌다. 그 장면은 마치 코끼리가 사자 무리에게 공격을 받아 쓰러질 때처럼 장엄한 슬픔이 서려 있었다. 생태계의 속성이란 언제나 그토록 가혹하고 잔인한 것이었다.

　그날의 싸움은 형근이 그간 치러온 수많은 싸움 가운데 가장 격렬한 싸움이었다. 한동안 바닥에 누워 숨을 몰아쉬던 그의 눈에 다이아몬드가 든 가방이 들어왔다. 자리에서 일어서려는데 우두둑하며 무릎이 꺾어졌다. 싸우는 도중에 관절을 다친 모양이었다. 그뿐이 아니었다. 허리에서도 끔찍한 통증이 느껴졌고 어깨도 빠진 듯 팔을 움직일 수 없었다.

　— 씨발…….

　그는 다시 자리에 벌렁 드러누웠다. 한없이 허탈한 기분이었다. 목숨을 걸고 죽을 둥 살 둥 싸웠는데 아무도 자신을 지켜보는 사람이 없었다는 사실이 서글프기도 했다. 그것이 건달의 운명일까? 그는 문득 외롭다는 기분이 들었다.

　형근은 겨우 팔을 움직여 힘겹게 주머니에서 핸드폰을 꺼내 들었다. 그리고 번호를 눌렀다. 잠시 후, 상대가 전화를 받았다.

　— 여보세요.

　— 여보세요는 인마, 이름이 떴을 텐데 뭘 여보세요야?

　— 어쩐 일이세요?

　루돌프의 목소리가 냉랭했다.

　— 새끼, 너 삐졌냐? 내가 전화 안 받는다고?

상대는 말이 없었다. 형근은 길게 한숨을 내쉬었다.

　— 너 그러지 말고…… . 아!

　형근이 자세를 바꾸려다 비명을 질렀다. 늑골이 부러졌는지 숨을
쉴 때마다 고통스러웠다.

　— 왜 그래요, 형님?

　— 나 오늘 싸움 좀 했다.

　— 형님이 지금 나이가 몇인데 싸움을 해요?

　— 그래, 그럴 나이는 아닌데, 그래도 건달은 싸워야 할 때가 있는
거야.

　— 근데 저한테 웬일로 전화를 다 했어요?

　— 웬일로 전화를 했냐 하면 내가 할 말이 있거든.

　— 무슨 말이요?

　— 그러니까 그게…… .

　형근은 잠시 망설이다 결심한 듯 내뱉었다.

　— 야, 루돌프. 사랑한다.

　뚝, 루돌프는 갑자기 필름이 정지된 듯 말이 없었다.

　— 지금…… 뭐라고 그랬어요?

　— 사랑한다고, 인마!

　형근이 버럭 소리를 질렀다. 잠시 수화기 저편에서 침묵이 흘렀
다. 뭔가 목이 메는 듯 꺽꺽대는 소리가 들렸다.

　— 너 사내 새끼가 우냐?

— 아, 아녜요.

— 뭐가 아냐, 인마. 너 우는 것 같은데…….

하지만 정작 울고 싶은 건 형근이었다. 그는 자꾸만 목이 메고 눈물이 흐를 것 같아 이를 악물었다.

— 고, 고마워요, 형님.

루돌프의 목소리에 콧날이 찡해졌다.

— 고맙긴, 새끼. 하여간 개소리하지 말고 지금은 바쁘니까 나중에 통화하자. 그만 끊는다.

그동안 루돌프에 대해 생각하면 언제나 가슴이 답답했다. 그런데 막상 전화를 끊고 나자 십 년 묵은 체증이 내려간 듯 기분이 홀가분했다. 그럼 앞으로 두 사람은 어떻게 되는 거지? 잠깐 생각했지만 곧 씨발, 될 대로 되라는 심정이 들었다.

형근은 가방을 향해 엉금엉금 기어갔다. 어디를 어떻게 다쳤는지 몇 미터 기어가는데도 끔찍한 고통이 밀려왔다. 그가 겨우 앞으로 다가가 가방을 막 집으려는 순간이었다.

또각또각, 하이힐 소리가 지하 주차장에 울려 퍼졌다. 그리고 휙! 눈앞에서 가방이 사라졌다. 형근이 고개를 들어보니 미니스커트를 입은 한 여자가 가방을 들고 태연하게 걸어가고 있었다.

— 야!

여자가 뒤를 돌아보자 선글라스를 쓴 갸름한 얼굴이 눈에 들어왔다. 지니였다.

— 너 뭐하는 년이야!

지니는 태연하게 되돌아오더니 형근 앞에 쭈그리고 앉아 놀리듯 말했다.

— 아저씨, 몸이 많이 상한 것 같은데 이년 저년, 욕하지 말고 빨리 병원이나 가보세요.

형근은 그녀를 잡으려고 했지만 팔이 닿지 않았다. 지니는 발딱 일어서서 가방을 들고 다시 또각또각 걸어갔다.

— 야! 너 그 가방 안 내놔!

형근은 악을 썼지만 몸을 가눌 수 없어 지렁이처럼 바닥에 누운 채 버둥거릴 뿐이었다.

— 야! 내가 너 빤쓰 봤어, 이년아! 너 가방 안 내놓으면⋯⋯!

순간, 픽! 하는 소리와 함께 형근은 턱에 강렬한 통증을 느끼고 정신을 잃고 말았다. 그 앞으로 키가 큰 사내가 빠르게 지니의 뒤를 따르고 있었다.

・・・

지니가 차 문을 열려는 순간, 누군가 머리채를 획, 잡아챘다.

— 아!

돌아보니 장다리였다.

— 이 쌍년!

장다리는 뺨을 철썩, 올려붙였다.

— 이거 놔!

지니는 상대를 뿌리치려고 했지만 머리채를 잡혀 꼼짝할 수 없었다.

— 이 걸레 같은 년, 남의 돈을 떼어 처먹고 여기 와서 요조숙녀 행세하면 아무도 모를 줄 알았어?

장다리가 뺨을 다시 호되게 후려치자 지니는 가방을 놓치고 바닥에 나뒹굴었다. 그녀는 엉금엉금 기어서 도망가려고 했지만 어느새 장다리가 다가와 목덜미를 움켜쥐었다. 그리고 품에서 회칼을 꺼내 목에 겨누었다.

— 내가 잠깐 볼 일이 있는데 개수작 부리면 얼굴에 오선지를 그어줄 거야. 알았어?

주차장 구석엔 커다란 적재함이 실린 벤츠 트럭이 한 대 서 있었다. 장다리는 차에 바싹 붙어 몰래 운전석 쪽으로 다가갔다. 한 손엔 칼을, 한 손엔 지니의 손목을 잡고 있었다. 운전석 가까이 다가가 몰래 안을 들여다보자, 뚱뚱한 사내가 운전석에 앉아 졸고 있었다. 장다리는 거침없이 벌컥, 문을 열어젖혔다.

— 뭐, 뭐야?

사내가 놀라 눈을 떴을 땐 코앞에 칼날이 들어와 있었다. 겁이 많은 듯 그는 양손을 번쩍 치켜들었다.

　— 내려!

　— 예?

　— 내리라고, 새끼야! 배때기에 구멍 나기 전에.

　장다리가 칼을 겨누며 위협하자 사내는 굴러떨어지다시피 운전석에서 뛰어내렸다. 장다리는 지니를 조수석에 먼저 태우고 운전대를 잡았다.

　장다리가 트럭을 탈취해 주차장을 빠져나가는 동안, 야외 주차장에선 전라도의 건달들과 부산의 건달들이 여전히 패싸움을 벌이고 있었다. 하지만 대부분은 바닥에 피를 흘리며 널브러져 있었고 서너 명만이 겨우 남아 상대를 향해 각목을 휘둘렀지만 아무 위력도 없어 허공을 가를 뿐이었다.

　장다리는 그런 건달들을 보고 피식 웃었다.

　— 병신들끼리 모여서 육갑들 떨고 있네.

　그는 웃으며 옆을 돌아보다 지니를 보고 갑자기 화가 나는 듯 주먹으로 퍽, 얼굴을 때렸다.

　— 이 씨발년!

　고개를 드는 지니의 입술에서 피가 흘러내렸다.

．．．

　　장다리가 모는 트럭은 인천과 안산 간의 산업도로를 달리고 있었
다. 조수석에 앉아 손수건으로 입술에 피를 닦아내고 있는 지니는
표정이 어두웠지만 장다리는 일이 뜻대로 풀려 즐거운지 콧노래를
불렀다. 그는 운전석 옆 콘솔박스 위에 놓여 있는 가방을 툭툭 두드
리며 말했다.

　　─ 너 이 안에 뭐가 들어 있는지 알고나 훔친 거야?

　　─ 몰라요.

　　─ 몰라? 이년이 끝까지 내숭 떨고 있네. 그래, 너 혼자 이 다이아
를 다 처먹을 수 있을 줄 알았어? 하여간 볼수록 이기적인 년이야.

　　지니는 말없이 이를 악물었다.

　　─ 그럼 내가 왜 굳이 이 무거운 트럭을 몰고 왔는지도 모르겠네?

　　지니가 고개를 가로저었다.

　　─ 그래, 너같이 멍청한 년이 알 리가 없지. 이 트럭 뒤에 뭐가 실
려 있냐? 바로 말이 실려 있다 이거야, 이년아. 그 말은 원래 부산의
손 회장이라고……. 아니다, 얘기해봐야 너같이 멍청한 년이 뭘 알
겠냐. 하여간 말이 실려 있는데 그게 씨수말이라고 종마거든. 너 종
마가 뭔지 알아?

　　─ 몰라요.

　　지니가 여전히 고개를 가로저었다.

— 돌탱이 같은 년, 넌 슈킹하는 거 말고 도대체 아는 게 뭐냐?

장다리는 계속 지니를 타박하며 말을 이었다.

— 종마가 뭐냐 하면 바로 암말한테 씨를 주는 말이거든. 이 종마가 한 번 해줄 때마다 얼마씩 받냐? 무려 오백씩 받는다 이거야. 넌한 번 할 때 얼마 받아? 한 삼십 받냐?

지니는 모욕감에 얼굴이 파래졌다.

— 그래서 이 종마가 좆나게 비싼데 얼만지 알아?

지니가 또 고개를 가로저었다.

— 무려 삼십오억이다, 삼십오억, 이년아.

장다리가 의기양양하게 숫자를 읊었지만 지니는 아무 반응이 없었다.

— 어? 안 놀라네. 하여간 이년이 간덩이만 커가지고……. 그럼 이 가방에 있는 다이아 이십억, 그리고 뒤에 있는 말이 삼십오억. 그럼 다 합쳐서 얼마냐? 이건 대답하지 마. 오빠가 가르쳐줄게. 무려 오십오억이다 이거야. 오십오억! 그게 지금 다 내 손 안에 있다는 거 아니냐, 이년아.

장다리는 어깨가 우쭐해서 칭찬이라도 받고 싶은 심정이지만 아무도 칭찬을 해줄 사람이 없다는 게 아쉬운 듯 지니 쪽을 힐끗 돌아보았다.

— 근데 너는 삼천짜리잖아. 그러니까 한 마디로 넌 좆도 아니라는 거야, 이년아. 내가 오십오억이나 있는데 삼천짜리에 신경이나 쓰

겠냐? 그래서 인간적으로다가 널 그냥 보내줄 수도 있어. 그냥 삼천 떼었다 생각하고. 근데 왠지 그러기가 싫어. 왜냐하면 너한테 꼭 해주고 싶은 게 있거든.

장다리는 담배를 한 대 피워 물고 불을 붙였다. 그리고 혼자 묻고 혼자 대답하는 원맨쇼를 계속 진행했다.

— 잘 들어봐. 나한테 좋은 계획이 있어. 널 데려가면 일단 온몸에 문신을 새길 거야. 뭘 새길 거냐 하면, 너 반야심경이라고 들어봤어?

장다리는 지니 쪽을 돌아보며 대답도 기다리지 않고 내뱉었다.

— 하긴, 너같이 대가리에 똥만 찬 년이 알 리가 없지. 솔직히 나도 그게 뭔지 모르지만 좆나게 멋있을 거 같아. 머리끝부터 발바닥까지 한 치의 틈도 없이 글자를 다 새기는 거야. 어때, 멋있겠지? 그러지 않아도 얼마 전에 태국에서 문신 잘하는 애를 하나 데려왔거든. 이놈이 어릴 때 눈알이 하나 빠져서 외눈박이인데도 문신은 아주 기가 막히게 새겨.

지니는 자신 앞에 닥친 가혹한 운명에 눈물이 날 것 같았지만 장다리 같은 쓰레기 앞에서 우는 건 스스로 용납할 수 없었다. 그래서 이를 앙다물고 창밖을 내다보았다.

지니는 자신의 지난 삶이 언제나 항성의 주위를 도는 작은 행성 같다고 생각했다. 어린 나이부터 유흥업소를 전전하며 손에 잡을 수도 없는 행복을 꿈꾸었지만 정작 그녀는 그 행복이 무엇인지, 어떤 느낌인지조차 알지 못했다. 그래서 아무리 마셔도 늘 목이 마른 삶이었다. 언제나 항성을 그리워하며 떠돌았지만 끝내 그 중심으로 다가갈 수도 없었고, 그렇다고 항성에서 벗어나 자유롭게 성간을 오갈 수도 없는 신세였다. 그리고 드디어 항성의 중심에 다가가나 싶었는데 그곳은 그녀가 견디기에 너무 뜨거운 곳이었다. 다 녹아버릴 신세였다.

장다리는 잔인한 웃음을 흘리며 지니의 얼굴에 담배 연기를 훅, 뿜어냈다.

— 넌 앞으로 전국에서 제일 유명한 창녀가 될 거야. 온몸에 반야심경을 새기고 몸을 파는 특별한 창녀.

· · ·

산업도로를 달리는 도중, 뒤에 실린 적재함에서 뭔가 쿵 하는 소리가 들렸다.

— 뭐지?

장다리가 속도를 줄이며 걱정스러운 듯 뒤를 돌아보았다.

— 씨발, 말이 넘어졌나? 말은 한 번 넘어지면 못 일어난다던데…….

그리고 한적한 갓길에 차를 세웠다.

— 너 여기 꼼짝 말고 있어. 한 발짝이라도 도망갈 생각 했다간 얼

굴까지 다 문신을 새겨줄 거니까.

장다리는 차에서 내리려다 다시 말을 바꿨다.

— 아냐, 아무래도 네년을 못 믿겠다. 너도 같이 내려.

지니가 차에서 내리자 장다리는 그녀의 손목을 잡고 적재함 뒤로 돌아갔다. 그리고 문을 벌컥 열었다. 하지만 컴컴한 적재함 안은 조용했다.

— 캄캄해서 아무것도 안 보이네.

장다리는 아무래도 안 되겠다는 듯 지니의 손목을 놓고 직접 적재함 안으로 들어갔다.

— 어우, 씨발. 이게 무슨 냄새야, 똥을 쌌나?

장다리가 적재함 안으로 발을 옮기는 순간, 크르르, 하며 포식동물이 상대를 위협하는 소리가 안에서 흘러나왔다. 그리고 번쩍! 헤드라이트처럼 어둠 속에서 눈빛이 빛났다. 그리고 곧 장다리는 적재함 안에 도사리고 있는 커다란 호랑이 한 마리를 발견했다.

— 으아악!

장다리는 놀라 뒤로 벌렁 자빠지며 비명을 질렀다. 호랑이는 소리도 없이 스르르 몸을 일으켜 세웠다. 장다리는 엉금엉금 기어 밖으로 도망가려고 했다. 그러나 어느새 지니가 재빨리 적재함 문을 닫고 밖에서 레버를 내려 문을 잠가버렸다.

— 야, 문 열어! 야, 이년아, 문 안 열어!

— 개새끼! 어디 한 번 그 안에서 둘이 잘 놀아봐!

장다리는 어둠 속에서 필사적으로 문을 두드렸지만 굳게 잠긴 문은 열리지 않았다. 그동안 호랑이가 천천히 장다리를 향해 다가왔다.

— 지, 지니야! 내가 잘못했다, 응? 무, 문 좀 열어봐. 응? 문 열라고, 이 씨발년아!

장다리는 절박하게 울부짖었지만 소리는 적재함 안에서 공허하게 사라졌다. 그리고 곧 등 뒤에서 서늘한 기운이 다가왔다.

— 사, 사람 살려!

그 말은 장다리가 난생처음 해본 말이었다. 그리고 그의 마지막 말이 되었다. 어홍! 하는 포효와 함께 거대한 호랑이가 벼락처럼 그의 등 뒤를 덮쳤다. 지니는 운전석 문을 열고 가방을 집어 들었다. 그리고 허겁지겁 도로 밑으로 구르다시피 뛰어 내려갔다. 그동안 적재함 안에선 호랑이의 육중한 포효와 장다리의 비명, 살이 찢어지고 뼈가 부서지는 소리가 한데 뒤엉키며 트럭이 요란하게 흔들렸다.

• • •

호랑이가 트럭 적재함 안에서 느긋하게 식사를 하는 동안 울트라는 말 울트라를 끌고 지방도로를 걷고 있었다. 인가도 없고 지나가는 차도 없었다. 사람들의 시선을 피해 일부러 인적이 없는 길을 고른 탓이었다. 그는 먼 친척 아저씨가 뱃일을 하며 사는 작은 섬으로 가는 길이었다. 피서객도 없는 조용한 섬이어서 그곳에 가면 말과 함께 무탈하게 지낼 수 있을 것 같았기 때문이었다. 미리 연락해둔 터라 포구에 가서 말을 실어가 줄 배만 구하면 될 터였다. 울트라는 배도 고프고 다리도 아팠지만 발걸음은 가벼웠다. 아무도 말을 찾지 않는 곳에서 둘이 행복하게 살 거라는 희망이 있었기 때문이었다.

어느새 해가 뉘엿뉘엿 지고 있었다. 어딘가 숙소를 찾아야 했다. 하지만 말을 데리고 모텔에 들어갈 순 없었다. 사극에선 말도 맡기고 숙식도 해결하는 주막이 등장하는데 그것은 어디까지나 조선시대에나 가능한 것이었다. 그래서 울트라는 미리 텐트를 준비해두었다. 말 먹이도 안장에 잔뜩 실어두었다. 그는 모퉁이를 돌아가면 적당한 곳을 골라 야영을 해야겠다고 마음먹었다.

이때, 젊은 여자가 가방을 든 채 길을 걸어가고 있는 게 눈에 띄었다. 여자도 말을 끌고 오는 울트라를 발견하고 놀라 걸음을 빨리했다. 하지만 많이 지친 듯 곧 제자리에 멈춰 서서 울트라가 지나가기를 기다렸다. 이윽고 두 사람의 눈길이 마주쳤다. 울트라는 아름다운 여자를 보고 가슴이 두근거렸다. 하지만 말을 걸 용기가 없어 재빨리 눈을 피하고 그대로 지나쳐 걸어갔다.

잠시 후, 여자는 무슨 생각에선지 울트라의 뒤를 따라왔다. 먼저 말을 건 것은 여자였다.

— 웬 말예요?

— 네?

울트라가 뒤를 돌아보았다. 얼핏 험상궂은 인상이었지만 눈빛이 순박해 보였다. 여자는 조금 안심한 듯 가까이 다가와 속도를 맞추며 다시 물었다.

— 요즘 말을 보기 힘든데……. 어디로 가는 거예요?

— 그냥…… 멀리요.

울트라는 수줍은 듯 고개를 수그리고 대답했다.

— 근데 왜 말을 안 타고 가요?

— 그냥…… 미안해서요.

여전히 울트라는 눈을 마주치지 못했다. 여자는 청년이 어딘가 고지식해 보였지만 위험한 종류의 사람이 아니라는 것을 확신했는지 가까이 다가와 나란히 걸었다.

— 근데 말이 참 잘생겼네요. 이름이 뭐예요?

— 울트라요.

— 무슨 사람 이름이 울트라예요?

— 아? 전 말 이름을 물어보는 줄 알고……. 근데 저도 별명이 울트라예요. 그러니까 이건 말 울트라고 전 사람 울트라…….

— 그렇군요. 전 지니예요.

그녀는 웃으며 손을 내밀었다. 울트라는 황송하다는 듯 손을 바지에 쓱쓱 문지른 다음 지니와 악수했다. 세상에 이보다 더 말랑말랑한 것이 있을까, 싶을 만큼 부드러운 손이었다. 울트라는 얼굴이 빨개졌지만 때마침 노을이 지고 있어 지니의 얼굴도 붉게 물들었다. 그녀의 입술은 누군가에게 얻어맞았는지 잔뜩 부어 있었다. 이토록 아름다운 여인에게 주먹질을 하는 인간은 도대체 어떤 망종인가? 울트라는 자신도 모르게 울컥, 화가 치밀었지만 조심스럽게 입술을 쳐다보며 물었다.

— 근데 무슨 일이 있었어요?

— 네. 오늘 참 많은 일이 있었네요.

지니가 대답을 회피하며 의미심장하게 대답했다.

— 그렇군요. 저도 오늘 참 많은 일이 있었는데······.

두 사람은 말없이 길을 걸었다. 그러다 얼마 안 가 지니가 발을 삐 끗하며 아! 하고 비명을 질렀다. 그녀는 산업도로에서 벗어나 무작 정 가방을 들고 도망가는 길이었다.

— 괜찮아요?

울트라가 묻자 지니가 울상이 되어 주저앉았다.

— 다리가 접질렸나 봐요. 아까부터 힐을 신고 걸었더니······.

울트라가 내려다보니 과연 지니는 굽이 높은 하이힐을 신고 있었다.

— 근데 어딜 가기에 차도 안 타고 걸어가세요?

울트라가 묻자 지니가 묘한 웃음을 흘리며 대답했다.

— 그냥······. 오늘 밤은 좀 하염없이 걷고 싶었어요. 근데 발이 아파서 더는 못 걷겠네요.

— 그럼…….

울트라가 말을 돌아보더니 잠깐 망설이다 결심한 듯 지니에게 물었다.

— 말 타고 가실래요?

— 정말 그래도 돼요?

지니가 반색을 하고 되물었다.

— 예, 아가씨가 타는 건 애도 괜찮다고 할 거예요. 몸무게도 가벼울 테니까.

— 그래요? 그럼 저야 좋지만…….

지니는 말 울트라에게 다가가 갈기를 쓰다듬으며 눈빛을 맞추었다.

— 미안하지만 신세 좀 지자. 누나가 다리가 너무 아파서 말이야…….

울트라는 손을 받쳐 지니를 말 등에 올려주었다. 말을 올라타려는 지니의 스커트 사이로 핑크색 팬티가 눈에 들어왔다. 헉! 숨이 멎을 것 같았다. 울트라는 황급히 눈을 내리깔고 말고삐를 쥐었다.

— 타보니까 기분이 아주 좋네요. 무서울 줄 알았는데…….

지니는 만족한 듯 미소를 지어 보였다. 바람에 날리는 머리카락이 황금색으로 넘실거렸다.

노을이 천지를 붉게 물들이고 있었다. 울트라는 말고삐를 쥐고 지니를 태운 채 길을 걷다 문득, 언젠가 자신이 꿈속에서 보았던 장면

이 떠올랐다. 머슴이 되어 주인집 아가씨를 말에 태우고 산길을 넘던 꿈이었다. 그때의 꿈이 바로 지금의 이 상황을 예견한 걸까? 울트라는 꿈속에서처럼 가슴이 설레고 마음이 뿌듯했다. 이때, 작은 기적이 일어났다. 울트라가 다시 고개를 들어 위를 올려다보았을 때였다. 지니는 실오라기 하나 걸치지 않은 나체로 말 위에 앉아 있었다.

헉!

울트라는 귀신에 홀린 게 아닌가 싶어 눈을 비비고 다시 지니를 쳐다보았다. 여전히 그녀는 알몸인 채였다. 말 위에서 옷을 벗었을리도 없을 텐데 어찌 된 영문인지 알 수 없었다. 그녀의 엉덩이는 말이 걸음을 옮길 때마다 안장 위에서 탐스럽게 흔들리고 있었다. 지니는 뒤를 돌아보며 울트라를 보고 빙그레 웃어 보였다. 그러자 그녀의 동그란 젖가슴이 눈에 들어왔다. 울트라는 그녀의 아름다운 가슴에서 눈을 뗄 수 없었다.

— 왜요?

— 네?

— 뭘 그렇게 뚫어지게 쳐다보냐구요?

— 아, 아, 아닙니다.

울트라는 재빨리 시선을 돌렸다. 그 순간, 그는 비로소 깡구가 말한 투시법이 성공했다는 것을 깨달았다. 당시 깡구는 투시법의 핵심이 바로 간절함과 진심이라고 했다. 마침내 그 진심이 통한 것인가! 울트라는 가슴이 뿌듯해져 다시 고개를 들어 지니의 알몸을 홀

266

린 듯 바라보았다. 그리고 말고삐를 힘껏 쥐며 발걸음을 재촉했다. 그 뒤로 보름달이 둥실 떠오르고 있었다.

에필로그

형근과 뜨끈이는 지방의 어느 유원지에서 솜사탕을 하나씩 들고 걸어가며 이야기를 나누고 있었다. 길옆엔 넓은 호수가 있고 그 위에선 중년의 불륜 커플들이 오리배를 타며 물놀이를 하고 있었다.

— 형님, 내가 죽이는 사업 아이템이 하나 있거든요.

— 읊어봐.

형근이 또 시작이다, 싶은 표정으로 솜사탕을 떼먹으며 시큰둥하게 말했다.

— 혹시 군표라고 들어봤어요?

— 몰라, 그게 뭐야?

— 군표라는 게 뭐냐 하면 말이죠, MPC라고 해서 밀리터리 페이먼트 서티피케이트, 한 마디로 군대에서 발행하는 화폐 같은 거예요.

— 밀리터리 뭐?

— 뭐 영어까진 아실 거 없고, 하여간 지금은 없어졌지만 옛날엔 미군 부대에서 월급 대신 군표를 받았거든요. 그럼 지아이(GI)들이 그걸 갖고 나가서 술도 사 먹고 오입도 하고 현금처럼 썼단 말예요.

— 지아이는 뭐야?

— 아이, 진짜 무식해서 진도를 못 나가겠네. 지아이는 그냥 미군을 말하는 거예요, 미군. 어쨌든 그때 오산이나 동두천 같은 기지촌에서 달러 대신 군표를 썼거든요. 달러는 알죠?

— 이 새끼가 누굴 놀리나…….

형근이 주먹을 치켜들자 뜨끈이가 도망가는 시늉을 하며 이야기를 계속했다.

— 근데 미군 애들이 그걸 가끔씩 새 군표로 기리까이를 할 때가 있어요. 그럼 그걸 열두 시간 안에 바꿔야 돼요.

— 못 바꾸면?

— 그때 못 바꾸면 그냥 휴지조각이 되는 거죠. 실제로 당시에 기와집 열 채 값 정도의 군표를 갖고 있다가 새 군표로 못 바꿔서 날려 먹은 사람들도 많아요.

— 근데 지금 그게 뭔 상관이야?

— 지금부터 중요한 얘기니까 잘 들으세요, 형님. 그 오 달러짜리 군표 한 장이 지금 얼마 하는지 아세요?

— 오 달러면 그냥 오 달러지, 오십 달러라도 돼?

— 네.

— 진짜?

— 당시 오 달러짜리 군표 한 장이 요즘 화폐수집가들 사이에선 오십 달러에 거래되거든요. 생각해보세요. 사십 년 전에 발행이 중지됐으니 그게 얼마나 귀하겠어요? 그런데 진짜 중요한 건 따로 있어요.

— 그게 뭔데?

— 그 비싼 군표가 지금 베트남에 지천으로 깔려 있다는 거예요.

— 베트남은 왜?

— 생각해보세요. 미군 애들이 베트남에서 전쟁을 십 년 넘게 했거든요. 그럼 군표를 얼마나 많이 풀었겠어요. 그때 못 바꾼 군표가 집집마다 부대로 있거든요. 걔네들이 그걸 뭐로 쓰는지 아세요? 똥 닦는 데 써요. 한 장에 오십 달러짜리를.

뜨끈이는 지갑에서 군표를 한 장 꺼내 형근의 코앞에 대고 흔들었다.

— 바로 이런 거죠.

— 그게 군표야?

— 예. 내가 베트남에서 샘플로 한 장 갖고 온 거예요.

— 그러니까 그 군표를 사오면 여기서 오십 달러에 팔아먹을 수 있다 이거야?

— 이제야 말귀를 좀 알아들으시네. 근데 사오는 게 아녜요.

─ 그럼?

─ 두루마리 휴지 싸잖아요. 그거 똥 닦으라고 한 보따리씩 사다 주고 그냥 자루에 거둬오면 되는 거예요. 개들한텐 어차피 휴지조각이니까, 한 마디로 노나는 거죠.

─ 근데 그 노나는 걸 나한테 왜 얘기해? 너 혼자 다 처먹으면 되지.

─ 에이, 그걸 형님 빼놓고 혼자 먹을 수 있나요. 형님도 이 사업에 투자하시면 같이 재미 좀 볼 수 있는데…….

순간, 빽! 하는 소리와 함께 뜨끈이가 코를 감싸 쥐었다. 형근이 주먹으로 코를 때린 거였다.

─ 야, 니들은 어디서 사기 가르쳐주는 학원 같은 데 다니냐?

─ 에이, 씨발. 코피 나잖아요. 그리고 이건 사기 아녜요.

─ 너 앞으로 나한테 사업 얘기 꺼낼 때마다 한 대씩이다.

티격태격하는 동안 두 사람은 어느새 오락실 앞에 도착해 있었다. 오락실은 여느 유원지의 오락실처럼 사격장과 함께 온갖 게임기들이 놓여 있었는데 한쪽 구석에만 사내들이 몰려 앉아 게임을 하고 있었다. 바로 민 박사가 발명한 문제의 게임기였다. 두 사람이 안으로 들어서자 오락실 사장이 뛰어나왔다. 머리가 벗어진 오십 대 중반의 사내였다.

─ 어, 유 부장. 왔어?

─ 장사가 잘되네요.

뜨끈이가 게임장 안을 둘러보자 사장이 히죽 웃으며 엄지손가락을 치켜세웠다.

— 아주 대박이야, 대박. 근데 우리 다이 두 개만 더 깔아주면 안 돼?

사장이 애원조로 말하자 뜨끈이가 거만하게 고개를 가로저었다.

— 에이, 그건 안 돼요. 너무 많이 깔면 위험해서……. 욕심 부리지 마시고 그냥 다섯 대만 갖고 돌리세요.

— 유 부장, 나한테 진짜 이럴 거야? 응? 딱 두 대만 더 깔아달라는데…….

— 알았어요, 알았어. 내 장담은 못 하는데 본사에 올라가서 한번 얘기나 해볼게요.

뜨끈이가 사장을 달래며 형근에게 말했다.

— 최 팀장, 올라가는 대로 영업팀에 얘기해서 여기 두 대만 더 넣어봐. 괜찮겠지?

뜨끈이 갑자기 반말 조로 명령하자 형근은 당황했지만 머쓱하게 고개를 끄떡거렸다.

. . .

— 뭐? 최 팀장? 이 새끼가 어디서 사기는…….

형근이 운전하고 있는 뜨끈이를 노려보자 뜨끈이 너스레를 떨었다.

272

— 형님, 사기가 아니라 원래 영업은 그렇게 하는 거예요.

— 영업 같은 소리 하고 있네. 이 사기꾼 같은 새끼.

형근이 담배를 꺼내 물자 뜨끈이 물었다.

— 근데 형님······. 그 얘기가 진짜예요?

— 무슨 얘기?

— 거 왜 양 사장님이 흙구덩이에 파묻혔다가 삼 일 만에 살아났다는 얘기 있잖아요. 그러고 나서 이 바닥을 통일했다는 거 말예요.

— 그 얘긴 어디서 들었어?

— 어디서 듣긴요. 이 바닥 건달들은 다 아는 얘긴데······. 근데 그거 완전 구라죠?

— 구라는 새끼, 진짜야.

— 에이, 그게 말이 돼요? 손발까지 다 묶였다면서 어떻게 흙구덩이에서 빠져나와요?

— 어떻게 빠져나왔는지 내가 얘기해줄까?

뜨끈이 잔뜩 궁금한 얼굴로 쳐다보자 형근은 창밖으로 담배 연기를 내뿜으며 중대한 비밀을 털어놓듯 무겁게 입을 열었다.

— 흙을 다 먹어버렸어.

— 흙을 먹어요?

— 그래, 손발을 쓸 수가 없으니까 움직일 수 있는 건 입밖에 없잖아. 그래서 자기를 파묻은 흙을 다 먹은 거야.

— 에이, 씨발. 형님도 진짜 황이 장난 아니네. 사람이 어떻게 흙

을 먹어요.

— 그게 바로 너와 사장님의 차이야. 너같이 약해빠진 놈들은 그냥 거기서 질식해 뒈졌겠지. 하지만 사장님은 달랐어. 오로지 살아나가서 복수를 하겠다는 강한 일념으로 흙을 다 먹어치우신 거야.

— 아무리 그래도 그렇지, 한두 바가지도 아니고 그 많은 흙을 어떻게 다 먹어요?

— 물론 그 많은 흙을 먹는 건 쉽지 않은 일이었지. 먹는 것도 한계가 있으니까. 사람이 흙을 먹다 보면 결국 배가 꽉 찰 거 아냐. 그런데도 사장님은 계속 흙을 먹었어. 한계를 넘어서 강제로 밀어 넣은 거지. 꾸역꾸역. 그러면 그 흙이 어디로 가겠어? 결국 밑으로 나올 수밖에 없잖아. 쉽게 말해서 흙똥을 싸는 거야. 위에 있는 흙을 먹고 밑으로 싸고, 다시 먹고 또 싸고……. 그렇게 자신이 싼 흙똥을 밟고 조금씩 위로 올라온 거야. 그러는 와중에 위장이 헐고 똥구멍이 다 찢어졌는데도 사장님은 삼 일 동안 멈추지 않고 계속 흙을 먹고 똥을 싸기를 반복했지. 햇빛이 보일 때까지 계속! 결국 그렇게 살아나신 거야.

형근은 자신이 직접 겪은 일인 양 비장한 표정으로 말을 마쳤다. 뜨끈이가 그의 말을 믿어야 할지 말아야 할지 모르겠다는 듯 갸우뚱한 얼굴로 쳐다보는데 형근의 핸드폰 벨이 울렸다. 루돌프였다. 형근은 목소리가 갑자기 부드러워졌다.

— 응, 지금 올라가는 길이야……. 뭐, 먹고 싶은 거 없어? …….

그래, 알았어. 이따 봐.

전화를 끊자 뜨끈이가 궁금한 듯 쳐다보다 물었다.

— 누구…… 애인예요?

— 그래.

— 별일이네. 형님한테 애인도 다 있고……. 이뻐요?

뜨끈이가 묻자 형근이 코를 벌름거리며 대답했다.

— 이쁘지. 특히 코가 이뻐. 루돌프 사슴처럼.

...

전라도 영암의 남 회장은 호랑이를 발견했다는 경찰의 연락을 받고 부리나케 인천으로 달려갔다. 호랑이가 발견된 곳은 안산으로 가는 산업도로 변이었다. 적재함 문을 열었을 때, 호랑이는 배가 불룩한 채 늘어지게 잠을 자고 있다가 사람들을 보고 입이 찢어져라, 길게 하품을 했다. 적재함 안엔 호랑이가 싸놓은 똥 이외엔 아무런 흔적이 없었다. 애초에 호랑이만 넣어두었으니 어떤 흔적도 있을 리 없어 다행히 그 안에서 벌어진 참극에 대해 아무도 감지하지 못했다.

그해 국회의원 선거에서 남 회장은 또 낙선했다. 국회의원이 되기 위해 동물원까지 지었는데 아무 효과가 없자, 그는 자신이 선거에서 떨어진 이유가 동물원에 기린이 없어서라고 생각했다. 선거철이 지나고 낙선의 후유증에서 벗어나자 그는 사람들을 백방으로 풀어 다시 기린을 구하기 시작했다.

• • •

인천에 원정을 다녀온 손 회장은 천둥이를 못 찾은 슬픔에 며칠 앓아누웠는데 갈수록 증세가 악화되었다. 기침도 나고 목소리가 쉬어 뭔가 심상치 않은 예감에 병원을 찾았다. 진단 결과 안타깝게도 폐암이었다. 날벼락 같은 소식에 손 회장은 항암치료를 받으며 투병에 전념했지만 병세는 점점 더 깊어져 죽음의 그림자가 얼굴에 짙게 드리웠다. 어느 날, 그는 심복들을 병실에 불러놓고 유언과 비슷한 당부를 했다. 쉰 목소리로 힘겹게 얘기를 하는 와중에 심하게 기침을 하며 피를 토하기도 했다.

— 내 얘기 잘 들그라. 아까 의사 양반이 왔다 갔는데 내 오래 못 사는갑드라.

— 회장님!

부하들이 일제히 머리를 조아리며 비장하게 외쳤다.

— 됐다, 마. 고마 해라.

손 회장은 손을 들어 부하들을 저지시켰다.

— 근데 내가 이래 된 기 누구 때문인지 아나?

— 누구 때문입니꺼?

부하인 똘복이 눈물이 그렁그렁해져 물었다.

— 이기 다 그 전라도의 남 회장이라는 놈 때문인기라.

— 남 회장요?

— 기래, 인천에서 만난 그 촌놈 말이다. 그때 그넘만 만나지 않았으모 이래 안 됐을 끼라. 그러니까 내가 죽더라도 원수는 꼭 갚아도라.

— 걱정 마이소, 회장님. 지금 전라도로 넘어가 당장 봐버리겠십니더.

부하들이 앞다투어 혈기를 부렸지만 손 회장은 다시 손을 들어 부하들을 진정시켰다. 그리고 아드득, 이를 갈며 말했다.

— 아이다. 지금 그럴 필요 없데이. 난중에 천처이. 아주 천처이 피를 말리 직이야 한다.

• • •

장다리……. 장다리는 사라졌다. 영원히.

• • •

엄 사장도 사라졌다. 하지만 시체는 남았다. 경찰은 그의 자살사건에 대해 조사를 시작했다. 죽은 엄 사장의 바람대로 양 사장과 박 감독은 경찰에 불려다니느라 곤욕을 치렀다. 하지만 양 사장은 검

찰 쪽에 줄이 있어 무사히 빠져나갔다. 박 감독은 좀 더 오랫동안 곤욕을 치르다 결국 경찰의 손아귀에서 벗어났다. 양 사장이 손을 써준 덕택이었다. 박 감독은 다시 양 사장에게 신세를 졌고 그 대가로 용가리를 넘겨줬다. 양 사장이 오래전부터 눈독을 들이던 인물이었다. 용가리는 연안파에 합류해 형근과 함께 일을 하기 시작했다. 지하 주차장에서 원수처럼 서로 죽일 듯 싸웠던 두 사람은 동료가 되었고 박 감독은 결국 양 사장에게 또 한 수 배웠다. 그는 용가리를 데리고 떠나는 양 사장을 보며 투덜거렸다.

씨발, 만날 배우기만 해. 만날.

• • •

— 미미야!

잠옷만 걸친 양 사장은 어둠에 잠긴 아파트 단지를 걷고 있었다.
— 미미야!
고양이가 사라진 건 저녁 무렵이었다. 언제 어떻게 밖으로 빠져나갔는지 알 수 없었다. 양 사장은 즉시 잠옷 바람으로 뛰어나갔다. 벌써 단지를 두 바퀴나 돌았지만 고양이의 행방은 묘연했다. 지나가던 주민들이 잠옷 바람으로 돌아다니는 양 사장을 못마땅한 듯 힐끗거리며 쳐다보았다.

― 미미야!

양 사장은 울타리 삼아 심어놓은 관목들 사이를 살피며 애타게
고양이의 이름을 불렀다. 도대체 어디로 사라진 걸까? 고양이는 집
을 나가도 멀리 안 간다는데……. 양 사장은 잠시 벤치에 앉아 담
배를 피워 물었다. 다리도 아프고 숨도 찼다.

양 사장은 나이가 들수록 자신에게 주어진 시간을 견디기가 점점
더 힘들어졌다. 그를 위협하는 건 이제 라이벌 조직이 아니었다. 검
찰도 아니었고 호시탐탐 자신의 자리를 노리는 믿을 수 없는 부하
들도 아니었다. 그의 가장 큰 적은 어둠 속에 널려 있는 무의미한 시
간이었다. 그리고 나이가 들수록 피로처럼 쌓여가는 무기력과 미래
에 대한 막연한 두려움이었다. 그 불안은 육체와 일체가 된 듯 익숙
해진 외로움과 한데 뒤섞여 온몸 구석구석까지 뻗어나갔다. 손 회장
도 죽고 엄 사장도 죽었다. 장다리는 실종되어 생사도 알 수 없었고
연희도 어디론가 사라졌다. 양 사장은 자신도 모르는 사이에 그의
시대가 저물고 있다는 생각이 들었다.

벤치에 앉아 잠시 담배를 피우던 양 사장은 문득 아버지가 보고
싶었다. 돌이켜보면 그가 세상살이에 대해 배운 건 모두 그의 아버
지가 가르쳐준 거였다. 미끼를 어떻게 꿰는지, 어떤 물살에 낚시를
던져야 고기가 올라오는지, 어디를 때려야 상대가 한 방에 쓰러지는
지……. 살아 있는 동안 그는 아버지를 머리끝부터 발끝까지 증오

했지만 그 사실만은 부정할 수 없었다. 한 가지 차이점이 있다면 양 사장은 자신을 너무 사랑했고 그의 아버지는 평생 자신을 너무 증오했다는 거였다. 그런 아버지의 삶을 이해하게 된 건 비교적 최근의 일이었다. 하지만 이해를 받을 아버지는 이미 오래전에 죽고 없어 세상엔 그 혼자뿐이었다. 양 사장은 아버지가 죽었을 때의 나이보다 자신이 더 오래 살고 있다는 사실을 새삼 깨달았다. 그리고 사는 건 내남없이 모두가 외로운 일이라는 기분이 들었다.

그런데 미미는 도대체 어디로 사라진 걸까? 혹시 큰 길로 뛰어나갔다가 차에 치이지나 않았을까? 아니면 어떤 미친놈에게 붙들려 학대나 당하지 않을까, 걱정되었다.

— 미미야!

양 사장은 벤치에서 일어나 다시 단지를 돌기 시작했다. 고양이 없이 혼자 집으로 돌아갈 생각을 하니 한없이 막막하고 헛헛한 기분이었다. 강아지처럼 꼬리를 흔들며 반기지는 않아도 텔레비전을 볼 때면 슬그머니 다가와 품에 안기곤 했는데 그런 존재가 사라졌다고 생각하니 갑자기 슬픔이 밀려왔다. 양 사장은 자신도 모르게 울먹거리며 어둠을 향해 소리쳤다.

— 미미야! 어디 갔니?

$$\cdots$$

삼 대리는 그날의 사건 이후, 뿔뿔이 흩어졌다. 셋이 몰려다녀 봐야 서로 도움이 안 된다고 생각했기 때문이었다. 근식은 친구와 정수기 사업을 하겠다고 했고 웅천은 철원에 가서 대마초를 키워보겠다고 했다. 그리고 용관은 박 감독을 찾아가 에로영화에 출연할 수 있는지 알아보겠다고 했다. 이후, 세 사람은 몇 달 동안 만난 적이 없었다. 서로 전화 연락도 하지 않았다.

그해 겨울, 어느 추운 밤이었다. 용관은 일산 라페스타 근처의 빌딩 현관에서 언 발을 동동 구르며 인천으로 가는 콜을 기다리고 있었다. 그가 핸드폰을 집적대고 있을 때, 누군가 다가와 어깨를 툭 쳤다.

— 어? 웅천 씨? 여긴 어쩐 일예요?

용관이 묻자 웅천이 핸드폰을 흔들어 보였다.

— 어쩌긴요. 신세가 늘 그렇지, 뭐.

웅천도 용관과 마찬가지로 다시 대리기사를 하는 모양이었다.

— 씨발, 여기서 인천 가는 콜이 없을 텐데 새벽까지 또 어떻게 때우나……

웅천이 걱정스러운 듯 거리를 내다보았을 때, 또 한 명의 대리기사가 모자를 뒤집어쓴 채 건물 안으로 들어섰다. 그는 몸을 부르르 떨며 투덜거렸다.

— 젠장, 뭔 날씨가 이렇게 추워.

어딘가 익숙한 목소리였다. 돌아보니 근식이었다. 서로 눈이 마주

친 세 사람은 놀라 서로 손가락으로 상대를 가리켰다.

— 어? 근식 씨!

— 용관 씨! 어? 응천 씨도!

세 사람은 모두 다시 제자리로 돌아온 것을 확인하곤 씁쓸한 미소로 인사를 나누었다.

— 철원 가서 대마초 키우신다더니 어찌 됐수?

근식이 묻자 응천이 허탈한 듯 담배를 피워 물었다.

— 키우긴 키웠지. 근데 판로가 없어, 판로가.

— 왜요? 키우면 살 사람은 줄 서 있다고 큰소리치더니.

용관이 깐죽대자 응천이 대꾸했다.

— 그러는 용관 씨는 에로배우 된다더니 여기서 뭐 하고 있는 거요?

— 나도 출연은 한 번 했죠. 근데 잘못하다 그게 진짜로 들어가고 말았어요. 그래서 하루 만에 쫓겨났죠, 뭐.

— 뭐가 들어가요?

— 뭐긴 뭐예요. 거시기지.

— 일부러 넣은 건 아니고?

— 거 박 감독이랑 똑같은 얘길 하는데 진짜 그건 아녜요.

— 근데 근식 씨 정수기 사업은 어떻게 된 거요?

용관이 묻자, 근식이 한숨을 내쉬며 대답했다.

— 알고 보니까 씨발, 요즘은 정수기가 아예 냉장고에 붙어서 나

오더라고.

세 사람은 담배를 뻑뻑, 피워대며 잠시 파란만장했던 지난날을 회상했다. 그러다 뭔가 생각난 듯 근식이 입을 열었다.

— 혹시 요 옆에 있는 하우스 가봤어요?

— 어디, 노래방 옆에 있는 거 말예요?

용관이 되물었다.

— 어? 용관 씨도 가보셨나 보네.

— 그럼요. 거기 분위기 좋던데…….

— 게임은 뭐로 해요? 바카라예요, 블랙잭예요?

응천이 묻자 근식이 대답했다.

— 요즘 누가 바카라 같은 걸 해요. 텍사스 홀덤이지.

잠시 침묵이 흘렀다. 세 사람은 각자 시계를 들여다보았다. 그러다 거의 동시에 입을 열었다.

— 그럼……!

— 그럼……!

— 그럼, 날도 추운데 우리 전철 다닐 때까지 몸도 녹일 겸 잠깐 들렀다 갑시다.

결국 입을 연 건 근식이었다. 그의 제안에 두 사람은 망설임 없이 대답했다.

— 까짓거 뭐, 그럽시다.

세 사람은 마음이 바쁜 듯 급히 담배를 비벼 끄고 건물을 나섰다. 그들의 움츠린 어깨 위로 막 눈발이 날리기 시작했다.

· · ·

— 근데 울트라 이 새끼는 어디 가서 죽은 거 아냐?

공업용이 눈을 게슴츠레 뜨고 지나가는 여자를 뚫어지게 쳐다보며 말했다.

— 죽긴 왜 죽어, 딴 놈도 아니고 울트란데.

— 그럼 왜 아직까지 연락이 없냐, 이거야.

— 그걸 내가 아냐? 하여간 그때 걔가 사 층에서 떨어지고 나서 머리가 좀 이상해진 거 같아.

— 야, 씨발. 진짜 투시가 되긴 되는 거야? 눈알이 빠질 것 같다.

공업용이 눈을 비비며 짜증을 냈다. 깡구는 타이르듯 젊잖게 말했다.

— 투시에서 제일 중요한 건 여자의 알몸을 보고 싶다는 마음이 간절해야 돼. 난 보고 싶다. 난 보고 싶다. 난 진짜 보고 싶다. 진심을 다해서 생각하는 거야.

공업용은 깡구의 말대로 다시 눈을 동그랗게 뜨고 지나가는 여자를 바라보며 속으로 중얼거렸다.

— 난 보고 싶다. 난 보고 싶다. 진짜 좆나게 보고 싶다…….

     • • •

  그날 이후, 울트라를 본 사람은 아무도 없었다. 지니를 본 사람도 아무도 없었다. 다만 인천 일대를 오가는 어부들 사이에서 마치 이어도에 대한 설화처럼 신비한 소문이 나돌았다. 서해 멀리 어느 무인도에 가면 발가벗은 채 말을 타고 다니는 한 쌍의 아름다운 남녀가 산다고.

작가의 말

　이번 소설에 실린 이야기는 모두 다른 사람들로부터 주워들은 이야기입니다. 물론 소설에 맞게 윤색을 하긴 했지만 주로 뒷골목에 떠도는 이야기들을 주워 모았습니다. 사실 따지고 보면 작가가 하는 모든 이야기는 기본적으로 어디선가 다 주워들은 이야기이겠지요. 세상엔 정말 훌륭한 이야기꾼들이 많으니까요. 그들은 아버지이거나 친구이거나 군대 고참이거나, 또는 전철 안에서 우연히 옆자리에 앉게 된 이름 모를 이야기꾼이었을 수도 있습니다. 장소는 술자리이거나 다방이거나, 또는 무료한 군대 내무반이었을 수도 있겠고요. 따라서 이야기를 전해준 사람의 이름을 모두 언급할 수는 없습니다. 언제 누구한테 무슨 이야기를 들었는지 일일이 기억할 수는 없으니까요. 이야기를 전해준 사람 또한 누군가에게 전해 들은 이야기임이 분명할 터, 그 이야기들이 돌고 돌아 마침내 내 귀에까지 와 닿았으니 그저 이 자리를 빌려 나에게 멋진 이야기를 들려준 세상의 모든 이야기꾼들과 나의 이야기를 들어준 독자에게 감사의 인사를 드릴 밖에요.

고마워요. 여러분.

국립중앙도서관 출판시도서목록(CIP)

이것이 남자의 세상이다 / 지은이: 천명관. ──
고양 : 위즈덤하우스, 2016
p. ;   cm

ISBN 978-89-5913-066-5 03810 : ₩13000

한국 현대 소설[韓國現代小說]

813.7-KDC6
895.735-DDC23   CIP2016023789

이것이 남자의 세상이다

초판 1쇄 발행 2016년 10월 18일   **초판 5쇄 발행** 2016년 12월 28일

지은이 천명관
펴낸이 연준혁

출판 1분사 편집장 한수미
디자인 하은혜

펴낸곳 (주)위즈덤하우스 **출판등록** 2000년 5월 23일 제13-1071호
주소 경기도 고양시 일산동구 정발산로 43-20 센트럴프라자 6층
전화 031)936-4000 **팩스** 031)903-3893 **홈페이지** www.wisdomhouse.co.kr

값 13,000원   ⓒ천명관, 2016   ISBN 978-89-5913-066-5 03810

• 잘못된 책은 바꿔드립니다.
• 이 책의 전부 또는 일부 내용을 재사용하려면 반드시
  사전에 저작권자와 (주)위즈덤하우스의 동의를 받아야 합니다.